光文社文庫

文庫書下ろし／長編時代小説

まことの花

御算用日記

六道《りくどう》 慧《けい》

KOBUNSHA

この作品は光文社文庫のために書下ろされました。

目次

御算用日記
まことの花

序章

花嫁は、戦いの場に向かっている。

行列が通る道筋には、花嫁が乗っている駕籠《かご》を歓迎するかのように、辻々に高張り提灯《ちょうちん》が立てられていた。生まれ育った麻布《あざぶ》の屋敷を出て、嫁ぎ先の屋敷がある南八丁堀《みなみはっちょうぼり》に近づいている。沿道にはひと目、行列を見ようと、見物人たちが集まっていた。駕籠は戸の一部が格子状になっているため、外の様子がよく見える。華燭《かしょく》の典に向かう行列を、人々は羨《うらや》ましそうに眺めていた。が、花嫁の心は冷えきっている。

「わかっておるな」

昨夜、父とかわした会話が甦《よみがえ》った。

「はい」

身じろぎもせず頷《うなず》き、次の言葉を待っている。まるで葬儀の前日のようだった。麻布の屋敷に笑いや華やいだ空気はいっさいない。緊張感だけが漂っている。

「吉田藩の藩主は、うつけ者じゃ。藩士や領民にとって、あれほど悪い君主はおらぬ。信じてはならぬ、心を許してはならぬぞ。よいな」

花嫁は本家の宇和島《うわじま》藩、花婿は分家の吉田藩。はなから不釣り合いな縁組みといえた。答える声にも力が入る。

「わかっております」

駕籠の中にいるのだが、心は父とともに在《あ》る。あらためて言われるまでもない。だれが信じるものか。心はむろんのこと、この身も許すつもりはない。嫁ぐのは、ただただ父のため、宇和島藩のためだ。

「分家の吉田藩に嫁がせるのは、わしとしても不本意なこと。なれど、そなたが嫁げば、色々とやりやすくなるのじゃ。色々とな」

「父上の仰《おお》せのままに」

気丈に答えたつもりだったのだが、眸《ひとみ》に不安が表れていたのかもしれない。

「案ずることはない。吉田藩の屋敷と麻布は、目と鼻の先。いやなことがあれば、すぐさま父のもとに戻って来るがよい。嫁ぐのは形だけじゃ。そなたは、いつまでも宇和島藩の姫よ。わしの愛《いとお》しい娘じゃ」

愛しい娘のくだりを、何度も、何度も、思い起こしている。考えこみすぎて、つい涙があ

ふれそうになった。喜びの涙と思われてはたまらない。花嫁は顔をあげ、目をしばたたかせた。とそのとき、

「亡霊じゃ」

いきなり格子の向こうに、男の顔が見えた。ぎらぎらと光る異様な目が、花嫁を見据えている。高張り提灯の明かりを受けているのかもしれない。削《そ》げ落ちた頬《ほお》や、髭《ひげ》の伸びている様子が、やけにはっきりと見えた。

「鶯《うぐいす》が鳴くと、だれかが死ぬ。忘れるでないぞ、二十年前のあれを。村壽《むらなが》様じゃ、村壽様の呪《のろ》いじゃ。村壽様の声がずっと聞こえて……」

「なにをしておるのじゃ。離れぬか」

警護にあたっていた家臣が、男を必死に引き離した。駕籠はすでに吉田藩の屋敷に近づいている。慌《あわ》てふためいた声が、たて続けに起きた。

「乱心者でござる」

「ご無礼つかまつりました」

「早う向こうへ」

騒ぎに気づいて、吉田藩の家臣が飛び出して来た。泣き叫ぶように大声をあげる男を、三人がかりで引っ張って行く。

「鶯じゃ、二十年前じゃ。村壽様の呪いが、おまえたちにも及ぶ。逃げられぬぞ、どこにもな。どこにも逃げられぬ！」

ああ、やめて。

思わず耳を塞《ふさ》いだ。なんという不吉な歓迎なのか。わたくしも逃げられなくなってしまうのではないだろうか。分家の小さな藩邸の中で、朽ち果てていくのでは……。

『連環《れんかん》の計』じゃ。そなたであれば、必ずできる。いや、そなたでなければ、かなわぬ謀《はかりごと》よ」

父の声なき声が、気弱になった心に力を与えた。やり遂げてみせる。父上と宇和島藩を、わたくしが助けるのだ。

「到着いたしました」

屋敷に着くと、さらに闘志が湧いてきた。負けてなるものか。そう、今のあれは『うつけ者』の嫌がらせに相違ない。戦いはすでに始まっている。

駕籠に乗ったまま花嫁は、藩邸に入った。邸内には松明《たいまつ》が灯《とも》されて、男女による餅つきの準備が始まっている。

いざ、出陣。

文化五年（一八〇八）八月。

花嫁は駕籠から、淑《しと》やかに降りる。
角《つの》かくしに企みを隠して、そっと微笑《ほほえ》んだ。

第一章　料理の指南役

一

日本橋本石町《ほんごくちょう》の鐘が、八つ半（午後三時頃）を知らせている。

「この飯屋じゃ、数之進《かずのしん》。さいぜんも言うたように、おれの奢《おご》りゆえ、たらふく食うがよい。遠慮はいらぬぞ」

早乙女《さおとめ》一角《いっかく》の声で、生田《いくた》数之進は足を止めた。ある飯屋の前だったが、屋号を記した看板は掛かっていない。本小田原《ほんおだわら》町、本船《ほんふな》町、本船町横町、そして、今、数之進たちがいる安針《あんじん》町という四つの町が集まる区域で、活きのいい魚や塩干《しおぼし》魚などを扱う問屋街だ。四つの町で形成されていることから四組問屋とも呼ばれており、新肴《さかな》場の河岸《かし》は、まさに目と鼻の先。早朝が勝負時の河岸とは違い、午《ひる》を過ぎても賑《にぎ》わう場所であるものを、この飯屋の前だけやけにひっそりと静まり返っている。

「休みではないのか」

数之進は訝《いぶか》しげに眉を寄せた。

文化七年（一八一〇）、八月。今年は例年になく秋の訪れが早いように感じられるが、今日は天気もよく、ぶらぶら歩きに適した日和である。御役目を終えた後、数之進の姉たちが住む長屋を訪ねる途中で、友に誘われるまま、ここに足を向けたのだった。

「やっておる。開けているのにそう思わせぬのが、この見世の売りよ。奥ゆかしいのじゃ。知る人ぞ知る通《つう》の見世、ま、一度味おうてみるがよい」

縄暖簾《なわのれん》を揺らして中に入った一角に、数之進も続いた。軒《のき》を連ねる他の小店《こだな》と、大差ない小さな見世だが、外で感じた以上のうら寂しさが漂っている。客はひとりもいない。不審を覚えながらも、口には出さず、腰をおろした。

「おい、飯を頼む。二人前じゃ」

それでも一角が声をかけると、

「はい」

妙に気張った女の声が台所から返ってきた。十二、三の娘が、茶を運んできて、それぞれの前に湯呑みを置く。数之進にちらちら目を向けながら、台所の中に戻って行った。なんだろうと口を開きかけたとき、一角が口火を切る。

「それにしても、こたびの御役目は、どうにも気が抜けてならぬ。遅れず、休まず、仕事せずを、地でいくような藩士ばかりじゃ。御役目は午《ひる》までに終わるのが常、ゆえにこうして毎日のように、おまえの姉君たちの様子を見に行けるのが、果たして良いのか悪いのか。なぜ、われらが遣わされたのか、どうも今ひとつわからぬ。調べるほどのことも、ないのではあるまいか」

「声が大きいぞ、一角」

窘《たしな》めてから、小声で告げた。

「新しい御役目に就いてから、まだわずか五日しか経っておらぬ。確かに、のんびりした気風のようだが、それは藩に大きな借財がないからであろう。何事もなければそれでよし、われらの出番などない方がよいではないか」

「それはそうだが……同役の者より聞いた話によると、本家よりお輿入《こしい》れなされた姫君は、我儘《わがまま》でならぬとか。なにが、どう我儘なのか、そのあたりのことはまだ調べておらぬがな。いずれにしても、ろくな女子《おなご》ではあるまい。適当なところで切りあげるのが得策ではあるまいか」

「そのような真似はできぬ」

数之進は台所を見て、声をひそめた。

「わたしはまだ借金が、二百六十両もあるのだ。真面目に勤めなければ、とうてい返せぬ金額よ。いいかげんなご奉公はできぬ」

二人の姉が作った借金のせいで、今の役目に就かざるをえなかった。やりたくてやっているわけではないが、近頃はそれなりにやり甲斐を感じ始めてもいる。相棒にも同じ気持ちで取り組んでほしいと思うのは、高望みだろうか。凝視する表情がいささか真剣すぎたかもしれない。

「わかっておる。言うてみただけじゃ」

鼻白《はなじろ》んだ顔で、一角が答えた。

「なれど」

さらに反論しようとしたが、台所から女主が出て来たのを見て、言葉を呑みこむ。空《す》きっ腹を刺激する旨そうな匂いが漂って、と言いたいところだが、腹が鳴る気配はない。置かれたお盆には、煮物と味噌汁、飯と梅干という、ごくありふれた献立が並んでいた。

「………」

不味《まず》そうだ。これが通好みの膳なのか、知る人ぞ知る見世なのか。

見ただけで、げんなりした。飯が冷めているのは、この時刻ゆえ目をつぶるとしても、他の品に関しては時刻云々は関係ない。にもかかわらず、煮物はなにを煮たのかすぐにはわからないほど、醬油の色が染みこんでいる。味噌汁も同様で、あたため直しすぎて、色が悪くなっていた。菜《おかず》と味噌汁が美味《おい》しそうな色ではないため、小皿に置かれた梅干が、ふだんより色鮮やかに見える。それがよけいに哀しかった。

「どうしたのじゃ、食え。旨いぞ」

一角は冷えきった飯を口に放りこみ、煮物をぱくついている。平然としているのを見ると、そこそこ味はいいのかもしれない。奢ってもらう手前、食べないわけにもいかず、数之進は飯と煮物を口に入れた。

「う」

舌に載せたとたん、煮物のしょっぱさに絶句する。どうやら小大根のようだが、醬油でそのまま煮たのではあるまいか。嚙《か》みたくない、飲みこみたくない。とはいえ、これまた飲みこまないわけにもいかず、醬油の味だけを嚙みしめながら、飯と一緒に無理やり飲みこんだ。口直しと思い、味噌汁を啜《すす》ったのが仇《あだ》になる。煮つまりすぎた味噌汁は、味わうどころではない。慌てて飲みこんだ。

「どうじゃ、旨いか、どうじゃ、数之進。思うまま言うてみよ。遠慮せずともよいぞ。旨いか、不味いか。どうじゃ」

どうじゃ、どうじゃと責めたてられて、ぽつりと応《こた》える。

「あまり」

「旨くないか、そうか」

と受けて、一角は台所に顔を向けた。

「そういうことじゃ、女将《おかみ》。とても食えた代物ではない。見世に客がおらぬのも道理の味よ。困ったものじゃ」

「あ、いや、一角。わたしはそこまで……」

言い訳は、「わっ」という大きな泣き声に遮《さえぎ》られる。女将が膳に突っ伏していた。側《そば》では娘が半べそをかいて立ちつくしている。数之進は狼狽《うろた》えた。

「いや、あの、その、決して不味いというわけでは、なんというか、その、もう少し味つけを変えれば、なんとかなる、ように思えなくもないのだが、こ、この、梅干は、そう、そうだ、梅干は旨い、のではないかと」

しどろもどろで、腰を浮かせたが、成す術《すべ》もない。娘に怨《うら》めしげな目を向けられてしまい、数之進も怨めしげな目を友に返した。

「まあ、とにもかくにも、座れ。この飯屋の飯は確かに旨くない。そこで、おまえに相談じゃ」

「え？」

「信じられぬかもしれぬが、この見世はな、二月《ふたつき》ほど前までは流行《はや》っておったのじゃ。煮物、味噌汁、漬物と、どれも値段以上の味と、このあたりでは評判であったわ。しかし、包丁を握っていた亭主が倒れてしもうてな。この始末よ」

急に顔を弛緩《しかん》させ、大仰《おおぎょう》な仕草で右手を振ってみせる。倒れた亭主というのは酒好きで、中風《ちゅうふう》になったのかもしれない。

「なるほど」

つい頷いたのが、いけなかった。

「どうであろうな、数之進。おまえの千両智恵を、この母娘に貸してはもらえぬか。女将の名はおとよ、娘はお冬《ふゆ》。せっかくいい場所に見世を構えておるというに、親父殿はもう包丁を握れぬ。食うてわかるように、母娘の腕前では、とうてい生計《たつき》を立てられぬ。可哀相だと思うであろう、どうじゃ、助けたくならぬか、ええ、数之進。このままでは、見世を引き払い、親子三人、路頭に迷うしかない。挙げ句、三人揃って首を括《くく》るはめになるやもしれぬ。そうさせたくあるまいが、なんとかしてやりたいと思うであろうが。話を聞けば即座に、おまえの千両智恵が、『使うてくれ、この者たちの役に立ててくれ』と、頭の中で騒ぎ立てるに違いない。どうじゃ、閃《ひらめ》かぬか。名案が浮かばぬか」

立て板に水、いつもの口調でまくしたてられて、数之進は口ごもる。

「そう言われても」

はじめからそのつもりで連れて来たのだろう。一角が飯を頼んだとき、女将の答えに妙な気合いが入っていたのは、そのためなのだ。見るつもりはなかったのに、狭い見世ゆえ、涙目の母娘と目が合ってしまう。

「お願いでございます」

おとよが跪《ひざまず》いて、数之進に縋《すが》りついた。

「お智恵をお貸しくださいませ。わたくしどもを助けてくださいませ。以前と同じように見世を守《も》り立てたいのでございます」

床にひれ伏した母に、娘も倣《なら》い、二人揃って頭をさげる。あてがないわけではない。閃くというほどのことではないが、数之進の頭にはひとつの案が浮かんでいた。おそらく一角も似たような解決策を考えているのではあるまいか。

「手をあげぬか、二人とも」

数之進は穏やかに促した。

「は、はい」

母娘の潤《うる》んだ眸を見ると、もう断れない。

「少しだけ時をくれ。一両日中に返事をする」

「お待ちいたしております」

期待に満ちた目に送られて、二人は飯屋をあとにする。出たとたん、数之進の口から文句が飛び出した。

「安請け合いをするな、一角。われらには大事な御役目があるのだぞ。飯屋の相談事に時を割かれて、御役目がおろそかになるのは困る」

「とかなんとか言いながらも、すでになにか浮かんだのであろうが。顔に書いてあるぞ、数之進」

一角はにやにやしている。互いに互いの表情を読んでいた。思いついたのは、やはり、同じ女子のこと。だが、そう簡単にいくかどうか。

「うむ、そのとおりだが事は厄介だ。第一、あれでは金が取れぬ。金が出なければ、動かぬからな。どうしたものか」

賑やかな往来を歩きながら、ゆっくり本材木町《ほんざいもくちょう》の方に向かっていた。このあたりは江戸でも一等地、日本橋もすぐ近くで買い物の便《べん》がよい。当然、店賃《たなちん》は高くなるわけだから、母娘の苦悩は察するにあまりある。

「金は儲《もう》かったら出ると言えばよい。おとよはそのつもりじゃ。無料《ただ》とは思うておらぬゆえ、案ずるな」

「それを聞いてほっとしたが」

　数之進は腕組みをして、しみじみ呟いた。

「しかし、不味い飯だった。なにをどうすれば、あのような味になるのであろうか。あれだけ不味い飯を作るのも、特技のひとつのように思えるが」

「おれも驚いたが、たまにはああいう飯を食べるのも一興だと思うてな。おまえを連れて行ったのじゃ。胃の腑がたまげて、逆に動きがようなるやもしれぬゆえ」

「ははは、そうやもしれぬな」

「われらは笑って終わりだが、他の客はそうはいかぬ。おれのような遊び心で飯を食いに行くわけではないからな。先日、客のひとりが飯をひと口、食べた後、烈火のごとく怒ったとか。すぐさま看板を叩き割ってしもうたと、娘が言うておったわ」

「それで看板なしの飯屋になったのか。気持ちはわからぬでもない。あの膳で幾ら取っておるのだ」

「四十文じゃ。高くはないが、あれではな。看板を叩き割りたくも……」

「あの、もしや、四兵衛《よへえ》さんじゃありませんか」

　不意に後ろから呼び止められた。数之進は肩越しに、ちらりと後ろを見る。町娘ふうの着物でありながら、髪型は武家ふうという、いささか奇妙な姿の若い娘が立っていた。

二

「四兵衛さんでしょう、四兵衛さんよね。ねえ、そうでしょう。〈北川《きたがわ》〉の四男坊だった四兵衛さんよね？」

執拗《しつよう》に四兵衛と繰り返されて、一角はあきらかに気分を害していた。蚊帳《かや》や畳表などを扱う〈北川〉は、一角の生家である。早乙女の家には請われて養子に入ったのだが、北川四兵衛なる名を嫌ったがためと、本人は言っていた。嘘か真実かはわからないものの、四兵衛という名を好いていないのは間違いあるまい。

「四兵衛さん、ねえ、四兵衛さんってば」

呼びかける声を無視して、一角は早足になった。逃げるように進む、相当な速さで駆ける。数之進も隣に並び、顎《あご》で後ろを示した。

「よいのか」

「黙って歩け。なにげなく急ぎつつ、ゆるゆると歩いているように見せるのじゃ。相手にするな」

むずかしい注文を与えて、いっそう足を速める。なにげなく急ぎ、ゆるゆると見せる、か。数之進は生真面目に実行しようとするが、うまくいかない。娘はもう必死な形相で追いかけて来た。

「待って、待ってください、四兵衛さん、四兵衛さん！」

華奢《きゃしゃ》な外見に似合わぬ大声が、あたりに響き渡る。細いのに、よく透《とお》る声だった。しかも甲高《かんだか》いので、耳の奥底にいつまでも残る。

「四兵衛さん、ねえ、四兵衛さん、四兵衛さんってば」

木霊《こだま》のように四方八方から迫りくる呼び声、とうとうこらえきれなくなったのか。

「……」

一角が足を止め、振り向いた。怒りでこめかみに青筋が浮かびあがり、下唇をきつく噛みしめている。いつでも刀を抜けるよう、右手を軽く柄《つか》に添えていた。

「落ち着け、一角。相手は女子だ。おぬしも言うたではないか。相手にするなと」

「わかっておる」

緊迫したやりとりなど、娘にとっては他人事《ひとごと》。

「ああ、やっと追いついた。聞こえなかったんですか、四兵衛さん。四兵衛さんでしょうと、何度も言いましたのに、四兵衛さんときたら、素知らぬ顔で行ってしまうんですもの。ほら、四兵衛さん、見てくださいまし。四兵衛さんのせいで、こんなに汗をかいてしまいました」

「……」

数之進もまた絶句した。この娘、わざと四兵衛と繰り返しておる。なかなか可愛《かわい》らしい顔をしているものを、性根が相当、まがっておるな。

「四兵衛と呼ぶのはやめぬか」

一角が小声で告げた。あたりを気にして、しきりに見まわしているが、建ち並ぶ店はもちろんのこと、行き交う者たちも気に留めていない。気にしているのは本人と、追いかけて来た娘だけのように思えた。

「あら、どうして、駄目なんですか、四兵衛さん。貴方は〈北川〉の四兵衛さんでしょう。それとも四兵衛さんじゃないんですか。四兵衛さんでなければ、立ち止まらないはずでしょう。四兵衛さんだからこそ、足を止めたのではないのですか」

一、二、五回。一角が指を折って数えているのを、数之進は見る。わざわざ数える方も数える方だが、短い言葉の合間に、四兵衛を繰り返す娘も娘だった。

「一角。このような場所で立ち話をするよりも長屋に行ってだな」

割って入ろうとしたが、娘はさらに煽《あお》る。

「長屋というのは、ああ、そう、思い出しましたよ。四兵衛店の四兵衛長屋ね。〈北川〉のお父上が、ご兄弟それぞれの名前をつけた四兵衛店。もしや、あそこに住んでいるのですか、四兵衛さん」

今度は四回。一角の目に、凄みが加わる。数之進も顔色を変えた。

「気持ちはわかる。が、ここは往来だ、一角。騒ぎを起こしてはならぬぞ。よいな、色々考えろ。相手は年端もいかぬ娘、早く行こうではないか」

「そちらのお侍様。お言葉ではございますが、わたくしは年端もいかぬという年ではありません。四兵衛さんと同い年の二十四歳で、四兵衛さんの幼なじみでございます。四兵衛さんとは、毎日のように遊んでおりましたので、見誤るはずがございません。ちらりとお姿をお見かけいたしましたのが、一昨日のこと。ご実家におられるのかと思い、四兵衛さんのお父上をお訪ねしたのでございますが、おられませんでした。そして、本日また四兵衛さんをお見かけいたしましたので、お声をおかけいたしました次第。四兵衛さんは、なにゆえ、お逃げになられたのでございましょうか」

今度は最高の六回。

「……そのねじ曲がった性根、変わっておらぬな、小春《こはる》」

唸《うな》るように、一角が声を発した。下から斜めに睨《にら》み据《す》え、今にも刀を抜きそうな様子だったが、小春はまるで意に介さない。

「なんだ、憶《おぼ》えていたんじゃないですか。ねじ曲がっているのは、四兵衛さんも同じでしょうが。ああ、これですっきりした。では、失礼いたします」

深々と頭をさげるや、踵《きびす》を返して、人波にまぎれこむ。二人はその場にしばし立ちつくしていた。

今のあれはなんだ。嵐のような娘ではないか。結局、文句を言いたくて、追いかけて来たわけか。

「行くぞ」

一角が先に正気づいて、歩き始める。

「あ、ま、待て」

数之進も慌《あわ》て気味に追いかけた。小春の言動を頭の中で反芻《はんすう》し、自分なりに結論を導き出してみる。

「どうもよくわからぬが、もしやすると、小春と申すあの女子は、無視されたのが腹立たしかったのではあるまいか。なれど、あの執拗さが今ひとつわからぬ。これは、わたしの推測だが、小春は一角に惚《ほ》れ、あうっ」

がつんっと、いきなり顎に一角の拳があたった。

「お、すまぬ。おれの拳は時折、主の代弁をするのじゃ。聞きとうない話をだれかが口にしそうになるとだな。勝手に動いて、そやつの口を塞《ふさ》ぐ。あらかじめ言うておくべきであったわ。許せ」

「い、いや、別に謝らずともよいが」

顎をさすりながら、おそるおそる訊いてみる。

「どこの女子なのだ？」

言った瞬間、素早く離れた。顎を手で押さえるのも忘れない。安全な距離を保ち、一角の隣を歩いている。

「白粉《おしろい》問屋〈和泉屋《いずみ》〉の娘よ。幼い頃より、あの調子でな。まあ、しつこい女子であったわ。どれだけ追い払うても、きっと睨みつけるようにして追いかけて来るのじゃ。われらは遊びの邪魔をされるのがいやだったゆえ、なんとかして、小春を置いてきぼりにしようとするのだが、うまくいかぬ。いつの間にやら、ぴたりとおれの尻にしがみついているという具合よ。ついた渾名《あだな》が『とりもち娘』じゃ。あれは粘っこい餅ぞ」

「ぶっ」

と、思わず数之進は吹き出した。

「はは、ははは、うまい渾名、と、いや、まあ、どうせ、おぬしがつけたのであろうが、いかにも一角らしい命名だ。しかし、おぬしが早乙女家の養子になったのは、確か五歳のときだったはず。遊んだというても、僅《わず》かな時期のことではないのか」

「そうよな。おまえが言うとおり、小春と一緒に遊んだ時期は、そう長くない。なれど、あやつはおれがたまに実家に戻ると必ずやって来て、付きまとうのが常であった。まことにもって厄介な女子よ」

またよけいな言葉を口にしたら、すぐさま拳が動くぞとばかりに、右手を握ったり開いたりしている。それではと、気になった事柄を口にした。

「おぬしと同い年となれば、どこかに嫁いでおるのではないのか。武家ふうに髪を結いあげていたが、侍の家に嫁いだのか」

「知らぬ」

取りつく島もない。への字になった口が、もう小春の話はするなと告げている。苦笑して、続けた。

「そういやな顔をするな。あとひとつ、気になることがあるのだ。小春は一昨日にちらりと姿を見かけたと言うていたが、おぬし、一昨日もこのあたりをうろついていたのか」

毎日のように訪れている場所だが、一昨日は二人とも、御役目に忙殺されて来ることができなかった。一角は夜、藩邸を抜け出して、生家を訪れたのだろうか。そのような話は聞いていなかったので、小春の言葉が引っかかっている。

「いや、来ておらぬ。『とりもち娘』は虚言癖があるゆえ、たやすく信じるな。おおかたおれの夢でも見たのであろうさ。なんと言うても、この美貌じゃ。このあたりの若い娘にとっては、憧れの的よ」

ふざけて頬を叩き、あくまでも戯《ざ》れ言《ごと》のように言っていたが、お世辞抜きにして、一角は美《よ》い男だ。華のある雰囲気も持っており、こうやって道を歩けば、女子たちが必ず振り返る。

「そうであろうな。おそらくは、小春もおぬしに憧れて、うわっと」

拳の一撃をくらいかけて、数之進は飛びのいた。小春との色恋話は禁句のようである。

「おぬしの側にいると、知らずしらず体術が身につくやもしれぬ」

「そう思うて、仕掛けておるのじゃ。われらの御役目は油断大敵、いつ何時、危険が及ぶやもしれぬ。ゆめゆめ油断することなかれ、とな。考えるがゆえの行動よ。鍛《きた》えられてよかろうが」

「そういうことにしておこう」

笑い合っているうちに、四兵衛長屋の木戸に着いていた。数之進は路地を覗《のぞ》きこみ、少しの間、様子を窺《うかが》うのが習慣になっている。昨日、立ち寄った折には、なにも起きていなかった。とはいえ、今日はどうなっているかわからない。御役目同様、いや、時にはそれ以上に、神経を使わなければならなかった。

四兵衛長屋は、路地を挟んで左右に三軒ずつ部屋が並んでいる。右側の手前から寺子屋の師匠一家、太物問屋に勤める番頭一家、一番奥が数之進の上役——鳥海《とりうみ》左門《さもん》の部屋。左側の手前から指物《さしもの》職人の夫婦、行商をしている母娘、そして、一番奥が数之進の部屋なのだが。

「まずい」

ちらりと見えた人影に、急いで顔を引っこめる。

「なんじゃ、どうした」

「大屋の彦右衛門《ひこえもん》だ。あの者が訪れているときは、ろくなことがない。このところ、いやな胸騒ぎがしていたのだ。それゆえ、昨日に続いての長屋詣《まい》りとなったのだが」

「おう、そうか。よかったではないか」

「え」

「騒ぎがすでに起きているとなれば、これ以上、気を揉まずとも済む。明日、起きるか、いや、もしやすると明後日か、などと落ち着かぬ日々を過ごさずともようなったのは重畳《ちようじよう》。あれこれ思い悩むよりは、起きてしまった方がよいではないか。そうであろう、違うか」

一角らしい考え方だったが、数之進は首をひねる。

「そう言われてみれば、そう思えぬことも……」

「おや、そこにおいでになるのは、生田様ではございませんか。なにをしておいでになるのです」

彦右衛門に見つけられてしまい、数之進は仕方なく路地に足を踏み入れる。のっぺりした顔の大屋が、満面に笑みを浮かべていた。

「よいところでお目にかかりました。ささ、おいでくださいませ。お冨美《ふみ》様にお礼を申しあげていたのでございますよ。お冨美様のお陰で、よけいな出費をしなくても済みそうでございまして」

勝手にひとりで喋り、ふたたび奥の部屋に歩いて行った。彦右衛門は大屋という煩瑣《はんさ》な役目の傍《かたわ》ら、表店の一番良い場所で〈にしき屋〉という絵草紙屋を営んでいる。厄介事ではなさそうな雰囲気だが気は抜けない。数之進は一角と顔を見合わせた後、注意深い足取りで、二人の姉が暮らす部屋に向かった。

「まあ、数之進。また来たのですか。昨日も顔を見せたというに、どういう風の吹きまわしでしょう」

二女の冨美が戸口に立っている。年は二十九、目鼻立ちのはっきりした美人で、一角が言うところの『着足《きた》りぬ姫』。無類の着道楽なのだが、近頃は裁縫の腕前を活かして、仕立て物などを請け負うようになっている。

「は。近くまで参りましたので、ご機嫌伺いにと思いまして」

数之進は部屋の奥に目を向けるが、三女の三紗《みさ》の姿が見えないことに、不審を抱いていた。二女の機嫌が良いときは、三女の機嫌が悪いのが常。いつも敵対しているくせに、いざ事が起きると、即座に手を結び、数之進に立ち向かってくる。そのため気が抜けず、こうやってびくびくと、様子を窺《うかが》う羽目になるのだった。

「そうですか。とにかく、おあがりなさい」

「いいえ、わたしはすぐに戻りますので、お気になさらずに。どうぞ、大屋さんの用を片づけてください」

飯屋から受けた相談事が、ちらついているので、帰るに帰れない。さらに本当に揉め事ではないのか、確かめなければならなかった。世間知らずの姉たちは、騙《かた》りにしてやられたこともある。数之進は末っ子なのだが、兄のような役割を否応《いやおう》なく担《にな》わされていた。

「なにを遠慮しているのでしょう。おかしな子ですね。大屋さんは、刺子《さしこ》を取りにいらしただけですよ。先日、繕《つくろ》うてほしいと頼まれたのです」

冨美の言葉が終わらないうちに、彦右衛門が横から割りこんでくる。

「さようでございます。いえ、刺子と申しますのは、生田様もご存じのように、火事場で使う羽織のようなもの。これを常備しておくのは、大屋の務めなのでございますよ。ですが、ご存じのように値段が高うございましてね。刺子無尽《むじん》にも入っているのでございますが、なかなか新しい刺子を作る番がまわってきません。それで、お冨美様にご相談いたしたのでございます」

刺子無尽とは、通常、家主が加盟して作る無尽だが、大屋たちも似たような無尽を行っているのだろう。毎月一定の金を払い、籤《くじ》に当たった者が刺子を作る仕組みになっている。彦右衛門は籤運が悪いようだ。

「それ、このように綺麗に仕上がりまして」

冨美が手渡した刺子を得意げに広げてみせる。繕われた刺子は、過去の風合いも加わって、重厚な趣《おもむき》を放っていた。どこが綻《ほころ》んでいたのか、まったくわからない。

「流石《さすが》は姉上。素晴らしい腕前でございますな」

「まことに。それでは、お冨美様。わたしはこれで失礼いたします。りくが着物を仕立ててほしいと、言うておりましたので、近々またお願いにあがりますよ」

上機嫌で見世に戻って行く彦右衛門を見送り、視線を戻したが、冨美はすでに部屋に入っていた。

「三紗殿はおらぬのか」

一角が小声で訊ねる。やはり、同じことを考えているのだ。

「いると思うが」

「では、行け」

友は無情にも背中を押して、無理やり中に入るよう示した。怨めしくなったが、逃げるわけにはいかない。しかし、いやな胸騒ぎはいっかな消えることなく、徐々に強くなっている。狭い長屋の一室で、凶事が待っているのは必至。

「失礼いたします」

覚悟を決めて、足を踏み入れる。

「数之進。さあ、おあがりなさいませ。引き止める暇もなく、昨日は帰ってしまったので、気になっていたのです。故郷《くに》の姉上様より、冬物の着物と文が届いておりますよ。あがって、ひと休みしておいきなさい」

優しげな笑みと言葉で、三紗に出迎えられた。年は数之進より一つ上の二十六、瓜実顔《うりざねがお》の楚々《そそ》とした美人ゆえ、男たちは例外なく騙《だま》されるが、数之進は凍りつく。こういう表情をしているときは、最高に機嫌が悪いのだ。

「出直してまいります」

くるりと背を向けたが、

「ならぬ」

一角に押し戻された。

「だが、一角」

「飯屋の一家は哀れ、首を括り、怨みの言葉を書き連ねた文が、おまえの手元に届くというわけじゃ。夜毎《よごと》、亡霊が枕元に現れてもよいのか。孫子《まごこ》の代まで祟《たた》られたらどうする。おまえの孫子にまで怨まれるぞ」

「う」

「姉上様の文は要らぬのですか。着物は新しく仕立てた冬物ですよ。姉上様が丹精こめて、数之進のために縫うてくだされた品。持って帰りなさい」

二度目の猫撫《ねこな》で声で、背筋を冷や汗が這《は》いおりていった。長女の伊智《いち》は婿《むこ》を取り、能州《のうしゅう》にある実家を継いでいる。婿殿はかつて数之進が奉公していた加賀前田家に、勘定方として仕えているのだ。ちなみに、長女の伊智は姉上様、二女の冨美は姉上、三女の三紗は姉様と、生田家では呼び分けている。

「は、い」

姉上様が縫うてくだされた着物と、真心のこもった文。そこに気持ちを向けて、数之進は座敷にあがる。入口を入ってすぐが一畳程度の土間、手前が三畳、奥が六畳で押入がつき、九尺二間《くしゃくにけん》のどぶ板長屋よりは、ましな造りになっている。いつもは左門の部屋に逃げる一角も、にこやかな笑みを振りまきながら、隣に座った。

「やはり、女子のおる家は違いますな。いつ来ても小綺麗に片づいております。向かいの部屋の主も、姉君たちを見習うてほしいものです」

愛想笑いを向け、世辞を告げてから、ぼそっと囁《ささや》いた。

「三紗殿はいつになく機嫌が良いようではないか。ほっとしたぞ」

「い、いや、それは」

爆発寸前なのだと、言いたかったが言えるわけもない。来る度に葛籠《つづら》の数が増え、なおさら不安になってきた。数之進の視線に気づいて、冨美が得意げな顔になる。

「葛籠には古着屋から買い求めた着物が入っているのですよ。出来上がった前掛は、こちらの葛籠に」

三畳間に置かれていた葛籠を開け、中から美しい色合いの前掛を何枚か出した。すかさず一角が持ちあげる。

「ほう、これは見事でございますな。三紗殿もそうだが、冨美殿も独特な才覚をお持ちのようじゃ。そういえば、近頃、巷《ちまた》で似たような前掛を着けている女子を見かけるようになったが、もしやすると、みな冨美殿が作られた品でござるか」

「全部が全部、そうとは限りませぬが、おおかたはわたくしが縫うた前掛でございましょう。大店のご妻女はもちろんのこと、料理屋や水茶屋などからも頼まれるのです。お上が厳しい倹約令を出しておりますゆえ、せめて、前掛でお洒落《しゃれ》をしようと思うのでしょう。注文がひっきりなしで、嬉しい悲鳴をあげておりますよ」

ゆったりと構えている姿は、まるで呉服屋の女主のよう。古着でなにか作ればいいのではないかと、助言したのは数之進だが、まさに大当たりというわけだ。そして、三紗の不機嫌の理由がここにある。

「それはようございました」

数之進は仕方なく相槌を打ったが、心の目は後ろの土間にいる三紗に向いていた。ついさっきまで愛想を振りまいていたものを、今は俎《まないた》に向かって、怒りを叩きつけている。新蓮根を切り刻む音が、不気味に響いていた。

「三紗もよく手伝ってくれるのです。まあ、大食いばかりでは、生計は立ちませぬからな。女子は淑やかに裁縫をするのが……」

だんっという包丁の大きな音に言葉を遮られた。だれかの首を切断したかのような音だったが、言った当人はまるで気づかない。

「まあ、三紗。危ないではありませんか。手を切りますよ。貴女に怪我をされると、わたくしが困ります。前掛作りの手伝いや、面倒な炊事をだれに頼めばよいのですか。厠《かわや》の掃除当番も貴女の御役目。気をつけてくださいな」

いかにも案じているような口ぶりだが、姉妹ならではの毒が満ちみちていた。三紗は耐えきれなくなったらしい。

「……」

冨美を睨《にら》みつけて、外に出る。

「姉様」

数之進はすぐに追いかけた。待っていましたとばかりに、三紗の口から毒が流れ出る。

「見ましたか、数之進、あの得意げな顔を。だれのお陰で前掛を売ることができるのか、姉上はわかっておられぬのです。わたくしが手伝えばこそ、あれだけ沢山の品を作ることができるというに」

さも悔しげに唇を噛みしめた。はて、前にも似たような会話をしたような憶えが、そうそう、あれは三紗が蕎麦《そば》の大食いで、挑戦者の牢人《ろうにん》を打ち負かしたときのことだ。三紗は一角が言うところの『食足《くいた》りぬ姫』。あの騒ぎの後も、鰻飯《うなぎめし》、鮨《すし》、饅頭《まんじゆう》と、毎月のように大食いの会に出ては優勝している。だが、会が開かれるのは、せいぜい月に一度、しかも近頃では三紗を警戒して、事前に出場禁止の通達が届くこともあった。機嫌が悪くなるのも、当然といえば当然なのだが。

「姉様のご苦労は、わかっております。炊事、洗濯、買い物と、こまねずみのように忙しく立ち働いておられますのを、わたしは存じております。姉上は家事が苦手でございますゆえ」

「あれだから婚家《こんか》を追い出されたのですよ。朝は朝餉《あさげ》の仕度が調《ととの》うまで、起きてまいりませぬ。わたくしが作った食事を、当然のような顔で食べ、後片づけもなにもかも、すべてわたくしまかせ。まるでお大名の奥方様のような暮らしぶりでございます。数之進、言うておきますが、わたくしは姉上の侍女ではありませんよ。このまま一緒に暮らすのは、とうてい耐えきれません」

「はあ」

まさか、もうひと部屋、借りろと言うのではあるまいな。返事に窮《きゅう》した数之進に、一角が合図する。左門の部屋を指していた。

「実はそういうことも含めて、姉様にお話ししたいことがあるのです。厠の前で立ち話というのも風情《ふぜい》のないこと、こちらにお入りください」

向かいの部屋の戸を開けたとたん、数之進は絶句する。

「………」

四

「おう、来たのか」

鳥海左門が着物を尻はしょりして、竈《かまど》の前に座りこんでいた。以前は牢人まがいに、月代《さかやき》や髭を伸ばし放題だったのだが、この頃はどういうわけか、いつもすっきりと剃《そ》りあげている。黙って座っていれば、両目付という重い御役目どおりの姿であるものを、尻はしょりした恰好は、あまりにも違和感がありすぎた。

「り、あ、いや、鳥海様。なにをしておられるのですか」

両目付様と言いかけたが、かろうじて呑みこんだ。愚問を発してしまったのは、それだけ狼狽《うろた》えていたのだろう。数之進らしからぬ失態といえる。

「厠で座りこんでおるように見えるか？　見ればわかるであろうが、火を熾《おこ》しておるのよ。三紗殿より旨い菜を頂戴してな。飯だけ炊けばよいゆえ、炊くところじゃ」

「なるほど」

数之進は後ろを振り向き、さて、どうしたものかと考える。左門は鋭くそれを察して告げた。

「この部屋を使うのであれば、わしのことは気にするな。なに、壁と思えばよい。よけいなことは言わぬゆえ」

「では、それがしは畳でござる」

一角が受け、頷き返した。三紗がいやがるようであれば、場所を替えてと思ったが、特に気にするふうもない。自ら率先して座敷にあがり、奥の六畳間に陣取った。今度は数之進が一角に目で頷き返して、六畳間にあがる。

「さっそくでございますが、姉様。実は安針町の飯屋の女将より、このような相談を受けまして」

壁と畳が耳をすましているのを感じながら、先刻の概要を手短に説明する。今にも潰れそうな飯屋、中風で動けない主、どうしようもないほど料理の下手な女将。商いをするにはよい場所なのに、客はまったく訪れない。なんとか助けてやれないだろうか。

「姉様にお願いしたいのは、他でもありません。『料理の指南役』ができぬかと思うたのでございます」

「料理の指南役」

ぴくりと、右眉が動いた。とりたてて表情が変わったようには見えないが、幼い頃からの付き合いだ。この表現が気に入ったのである。

「はい。姉様は列《なら》ぶ者なき料理人、それを活かして、飯屋に助力していただきたいのです。客の気を引くような献立、材料の選び方、そして、繊細な味つけといったものを女将に教えこんではいただけませぬか。儲けが出るまではなかなかむずかしいやもしれませぬが、そうなりました暁には、お礼を出すとのことでございます。相談を受けました折、わたしの頭には、すぐさま姉様が浮かびました。男であれば必ずや、大家《たいけ》のお抱え料理人になれたことでしょう。かねてより、姉様の腕前を惜しいと思うていたのです。これを機に指南役として、江戸中に名を知らしめてはいかがでございましょうか」

「江戸中に」

このくだりも気に入ったらしく、今度は左眉が動いた。食べ比べで勝ったときに、瓦版に載ると思っていたようだが、数之進が裏で上役に頼んだため、三紗の野望はかなっていない。度重なる優勝も、いたって静かに終わったことに、不満を持っているのはあきらかだ。

「瓦版に載りましょうか」

探るような目を向ける。御役目のことや向かいの住人、鳥海左門について、数之進はなにも話していない。どこかおっとりしている冨美はともかくも、三紗は色々なことに気づいているはずだ。あるいは、数之進が手をまわして、瓦版を差し止めたのではないか。両の眸に鋭さが増していた。

「あるいは、そうなるやもしれませぬ」

曖昧《あいまい》にかわすしかない。載ると断定すれば、載らぬときに責められる。こちらから働きかけるような真似は、二度とするつもりがないので、瓦版売りまかせなのだ。見世の立て直しが話題になるかどうかは、そのときの運次第。

「案ずることはありませぬ。三紗殿のように美しい女子が、人助けをしたとなれば、瓦版売りが放っておきますまい。きっと江戸中の目を集めますする」

茶を運んできた一角が、助け船を出してくれる。ぴしゃりと三紗が応えた。

「畳は口をききませぬ」

「は」

一角は素直に引きさがった。料理の指南役、江戸中の目を引きつける、瓦版に載るかもしれない、立て直した飯屋からのお礼。それらの事柄が三紗の頭を、駆けめぐっているであろうことは、容易に想像できた。

「姉様」

もうひと押しとにじり寄ったが、遮るように三紗が口を開いた。

「知っておりますか、数之進。姉上の好きな呉服屋の〈三井越後屋〉は、江戸におよそ八十か所、二百軒以上の抱《かかえ》屋敷を持っているそうでございます。寮に使うておる場所もありましょうが、ほとんどは貸家。毎月、どれほどの店賃が入るのでしょう。羨ましいことでございますねえ」

「は？」

話が奇妙な方向に飛び、当惑気味に見つめ返した。大店の話を出して、なにが言いたいのか。指南料を店賃並みにしてくれという頼みであれば、とても実現できない。

「お礼は先程申しあげましたように……」

「わたくしは地主になりたいのです」

三紗は軽く拳を握りしめ、虚空《こくう》を見据えた。夢見るような眸をして続ける。

「なにもしなくても、よいですか、数之進。働かなくてもですよ。上菓子をのんびりと食べ、家で寝転がっているだけで、毎月、金子《きんす》が懐《ふところ》に入ってくるのです。こんなありがたい暮らしがありましょうか。否、あるわけがありません」

陶酔しきったような様子に、数之進は困惑する。懸命に頭を働かせ、答えを得ようとした。待てよ、地主になりたいというのは姉様の望み。逆に考えていくと、地主になるためには金を得なければならず、つまりは働かねばならない。働く、仕事をする、なるほど、そういうことか。

閃いた。

「お引き受けいただきまして、ありがとうございます」

深々と一礼する。

「なんじゃ、どうして、そういう言葉になるのじゃ、数之進。おれはわけがわからぬぞ」

思わず呟いた一角の横で、左門は含み笑いをしていた。二人は土間に立ち、やりとりを見つめている。ふたたび、三紗から鋭い声が発せられた。

「畳は話しませぬ、壁は笑いませぬ」

「は」

二人同時に頷き、土間に屈みこむ。三紗は顎をあげ、背筋を伸ばして、訊いた。

「それで、いつ、その飯屋に行くのですか。今からですか」

「いえ、明後日にしたいと思います。非番でございますので、ゆっくり話ができるのではないかと。明日の夜、またこちらに参りたいと思うております」

三紗に告げることで、左門にも明後日が非番であることを伝えていた。新参者の数之進は、今日、御役目が終わったときに、ようやく明後日、休んでもよいと告げられたのである。要領のいい一角は、数之進に合わせて、素早く非番を取っていた。

「それでは、わたくしはこれで失礼いたします」

地主になるという大望を胸に、三紗は意気揚々と立ちあがる。

「鳥海様、早乙女様。お風邪などめしませぬよう、お気をつけくださいませ」

武家の女子らしく、優雅な仕草で一礼し、部屋を出て行った。左門は大徳利を抱えて、座敷にあがって来る。数之進はすぐに御役目のことを話そうとした。

「吉田藩のことでございますが、鳥海様の調べの方は……」

「待て」

早口で一角が制した。いったん座敷にあがりかけたが、土間に降り、人差し指を唇にあてる。黙っていろと示した後、いきなり戸を開けた。

「姉様」

盗み聞きしようとしていたに違いない。部屋に戻ったとばかり思っていたのに、三紗が立っている。戻るふりをして厠近くに佇《たたず》み、足音を忍ばせて、戸の側に戻ったのだろう。しかし、特に慌てることもなく、平然としている。

「言い忘れておりました。故郷の姉上様より本日、届きました新しいお着物。帰るときに忘れぬようになさいませ」

注意したかっただけなのだと、取り繕っていた。一瞬で判断するこの悪賢《わるがしこ》さが油断できない。

「わざわざありがとう存じます。帰りに立ち寄りますので、そうそう、わたしも言い忘れましたが、飯屋の献立について、明後日までに考えておいていただけると助かるのですが」

「わかりました。安くて美味しい飯屋の献立を、考えておきましょう。それでは失礼いたします」

深々と頭をさげ、背中を向けたが、一角は戸を閉めようとしない。三紗が自分の部屋に戻るのを見届けてから、ようやく閉めた。

「あれは気づいておるな」

「うむ。だが、真実を話す気にはなれぬ。故郷の姉上様は、たとえ我が身を犠牲にしてでも、堅く口を閉ざすお方だが、姉上と姉様は今ひとつ信用できぬのだ。曖昧なままにしておくのが、よいのではないかと思うが」

左門に視線を向けたが、数之進の言葉を実践するように、曖昧な笑みを浮かべていた。今宵はこれで引きあげるのが得策かもしれない。

「われらは藩邸に戻ります。明後日は村上《むらかみ》様もおいでになりますか」

村上杢兵衛《もくべえ》は、数之進たちにとっては直接の上役であり、左門の配下である。徒目付組頭《かちめつけくみがしら》の役目を担い、昨年から左門の配下となって動いていた。吉田藩に潜入してから五日が過ぎているのに、その間、一度も長屋に姿を見せないのが不思議でならない。

「杢兵衛は腰を痛めてしもうてな。屋敷を一歩も出られぬ有様よ。美しき花に毒虫がつくのではないかと、そればかり言うておる。鍼《はり》の療治を受けて、だいぶようなったゆえ、明後日には来るであろうさ。いや、花のことが心配で、明日にも来るやもしれぬ」

「美しき花」

数之進は眉をひそめて、首を傾《かし》げた。女子のことを言っているように思えるが、杢兵衛は御年六十二歳。問題の多い姉たちとは、親子ほど年の差があるので、どうしても結びつけられない。着道楽と食道楽の二人のどこがよいのかという気持ちもあるため、いつもの閃きが訪れないのだ。にやにやと、意味ありげに笑う一角を見て、よけいわけがわからなくなる。

「それでは、今宵はこれにて失礼いたします」

「鳥海様。花の番人として、くれぐれも怠りなされませぬよう」

相変わらずの笑みを残して、一角は先に部屋を出る。何度も首をひねりながら、数之進も続いた。美しき花、花の番人と繰り返しては、「まさか」と思っている。ありえぬことだ、姉様と村上様が……。

「おっ、親父殿ではないか」

路地に入って来た年寄りを見て、一角が足を止めた。〈北川〉の隠居、伊兵衛《いへえ》が、小僧らしき少年を伴い、にこやかに歩いて来る。自分を訪ねて来たと思ったのだろう。

「知らせておらぬのに、よくここにいるのがわかったではないか」

先刻の意味ありげな笑みではなく、こぼれんばかりの笑みになる。憎まれ口ばかり叩くくせに、けっこう嬉しげだった。さまざまな確執を経て、今に至っている。実父こそが心の支えなのかもしれない。

「大和屋の『越乃雪』が手に入ったのでな。持って来たのじゃ」

伊兵衛が差し出した風呂敷を、一角は受け取ろうとする。

「ありがたい。『越乃雪』は、おれの好物じゃ。わざわざすま……」

「おまえにではない」

と、直前で風呂敷を上にあげた。

「三紗様への土産《みやげ》じゃ。生田様の姉君様たちは、甘い物に目がないゆえな。ちょうど得意先よりいただいたので、お持ちしたのじゃ」

「え」

おれにではないのか。唖然とする一角を置いて、伊兵衛は二人の姉が住む部屋の戸を叩く。それぞれの部屋から洩れる明かりが、長屋の一郭に咲いた老いらくの花を、あたたかく照らし出していた。

五

「親父殿のしまりのない顔を見たか、数之進」

藩邸への道すがら、一角はしきりにぼやいた。楓川《もみじがわ》を左手に見て、河岸をまっすぐ進んでいる。伊予《いよ》(愛媛県)吉田藩の藩邸があるのは、南八丁堀なので、のんびり歩いても一刻とかからない。あたりはもう真っ暗だったが、〈北川〉で借りた提灯《ちょうちん》を片手に、秋の夜風を楽しんでいた。

「うむ、鼻の下が伸びていたな」

「ついこの間までは、死ぬだの、もうお迎えが近いだの、大袈裟《おおげさ》に騒ぎ立てておったものを、三紗殿が現れたとたん、あれじゃ。思うに、親父殿はあの手の顔が好きなのだな。おれの母上も、瓜実顔の美人であったわ」

「なれど、一角の父上は」

不安げに言葉を継いだが、覆《おお》い被《かぶ》せるように一角が告げる。

「おう、今年で七十じゃ。村上様は六十二、ちと負けておるが、なに、六十を過ぎたら大差ない。どちらも毎夜、棺桶に寝ているようなものじゃ。翌朝、目覚めがくるのかわからぬ点は同じよ」

「笑えぬ」

と言いつつ、笑っていた。夏の陽《ひ》ざしのような一角に、数之進はいつも助けられている。ともすれば落ちこみそうになる御役目をこなせるのも友のお陰。とはいえ、いささか合点《がてん》がいかぬこともある。

「まさかとは思うが、一角。村上様とおぬしの父君は、姉様を嫁にしたいと思うておるのか」

浮かんでは打ち消してきた考えを、とうとう口にした。

「おお、ようやく気づいたか。数之進はおくてゆえ、惚れたのなんだのという話には疎《うと》い。おれは春頃より気づいておったぞ。見ればすぐにわかるではないか。特に村上様は、われらに用がなくても、頻々《ひんぴん》と長屋を訪れておる。目的は三紗殿よ、言うまでもない。しかし、わからぬのは三紗殿じゃ」

三紗の屈折した性格は、数之進でさえ、読めないときがある。もっともな言葉だったが、今回はなにがわからないのか。

「わからぬとは?」

訊き返した。

「決まっておるではないか、地主云々のことよ。地主になるのが夢というようなことを言うておったが、なぜ、地主の元に嫁ぐという考えは持たぬのであろうな。あれだけの器量よしじゃ。村上様はもちろんのこと、親父殿も然り、他にも後添《のちぞ》いにと望む者が、いくらでもおるであろう。自分で稼ぐことなど考えず、嫁に行けばよいではないか。前から思うておったのだが、三紗殿は男嫌いか」

「さあて、どうであろうか。前に言うたと思うが、姉様はあのとおりの大食らい。姉上の婚礼の折、食うて食うて食いまくり、居合わせた者たちが真っ青になったという逸話の持ち主だ。以来、嫁入り話は、素通りしてしまう状態ゆえ、はなから諦めておるようなふしがある。どうせなら自分で稼ぎ、生計を立てようとしておるのではなかろうか」

八丁堀に架かる橋を渡って、大富町《おおとみちょう》の河岸に着いた。大名家や旗本の屋敷が建ち並んでいる区域だけに、なんとなくうそ寒さを覚える。細々《こまごま》とした町屋が並ぶ場所と違い、どの屋敷も広大な敷地を有しているため、非常に閑散としているのだ。臆病な数之進は一角よりも少し遅れて、後ろに着くようにしている。

「まあ、三紗殿がうちの親父殿に嫁いだ日には、〈北川〉の身代は三日と保《も》つまいさ。できれば自力で稼げるようにしてもらえると、助かるには助かるがな。ところで、数之進。吉田藩のことだが、ちと奇妙な噂を聞いた」

「どのような話だ」

「幽霊話よ」

一角は足を止め、数之進の手から提灯を取る。それを下から照らして、ぼうっと顔を浮かびあがらせた。

「藩士たちの枕元に、夜な夜な先代の亡霊が現れるとか。二十年ほど前に、三十の若さで早世なされた村壽様よ。地獄から響くような声音《こわね》で、『うらめしや〜、余の命を奪ったのはだれじゃ。うらめしや〜、余は忘れておらぬ、忘れられぬ。余を死にいたらしめたのは』と、耳もとにある者の名を囁《ささや》くそうな。亡霊を見た者、おお、言い忘れたが、亡霊が現れる前には、季節外れの鶯の鳴き声が聞こえるとか。枕元に立たれた藩士も、あるいは不吉な鳴き声を聞いておるのやもしれぬが、そのあたりのことはわからぬ。とにもかくにも亡霊となんらかの関わりを持った者は、病に冒されて藩邸を去る運命じゃ。今まで五人もの藩士が消え去った由」

「………」

数之進はごくりと唾《つば》を呑む。提灯に照らし出された一角の表情と、背筋が寒くなるような造り声が怖い。それ以上に怨霊話を怖れていたが、正直に言うと一角がよけい面白がると思ってこらえた。

「し、死んだわけではないのだな」

かろうじて出た問いかけに、またもや、震えるような独特の声音で応じる。

「いや、何人かは死んだ。ある者は風呂桶に顔を突っこんで溺《おぼ》れ死に、またある者は正体のわからぬ獣に咬《か》まれて命を落とすという異様な死に様よ。鶯の鳴き声を聞いた者はむろんのこと、村壽様の亡霊に出会うた者や、枕元に立たれた者は無惨な死を迎えるのが運命じゃ。どうする、数之進。枕元に立たれたらどうする。怖いであろう、どうじゃ、怖ろしいか」

顔を近づける一角から、懸命に目を反らした。伊智が仕立てた着物が入っている風呂敷包みを、お守りのように抱えこみ、さりげない足取りで歩き出す。恐怖を気取《けど》られまいと必死だった。

「怖ろしゅうなどない。わたしは勘定役、算盤《そろばん》で弾き出される答えしか信じぬゆえ、怨霊や亡霊など、いるとは思うておらぬからな。鵺《ぬえ》の鳴き声が響くとは、風流ではないか。鵺《ぬえ》や鴉《からす》ではないところが、大名家の幽霊話らしゅう思えなくもない。だが、今の話、いささか気になる。村壽様は確かに早世なされておるし、昨年から今年にかけて、藩士が何人か辞めたという話は、わたしも耳にした。われらがうまく入りこめたのは、欠員が出たからこそ。その裏に怨霊話が隠されていたのは知らなんだが、だれかがわざと吹聴《ふいちょう》していることも考えられる。われらを怯《おび》えさせて、手を引かせようとしておるのやもしれぬ」

無理に平静さを装っているため、一角のような早口になっていた。もっと怖ろしい怨霊話が出るのではないかと、心ノ臓が激しく脈打っている。もう一度、あれをやられたら、失神してしまうかもしれない。今の言葉で一角の気が逸れてくれるようにと、心底、祈っていた。

「ふぅむ、言われてみれば、そのとおりじゃ。数之進が言うように、われらを真実から遠ざけんがために、怨霊話を広めていることは充分、ありえるな。さすがは千両智恵、と、おい、数之進。どこに行くのじゃ。長屋の小門《こもん》はこちらぞ」

「あ」

いつの間にか藩邸に着いていた。話を変えなければと思うあまり、まわりの風景が目に入らなくなっている。とりあえずは怨霊話が終わり、ほっとしていた。

「一角。現藩主、村芳《むらよし》様についてはどうだ。先日、廊下を歩いておられるお姿を、遠目にちらりと拝見したが、お顔立ちはまるで公家のようであらせられた。どことなく気品が感じられる。ご気性ものんびりしていて、穏やかであられるとか。一角は側小姓《そばこしょう》ゆえ、なかなか気は抜けぬであろうが、ご気性がゆったりしておられると、少しは楽なのではないか」

「なあに、おれはいつでも我が道だけを行くゆえ、数之進ほど気は遣わぬさ。殿は無類の狂言好き、藩主としては、良いのか悪いのかわからぬがな。おれも狂言は嫌いではない。日がな一日、殿と狂言の話をしておるわ」

能と狂言のことを能楽と称するが、この二つは似て非なるもの。能は笑いを含まない重厚な歌舞劇であり、狂言は滑稽を旨とする軽妙な対話劇だ。数之進もある程度の知識はあるが、一角ほどではない。

「そういえば、中奥には能舞台もあるらしいではないか」

さして興味はなかったが訊ねた。藩邸の造りを知っておくのは、当然の義務。いちおう頭に入れておかなければならない。

「おう、あるぞ、立派な舞台じゃ。殿自ら、月に何度も演じておられるようだが、それはまだ観たことがない。そのうち、おれも相手をさせられるであろう」

「奥方様についてはどうだ。村芳様が祝言《しゅうげん》をあげられたのは、かれこれ二年ほど前のこと。まだお世継ぎには恵まれておらぬようだが、そのせいであろうか。藩士たちの口から、奥方様の話が出ないのだ。いささか不審に思うておる」

「それよ。おれも奥方様、そう、お名前は茅野《かやの》様と申されるそうだがな。奥御殿におるのは間違いあるまいが、どうにも影が薄いのじゃ。もしやすると」

一角はまたもや提灯で顔を下から照らした。

「すでに亡くなられておるのでは……」

ホーホケキョ。

突如、鶯の鳴き声が響きわたる。二人同時に立ち竦《すく》んだ。たった今、話したばかりではないか。亡霊が現れる前には、季節外れの鳴き声が響くと。秋風が沁みいる闇の中、違和感のある鳴き声に、身体が凍りついた。

「聞いたか」

一角が囁き声で訊ねる。

「聞いた。鶯の鳴き声であった」

「今は秋ぞ。しかも、夜であるというに、薄気味悪いことじゃ。鶯というのは秋も、あのような声で鳴くのか」

「わたしは今まで一度も聞いたことがない。この時期には、笹鳴《ささな》きをするのが普通だと思うが」

寒気を覚えて、数之進は風呂敷をさらに強く抱きしめた。落ち着きなく左右に目を走らせているのは、先代の亡霊が現れるのではないかと警戒しているからだ。一角も視線を追うように右、左と見て、

「笹鳴きとはなんじゃ」

問いかけた。

「チャ、チャというような鳴き方よ。秋から冬にかけては、そういう鳴き方をする。それを笹鳴き、あるいは地鳴きと言うのだが」

ホーホケキョ。

二度目の鳴き声で、真っ青になる。濃密さを増したような闇が、二人を覆いつくすように迫っていた。亡霊の訪れを知らせるという鳴き声、病に冒されて藩邸を去る運命。もうだめだ、立っていられぬ。腰がへたりかけた数之進を、一角が支えた。

「しっかりしろ。小門はすぐそこじゃ」

「あ、ああ」

三度目は響いてくれるなと、泣きそうになりながら走る。すでに鳴き声を聞いてしまった。

どうすればいいのだろう。われらは亡霊と出会う運命なのではなかろうか。

伊予吉田藩の内情を探るために、幕府より遣わされた生田数之進には、厳しい御役目が課せられている。

幕府御算用者。

たとえ亡霊に取り憑《っ》かれようとも、逃げることは許されない。

第二章　花咲爺

一

伊予国吉田藩志水《しみず》家は、明暦《めいれき》三年（一六五七）、初代宇和島藩主志水秀宗《ひでむね》が、五男に宇和島郡内の三万石を分知《ぶんち》、吉田に陣屋を構えて立藩した。十万石の宇和島藩は本家になるわけだが、当初から兄弟間の反目が強く、なにかと吉田藩に干渉してくる。常に御家騒動の火種を抱えているような大名家だった。本家の志水遠江守宗紀《とおとうみのかみむねただ》、そして、分家の志水若狭守《わかさのかみ》村芳《むらよし》。表向きは平穏に見えるが、果たして、その実態は――。

三年ほど前には、国元であわや一揆《いっき》の騒動が起こりかけたと、ここに潜りこむ際、村上様が言うておられた。その後の調べが入ってこぬゆえ、国元の様子が今ひとつわからぬ。どの藩にも少なからず、派閥があるものだが。

翌日の午《ひる》過ぎ、数之進は長屋の部屋で、勘定頭から借りた各村の明細帳の写しを、もう一度、見直している。一角と約束した時間は七つ（午後四時頃）、今はまだ八つ（午後二時頃）なので、時間潰しもかねて、再確認していた。派閥などについては、今日か明日にはわかるだろう。

藩の特産品は紙と蠟《ろう》。製紙の技は伊予の中でも、群を抜いている。蠟は鬢《びん》付け油にもなるからな。三万石の所帯を養うには、充分すぎるほどの生産量だ。借財も他藩に比べれば、そう多くはない。

が、あくまでも他藩に比べればということであり、相当な額ではあった。質素倹約を厳しく戒《いまし》めねばならない藩主が、狂言好きとあって、思うように財政緊縮が進まないのかもしれない。三万石程度で、藩邸に能舞台を構えるのは、やはり、贅沢といえるのではないだろうか。

「西国一の漁場か」

別の丁を広げる。本家の宇和島藩もそうだが、吉田藩も東外海《ひがしそとうみ》の尖端に至る沿岸部に、豊かな漁場を持っていた。漁村の背後には段々畑が連なりあって、南予特有の一大景観をなしていることであろう。趣味で盆景を造る数之進の脳裏には、青い海と段々畑が、鮮やかに浮かんでいる。

「『天の時は地の利に如《し》かず、地の利は人の和に如かず』とはよく言うたものよ。事を成すには何より人の和が大事だが、耕して収穫できるようにするまでには、血の出るような苦労があるに違いない。米は採れぬが、新鮮な魚は獲り放題、畑では麦と甘藷《かんしょ》を栽培しているゆえ、藩主がしっかりしていれば、民たちも豊かに暮らせよう。あまり問題はないように思えるのだがな」

「なんじゃ、数之進。明日は非番であろう。まだ出かけぬのか」

勘定方の同役が、顔を覗《のぞ》かせた。見るからに人の好さそうな三十前後の藩士で、名前は福《ふく》原安藏《はらやすぞう》。両眼がやや離れているうえ、眉も目尻も八の字にさがっており、なんとなく福笑いを想起させる。藩士たちから「福さん」と親しみをこめて呼ばれ、頼りにされていた。どこにでもいる世話好きの男に思えなくもないが、部屋が違うのによく話しかけてくることを、数之進はひそかに警戒している。もしかすると、見張り役なのかもしれない。

「はい。明細帳に目を通しておこうと思いまして」

「生真面目なことよ。昨日もその前も、同じことを言うていたではないか。色気もなにもない各村の明細帳よりも、岡場所の女子の方がよかろうて。どうじゃ、わしと一緒に出かけぬか。もし、よければ行きつけの見世に案内するぞ」

「お誘いはありがたいのですが、長屋に住む姉たちの様子を見に行かなければなりません。また次の機会にでも、ご一緒させてください」

あたらずさわらずの答えを返す間も、油断なく目と心を配っている。単に興味を持っているだけかもしれないのに、疑ってかかる己《おのれ》がいやでたまらない。しかし、それが御役目、明細帳を閉じて、安蔵の様子をそれとなく見ていた。

「そうか、では、この次にしよう。それはそうと、聞いたか？」

「聞いたとは……なんのことでございますか」

「鶯の鳴き声よ」

昨夜の一角さながらに、声をひそめる。

「四つ頃（午後十時）だったと言うていたが、刻限は定かではない。ちょうど、われらがいる長屋のこのあたりで鳴き声が響いたとか。わしは湯に入っていたゆえ、聞かなんだがな。みな騒いでおる。数之進はどうじゃ。春告鳥ならぬ、死告鳥《しつげ》の不吉な鳴き声を聞いたか」

春告鳥は、正確に言うと目白《めじろ》のことだが、差し出口と思い、短く答えた。

「いえ、聞きませんでした」

噂の主になることは避けなければならない。不本意ではあったが、偽りを返した。先を聞きたいような聞きたくないような、相反する気持ちの狭間で揺れ動いている。安蔵はむろん、そんなことなど知る由もない。

「そうか。よかったではないか、命拾いしたな。聞いてしもうたうちの一人が、さっそく具合が悪うなっての。つい先程、医者を呼んだのじゃ。すわ、これは一大事。六人目の犠牲者かと、噂が広まっておるわ。知っておるやもしれぬが、昨年から今年にかけて、御役目を退いた者が五人。そのうちの三人は勘定方の者じゃ。欠員が出たお陰で、長い間、部屋住みだったわしが、こうやってご奉公できたのはありがたいことだがな。なにやら複雑な気持ちよ」

さもありなん、数之進も似たような思いを覚えている。欠員が出なければご奉公できないのが、藩士たちの実情だ。言うことはよくわかるが、内容にはいささか反論が湧いている。

「奥向きで鶯を飼うておられるのではないのですか。この季節に春のような鳴き方はしませぬが、中には変わり種がおるのやもしれませぬ。昨日は春を思わせるような日和、間違えて鳴いたのではありますまいか」

多少、むきになっていた。一角に脅かされて、怯えた自分に腹を立てている。おそらくは奥御殿で飼っているのだろうと、落ち着くところに考えが落ち着いて、昨夜はようやく眠りについたのだ。また話を蒸し返されてしまい、苛立ちが湧いている。

「おぬしの言うとおりじゃ。奥御殿で飼うていた」

やはり、と普通であれば安堵《あんど》するところだが、過去形の部分をしっかり耳に留めている。飼うていた、つまり、今は飼っていないのではないか。早く話を終わらせたくて、先読みした問いかけが出る。

「死んだのでございますか」

「おう。わしの微妙な言いまわしに、よう気づいたな。さよう。奥御殿で飼うていたのじゃ。先代の殿、村壽様が、それはそれは愛《め》でられてのう。自らお世話をなさり、慈《いつく》しんでおられたのよ。不思議なのは、亡くなられた時じゃ。まさに村壽様が息を引き取られると同時に、鶯もまた死んだとか。たかが鳥であるが、主への忠義は家臣も見習わねばならぬと、懇《ねんご》ろに葬られた由。以来、鶯の先触れが亡霊の案内役となったのじゃ」

「今は飼うておられぬのですか」

ひそかに飼っているに違いないと、数之進は思っていた、いや、思いたかった。もう充分すぎるほどに、亡霊話は堪能している。たまたま夜に鳴いただけのこと、たまたま秋に鳴いただけのことだ。しかし、安蔵はきっぱりと言い切る。

「飼うておらぬ、それは間違いない。亡くなられたお父上を思い出すからであろう、殿がいやがられてな。飼うのをお許しにならぬのじゃ。それに、考えてもみよ。たとえ飼うていたとしてもだ。秋の夜に鳴く鶯がおろうか。鶯も亡霊なのじゃ。主が現れることを、鳴き声で知らせるのよ」

どうしても亡霊話を信じこませたいようだった。しっかり鳴き声を聞いてしまった数之進は、内心、怖ろしくてたまらない。

「村壽様がお亡くなりになられたとき、殿はお幾つだったのでございましょうか」

必死に話を変えた。いやな話はこれぐらいにして、情報を仕入れたいという思いもある。

安蔵は虚空を見あげるような仕草をし、小さな声で呟いた。

「殿は……そう、七つであったわ。ご政務は無理なお年だったゆえ、御家老様が後見役になられての。今に至っておる」

江戸家老の上田《うえだ》隼之助《はやのすけ》は、四十なかばの見るからに遣り手という家臣で、数之進は事実上の支配者であろうと踏んでいる。現藩主が狂言三昧《ざんまい》の暮らしを送れるのも、優れた家臣がいればこそ、暮らしぶりの良し悪しは別にして、まずは藩の現状をつかむべく問いかけた。

「殿は今年で二十七になられるとお聞きしました。あまり表にはお顔をお出しになりませぬが、昼間は中奥、または奥御殿でお過ごしなのでございますか」

かなり踏みこんだ問いかけだったが、安蔵はさして気にするふうもない。

「そうよな。殿は中奥におられることが多い。表には御家老様と、御中老の小橋《こはし》様がおいでになるであろう。あれこれとうるさく言われるのが、いやなのであろうさ。殿がお顔を見せるのは、狂言のことで金が必要なときだけじゃ」

中老は家老の次席で、置かない藩も多いのだが、志水家では中老職を設けている。家老の隼之助と中老がどういう状態なのか、今ひとつわからない。

村上様の調べを聞いておらぬゆえ、対立しておるのか、はたまた手を組んでおるのか、まるでつかめぬ。もっと訊いてみたいが……と思ったとき、それが表情に出たのか。

「御家老様と小橋様は、特に仲が良いわけではない。さりとて、悪いとも言えぬ」

今度は安蔵の方が先読みした。

「まあ、波風もなくやっておるというのが、わしの見立てよ。殿の浪費癖を押さえられるのは御家老様しかおらぬからな。小橋様では『御廊下問答』の相手にならぬ。本家の重臣たちも、御家老様には一目置くしかあるまいて」

本家である宇和島藩の関与を、それとなく匂わせていた。もしかすると、家老の上田隼之助は、本家から差し向けられたのかもしれない。幾つかの事柄を頭に留めたうえで、数之進は訊いた。

「『御廊下問答』とは、なんでございますか」

「なんじゃ、まだ出くわしておらぬのか。見ればわかる。さほど遠くない時期に、数之進も目にするであろうよ」

「さようでございますか。楽しみにしております。ところで、殿がご祝言をおあげになられたのは二年前とか。奥方様はどのようなお方なのでしょうか」

「奥方様か」

とたんに安蔵の口が重くなった。一角が言っていたように、本家の姫君のことは、口にしにくいのかもしれない。躊躇《ためら》いながらという感じで、ふたたび口を開いた。

「美しいお方じゃ。ご気性については、わしも祝言の折に、ちらりとお見かけしただけゆえ、ようわからぬ。本家より嫁いでこられたためか、いささか我儘なところがなきにしもあらずじゃ。お世継ぎはまだだが、なに、そのうちに目出度い知らせが届くであろうさ。昨夜の鶯は、もしやすると、吉兆やもしれぬ。それはそうと、おぬし、前は加賀前田家にいたそうな。なにゆえ、我が吉田藩に移ってきたのじゃ？」

きたな、数之進は緊張する。次に出るのは、幕府御算用者の話であろう。おぬし、もしや、そうではないのか。噂が出ておるぞ。

「さまざまな藩で学びたいと思いまして」

慎重に答えた。数之進は加賀藩、一角は七日市藩と、それぞれに前の奉公先を知らせてある。調べればわかることなので、無理に隠すと逆に怪しまれるからだ。左門の考えに従って、二人は動いている。

「わからなくもないが、吉田藩はたかだか三万石。しかも、宇和島藩の分家ぞ。加賀藩とは比べものにならぬではないか。さては、おぬし」

安蔵の目が、探るように動いた。

「本家に移るのが狙いか」

予想していた問いかけではなかったため、一瞬、当惑したが、

「そのようなところです」

取り繕って、さらに話を続ける。

「宇和島藩は十万石の大名家、移ることが叶えば、これ以上の喜びはありません。他の藩士の方々も、そう考えておられるのではないでしょうか」

「さあて、どうであろうか。十万石というても高直《たかなお》しじゃ。吉田藩が貰い受けた三万石を埋めんがため、無理やり新田をでっちあげて、帳尻を合わせたようなものよ。作物もなにも取れぬ不毛の土地までも加えたうえでの十万石。見栄を張れば、どこかに綻《ほころ》びが出るものを、愚かの極みじゃ」

侮蔑《ぶべつ》をこめた言葉に、本家への気持ちが表れている。安蔵はいったいだれの手下として、動いているのだろうか。表向きは勘定方だが、どの派閥に属しているのか。ふと出た言葉を記憶に留め、深読みしなければならない。本当に気骨《きぼね》の折れる御役目だ。

「福原さんは本家に移りたいとは思わないのですか」

「思わぬ」

福笑いのような顔が、急に険しくなる。

「わしはな、数之進。殿のご気性を好ましゅう思うておる。われらに対して居丈高《いたけだか》にふるまうこともなく、おおらかで、寛《ひろ》いお心の持ち主じゃ。ずっとお仕えできればと思うておる。このまま、ずっとな」

と物言いたげな目を向けた。もっと突っこんで訊けば、あるいは吉田藩で起きかけている騒動について、語ってくれるかもしれない。だれが、なにをしようとしているのか。霧の中から差し出された手を、握りしめようとしたとき。

「生田殿」

別の同役の者が、入って来た。

「お頭様がお呼びじゃ。勘定方のお部屋で待っておられる。すぐに行くがよい」

「はい」

これこそ、御算用者であることを確かめる呼び出しなのではないか。数之進はいっそう緊張して、勘定方の部屋に向かった。

二

「来たか」

勘定頭の浅野善太夫《あさのぜんだゆう》が、のっそりと立ちあがる。馬によく似た長い顔が特徴で、藩士たちは秘かに『馬太夫』などと呼んでいた。

「ま、座るがよい」

自分の文机《ふづくえ》の前を示して、善太夫はいつもの場所に腰をおろした。端の方に置いてある帳簿が、視野に入ったが素知らぬ顔をしている。善太夫がいつも大事そうに抱えている帳簿で、公に見せる帳簿とは別のものらしく、決して藩士たちにさわらせようとはしない。なにが記されているのか気になっていたが善太夫の顔に目を向ける。

ははあ、本当に馬のようだ。

間近に迫った馬面は、見れば見るほど長いだけでなく、妙な迫力を与える。ただでさえ緊張しているのに、ますます表情が強張《こわば》ってきた。

落ち着け、数之進。藩邸内には一角がいる。なにも怖れることはない。いざとなれば、助けてくれようぞ。

自分を叱咤《しった》して言葉を待つ。

「我が藩にご奉公して、六日目。明日は待ちに待った非番じゃ。休みの前に一度、話をと思うてな。どうじゃ、慣れたか」

「は。お頭様をはじめとして、同役の方々もなにかと気遣うてくださいます。各村の明細帳に目を通しながら、少しでも早くお役に立てるようにと思い、精進しております」

「うむ。そちの熱意は、わしもようわかっておる。深夜、調べものをしているという話も耳にした。我が藩はのんびりした気質の者が多くてのう。いささか物足りなく思うておったのじゃ。そちの向学心が、よい刺激になってくれればと思うておる」

「お褒めにあずかりまして、恐悦至極《きようえつしごく》。ますます励みたいと思います」

「頼むぞ。殿も頼もしゅう思うておられるはずじゃ。新しい藩士、しかも若い者が加わるのは、我が藩にとって良いことと、常日頃より言うておられる。お目通りまではなさらぬが、そのうちにお言葉を賜《たまわ》ることもあろう。気さくな方ゆえ、案ずることはない」

「は」

「話は変わるが、さきほど賄方《まかないがた》の者より、これが届いてな」

大きな風呂敷包みを、文机の上に置いた。と同時に、かしゃりとなにかが擦《こす》れ合うような音がする。

「あ」

数之進は、即座に中身を察した。どう応えればよいのか、戸惑っているうちに、善太夫が口火を切る。

「賄方の者によれば、助けてもろうた礼だとか。包丁人の男だがな。ずいぶんと喜んでいたが、そちはなにをしたのじゃ？」

諸藩に潜入したときには、必ず台所の様子を見るようにしている。質素倹約をどの程度、実行しているか見るには最適の場だからだ。しかし、警戒心を抱かれやすいのも事実。素直に詫びた。

「申しわけございませぬ。不心得でございました」

「いや、謝れと言うておるのではない。これは持って帰るがよいぞ。責めておるわけではないのじゃ。わしが訊いておるのは、包丁人の男になにをしたのかと言うことよ。言うてはまずい事柄か」

「いえ、そのようなことはありませぬ。なんと申しますか、その、どうも出が悪いと聞きまして。厠でどれだけ気張っても、なかなか出ぬと言うのです。それではと、朝顔の種を磨《す》り潰した粉を渡してやりました。下剤《くだしぐすり》代わりになるのです。効きすぎるほどに効きますゆえ、量に気をつけねばならぬのですが、どうやら効果があった由。お礼をしたいと申しますので、これを頼んだ次第でございます」

と、風呂敷に両手を添える。持って帰ってもよいと言われたので、まずはほっとしていた。

「朝顔の種とな。ふうむ、そういうことであったか。わしは医者が処方した薬しか飲んだことがないが、そうか。詰まりすぎたときには良いか」

「はい」

「よし、今の件に関しては得心がいった。もうひとつ、賄方について訊ねたきことがある。先日、粉炭《こなずみ》を買い求めよと、賄方に申したそうだが、これはなにに使うのか」

「炭団《たどん》を作るのでございます」

「はて、炭団とな。なれど、炭団は炭屋より買い求めればよいではないか」

怪訝《けげん》そうに眉を寄せる表情は、まるで馬が人真似をしているかのよう。お叱りを受けぬとわかって気持ちがゆるんでいる。思わず吹き出しそうになったが我慢した。

「炭屋で売る炭団は、汚くて混ぜ物がございます。おまけに火の力が弱く、長保《ながも》ちいたしませぬ。それゆえ、粉炭を買い求めるのでございます。これだけの大所帯、台所だけでも相当な量の炭を使いましょう。このとき生ずる粉炭に、炭屋より買うた粉炭を加えて、自家製の炭団を作るのです。手間暇かけなければ、倹約はできませぬ。近江商人の口癖に、『金がなければ智恵を出せ、智恵がなければ汗を出せ』というものがございます。大名家は金がないと言いながら、色々なところで無駄があるように思います。粉炭のことを申しましたのは、そのような訳でございまして」

頭を垂れて、善太夫の反応を見た。倹約の話になると、どうしても力が入る。よけいな行為だったかもしれないと思い、後悔の念が湧いてもいた。だが、少しでも節約するためには、労を惜しんでは駄目なのだ。僅かな節約が積もり積もれば、やがて、大きな倹約となる。幕府御算用者という重い役目を負っている立場上、目立たぬようにしなければとわかっているのに、どうしても口出しせずにいられない。ここを削ればまだまだ、なぜ、こんな無駄をするのか。日々不思議に思い、それが言葉になる。

「変わった男よのう」

善太夫の声に、怒りはなかった。

「は？」

安堵して、顔をあげる。

「いや、深い意味はないが……よう気がつくものだと思うてな。感心したのじゃ」

「貧乏藩士の貧乏智恵でございます。それがしは、九歳のとき、江戸にご奉公に出まして、近江商人が営むお店《たな》で四年ほどご奉公いたしました。商いを学ぶには商人のもとに行くのがよいという、父の考えでございましたが、それが今になって役に立っておるように感じております」

九歳から十三歳までと簡単に言うが、侍の嫡男でありながら郷里を離れて奉公するというのは、言葉より楽ではない。母の臨終にも間に合わず、辛い思いを味わっている。が、それだけの成果はあったのだと、この頃、感じるようになっていた。

「商人のお店にご奉公か。いささか変わった物の見方をするのは、そのためであろうが、む？」

ふと善太夫の目が、遠くの方に向けられる。

「まずい、殿じゃ。数之進、わしは屋敷に戻ったと言うてくれ。よいな」

言葉が終わるか終わらぬかのうちに、馬面は奥の部屋に消えていた。藩の特産品や帳簿などを置いてある納戸のような部屋である。茫然として見送る間もなく、

「善太夫はおらぬか」

藩主の村芳が姿を見せる。ぼんやりとした柔らかな眉は、わざわざ描いているわけではない。生まれつき公家のような眉をしているのであろう。色白の優男《やさおとこ》といった風情で、派手やかな着物がよく似合っている。数之進は慌てて、平伏した。

「これは殿。わざわざ足をお運びいただきましたのに、申しわけありませぬ。お頭様はすでにお屋敷の方に戻られました。もし、言伝《ことづて》がおありになるのであれば、それがしが申し受けまする」

「ほ」

口を尖らせたときに発するような声が洩れた。数之進は平伏しているので、顔の様子まではわからない。公家顔がますます『らしく』なったのではあるまいか。

「見たことのない顔じゃ。新参者か」

「は。生田数之進と申します。六日前より吉田藩に、ご奉公させていただくことと相成りました。未熟者ではございますが、精一杯、お仕えいたす所存でございます」

「ふむ、面《おもて》をあげよ」

「は」

おそるおそる顔をあげる。興味深げな表情で、村芳が見おろしていた。

「頼むぞ」

「ははっ」

ふたたび平伏した数之進の頭上で、呼びかける声が響く。

「善太夫はおらぬか。どこかに隠れておるのであろう、わかっておるぞ、出て来ぬか。善太夫、これ、どこじゃ」

狂言のことで金がほしいときにしか、表には姿を現さない。先刻の福原安蔵の言葉が甦る。

数之進は苦笑を禁じえなかった。

何処《いずこ》も同じか。さて、わたしの『欲深姉妹』たちは、どうしているであろう。姉様は悩み抜き、昨夜は眠れなかったやもしれぬ。夜には会えるはずだが、その間、苛々《いらいら》させるのもしのびない。やはり、文を送っておくか。

結局、すべてを考えるのは数之進。助言をしたためて、三紗のもとに送る。

三

数之進の予想どおり、三紗は頭が真っ白になっていた。

「浮かびませぬ」

昨夜から何度、同じ言葉を繰り返したことか。飯屋の献立を考えるだけなのに、なにも浮かばない。人が驚く献立を、行列ができるほどの見世に、老舗《しにせ》の名店に負けない味を、などなど、考えすぎるあまり、泥沼にはまりこんでいる。数之進と大きく異なる点がここだった。有名になりたい、瓦版に載りたい。己の欲がからむため、無欲の閃きが訪れないのである。

「貴女は昨夜から同じことばかり言うていますね。たかだか四十文程度の膳なのですよ。ご飯と漬物、煮物に汁と、出せる品は限られるではありませんか。あまり凝りすぎると、儲けが出なくなりましょう。考えすぎぬことです」

「………」

人のことだと思って。三紗は凄い目で睨みつけたが、このところ、冨美は上機嫌。鼻歌まじりに前掛を縫っている。上気症《のぼせ》でありながら、妙に抜けている部分があるため、物事を深刻にとらえようとしないのだ。

「明日までなのです、時間がないのです。姉上のように、のんびりと」

「おや、だれか来ましたよ」

冨美が戸口に出ると、『便り屋』と呼ばれる町飛脚が文を渡した。だれだろう。三紗は悪い方に悪い方にと考えやすいたちだ。

「数之進です。わざわざなんでしょうね」

「貸してくださいませ」

奪い取るようにして、冨美から文を取りあげる。もしや、今夜は来られなくなったという知らせではあるまいか。心のどこかで頼りにしていたものを、どうすればいいのか。自分ひとりで献立を考えなければならなくなったら……。

「献立について、わたしもつまらないことが浮かびましたので、お知らせいたします」

三紗は文をきつく握りしめ、読みあげた。

「今は八月、月見の季節です。『月見膳』というのは、いかがでございましょうか。山梔子《くちなし》の実を用いれば、飯を炊きあげたとき、美しい月の色に染まりましょう。おそらく、姉様はもっと良い献立を考えておいでになるでしょうが、ひとつの案として、お考えいただければ幸いでございます」

月見膳。そうだ、今月は月見ではないか。自分としたことが迂闊《うかつ》だった。なにもむずかしく考えることはないものを。

「わたくしと同じ考えを、面当てのように書いてくるとは」

文を潰さんばかりに、ぎゅっと握りしめた。どうして、数之進のような案が、すぐに閃かないのか。それが悔しくてならない。悔しくてならない反面、ほっとしてもいるわけで、よけいに腹が立ってくる。

「よいではありませんか、月見膳。そうそう、来月は菊の花が盛り。『菊花膳』というのはどうですか。毎月、献立を変えるのです。飽きっぽい江戸っ子には、新鮮に映るのではありますまいか」

おっとりとした調子で、冨美がさらに良い案を出した。まさか、姉上にこんな洒落た考えが浮かぶとは……驚きながらもそれを隠して言葉を継ぐ。

「わたくしもそう考えていたのです。月毎《つきごと》に献立を変えれば、飽きることがありません。あとは、さまざまな種類の嘗《な》め味噌などを、さりげなく添えて出すと、いかにも豪華に感じられましょう。献立を考えるのなど、たやすいことです」

ひとつ案を提示されると、自分なりの案が出る。とにもかくにもよかったと、胸を撫《な》でおろしたが、

「どうかしたのですか」

不審げに問いかけた。冨美が土間に立ち、格子窓の外を窺っている。

「いえ、木戸のあたりに妙な男がいたのです。さきほど厠に行った折にも見かけた男なのですよ。ちらちらとこちらを窺っているように思えて」

数之進の御役目に関わる男ではないのか。三紗はぴんときて、告げた。

「気になさることはありません。『食べ比べ』で勝ち抜いたわたくしを、見に来たのやもしれませぬゆえ」

それでも土間に降り、ほんの少しだけ戸を開いて、外を見る。向かいの部屋でも鳥海左門が、同じように顔を突き出していた。三紗はかすかに会釈をした後、急いで戸を閉める。先刻とは別の悔しさが、こみあげてきた。

鳥海様はああやって、いつも姉上の様子をご覧になっておられる。わたくしを見ているわけではない。鳥海様のお気持ちは姉上に向いているのだ。

三紗は左門の正体に気づいている。村上杢兵衛にそれとなく問いかけて、自分なりの結論を引き出していた。両目付という役目に就きながら、長屋に部屋を借りた真意まではわからないが、ほとんどここに寝泊まりしている理由は察知できる。

いずれは、姉上を後添いにと考えておられるのかもしれない。それが現実になれば、姉上は御旗本の奥方様。そうさせてはなるまいと、毎日のように菜を持っていったのに。

旨い料理で大物を釣りあげるべく、腕によりをかけて、夕餉には必ずといっていいほど菜を届けてきた。それらの努力は水の泡、すべて袖にされてしまい、強い敗北感を味わわされている。決して粗略な扱いはしないが、それも富美の妹なればこそであろう。ああいう男は一度、こうと決めたら簡単には心変わりしない。地主願望が頭をもたげた裏には、こういう事情があったのである。

「試しに月見膳を作ってみましょう。姉上、ご試食をお願いいたします」

左門の言動は胸に秘めて、竈に薪をくべた。幸いにも富美は気づいていない。可能な限り邪魔をしてやろうと、早くも小姑根性を剝き出しにしている。

「お安い御用です。貴女は食べるだけでなく、料理も得意……」

「ご免」

突如、左門の声が響いた。女所帯とわかっているので、返事がするまで開けたりはしない。

三紗は立ちあがり、戸を開けた。

「なんでございますか」

「この男じゃ」

左門が町人ふうの男の右腕を、がっしりと摑《つか》んでいる。

「さいぜんより、この家の前をうろついておるゆえ、怪しいと思い捕まえた次第。顔見知りでござるか」

「いて、いててて、旦那、離してくださいよ。あっしは別に怪しい者じゃありやせんぜ。おかしなことを企んでいるわけじゃ、いててて」

「その者です」

三畳間にいた富美が、すかさず声をあげた。

「わたくしが見たのも、その男です。木戸からこの家を窺っておりました。目が合うと、慌てて逸らして」

「いえ、ですから、決して怪しい者では、こちらで着物を仕立てていただけると聞いたもんで、いててて、旦那、腕が痛いですよ」

「着物を仕立てると言うておるが、反物など持っておらぬではないか」

左門に腕をひねりあげられて、男は顔をゆがめる。

「あっしにも色々と都合がありまして。ですから、お目にかかって、お話ししようとしたんでさ。けど、お武家の方々と聞いたもんですから、どうも戸を叩きにくくて。あっしは栄吉《えいきち》、住まいは木挽町《こびきちょう》の長屋でさ。野菜の棒手振《ぼてふ》りをしておりやす」

「だれに紹介されたのだ」

「大屋さんでさ。ここを訊ねれば、相談に乗ってくれると言いやして」

と、栄吉は木戸を顎で指した。ほとんど同時に、三人は木戸口に目を向ける。亀のように首を伸ばして様子を見ていた彦右衛門が、慌てて首を引っこめた。

「ひょうたんなまずのような大屋めが、よけいなことばかり喋りよる」

左門は呟き、三紗を素通りして、奥にいる冨美に視線を投げた。こういう仕草にも、左門なりの想いがこめられている。不愉快だったが、おくびにも出さない。三紗はにこやかに微笑んでいる。

「どうなさる、冨美殿。おいやであれば、それがしが追い払うが」

「姉上、話だけでも聞いてやるのが、宜しかろうと存じます。せっかく頼りにしてくれたのですから」

三紗は背を向け、案内するように座敷にあがる。難問であればいいと、腹の底で思っていた。冨美が困れば困るほど楽しくなる。それに野菜の棒手振りというくだりも気になっていた。飯屋の指南役としては、良い材料を仕入れたい。話を聞いても損はなかろうと踏んでいる。

「宜しいので？」

栄吉は、左門と三紗たちを交互に見やる。仏頂面の左門に怖れをなしているようだ。腰を引き気味にして、すぐに逃げられるよう身構えていた。

「離してやってくださいませ、鳥海様。ご心配ならば、ご同席いただいてもかまいませぬ。宜しければどうぞおあがりください」

「三紗」

男を我が家にあげるなど、冨美がそんな目をしたが無視する。左門は満更でもない顔で、栄吉を押しやった。

「入るがよい」

「へい」

二人の男は三畳間にあがりこみ、居心地が悪そうな様子で腰を降ろした。奥の六畳間を覗かれるのは、流石にいい気分ではない。三紗は間の襖《ふすま》を閉めようとしたが、その腕を冨美に掴まれた。

「おいでなさい」

六畳間を目で示したので、間の襖を閉めた。なにを言うのかわかっていたが、姉の顔を立てて、いちおう聞く姿勢を取る。

「勝手な真似をして。数之進がおらぬときに、殿方を家にあげてはなりませぬ。玄関先で話をすればよいではありませんか」

もうあがってしまっているのだから、今更、言っても無駄なのだが、要するに三紗が独断で決めたことに対する抗議なのだ。まわりくどいやり方をするのが、冨美流。丁重にお窺いを立てれば満足したのだろう。

「申しわけありません。ですが、大屋さんの口利きでございます。無下《むげ》に断るわけにもいきませぬ。それに玄関先で話をすれば、長屋の方々にも聞かれかねません。断りにくくなると思い、とっさに案内いたしました。どうやら、わたくしではなく、姉上に御用がおありの様子。聞くまでもないと言うのであれば、お帰りいただきますが、いかがいたしましょうか」

低姿勢に出ると、冨美はつんと顎をあげた。

「それには及びませぬ。話ぐらい聞いてあげねば、大屋さんの顔が立ちますまい。引き受けるか断るかは、その後のこと。三紗、お茶の仕度を頼みますよ」

「はい」

おとなしく従うことにした。引き受ける心づもりであるのは、冨美の得意げな顔に表れている。難問だったときには、数之進にまかせればよいと思っているに違いない。もっとも、三紗自身も同じ考えであるのは否定できないが。

「少しお待ちくださいませ。美味しいお茶をおいれいたしますので」

今日の天気のような心弾む気分になっていた。春を思わせる穏やかな日、三紗は笑っている。そして、左門も必死に笑いを嚙み殺していた。

四

眠くなりそうな秋の午後。

「良い天気じゃ。こういう日には、のどかに釣りでも楽しみたいものよ。さぞや大物が釣れるだろうて」

一角は中奥の部屋から時々空を見あげては、静かに花を活《い》け替えている。側小姓《そばこしょう》は藩主の着替えを手伝い、身のまわりの世話をし、居室を調えるのが役目だ。花を活け替えるのもそういった役目のひとつであり、なかなかの腕前を持っている。

「おお、これは見事な出来映えじゃ。早乙女殿はなにをやらせても、そつなくこなされますな」

同役の岩井小太郎《いわいこたろう》が姿を見せた。この藩邸で奉公している側小姓は、一角を含めて五人。小太郎はいちおう頭のような立場を担っている。容姿はせいぜい十人並み程度で、年は三十一、一角より七つも年上だ。細かいことは気にしないたちのようだが、御役目に対してはあまり熱意がない。どうやって怠けようかと、日々、頭を悩ませているような覇気のない男である。

どうせ今日もあたたかい日だまりで、思いきり手足を伸ばし、飼い猫のようにくつろいでいたのであろうよ。日がな一日、寝てばかり、まさに寝太郎じゃ。こやつの生き甲斐は寝ることやもしれぬな。

ひそかに『寝太郎』の渾名をつけ、呆れ果てていたが、まだ奉公して六日目の新参者。ここは謙虚に受ける。

「いやいや、それがしなど、岩井様にはとうてい及びませぬ。先へ先へとお心配りなさるご様子を拝見するにつけ、見習わねばならぬと自省いたします次第。これからもご指導を賜りますよう、宜しくお願いいたします」

天まで昇りかねないような世辞を、臆面もなく告げる。そつなくこなすのは芸事だけではない。

「謙遜せずともよかろうが。他の者より聞いたのだが、武芸にも秀でている由。文武両道とはまさに貴公のような藩士を言うのであろう。頼もしいことよ」

腰を降ろした後、小太郎は、なにげない口調で問いかけた。

「ところで、早乙女殿。我が藩の居心地はどうであろうか。困っておることなどはないか。表面上は他の者たちと、うまくやっておるように見えるが、なにか訊きたいことや言いたいことはないか」

もしかすると、幕府御算用者ではあるまいか。探るような目の奥には、ひそかに与えられた役目のことが、ちらついているように思えた。この度、新しく奉公したのは、自分と数之進のみ。どちらかが御算用者、あるいは両名ともにそうなのではないか。当然、起きる疑問といえた。

「は。ひとつだけ気になることがございます」

「言うてみよ」

「奥方様のことでございます。奥御殿は常に静かで、華やいだ様子がないように思えるのですが、なぜでございましょうか」

かなり長い期間、七日市藩で側小姓の役目に就いていた一角は、奥向きの変化を敏感に察知できる。祝い事などがあるときは、人のざわめきや楽の音といった独特の空気が伝わってくるものだ。また女たちが暮らす場所ゆえ、ふだんでも明るい嬌声《きょうせい》などが、ときに聞こえてきたりする。ところが、吉田藩においては、そういうことがまるでない。奥方様はもしや死んでいるのかも、などと数之進に耳うちしたが、根拠がないわけではないのだった。

「奥方様はお身体が弱いのじゃ。侍女たちはそれを慮《おもんぱか》って、静かな所作を心がけておるのだろう。奥御殿は常に、ひっそり閑《かん》としておる。他の藩とはいささか趣が異なるのも、致し方あるまいて」

「さようでございましたか。なれど」

一角は言い淀み、視線を向けた。

「かまわぬ。遠慮せずに言うてみるがよい」

促されて、続ける。

「は。お身体が弱いと申されましたが、殿は頻繁に奥泊まりをなさっておられます。昨夜もお渡りになられました。不躾《ぶしつけ》を承知で申しあげますが、夜伽《よとぎ》の御役目ができるのかと思いまして」

奉公して六日目だが、村芳はすでに三度、奥御殿に渡っている。正室の身体が弱いとなれば、愛妾がいるのではないかと考えるのが普通だ。となれば、正室ではなく、そちらの女中に探りを入れた方がいい。奥向きの女中に金を握らせて様子を探るのは、一角でなければできない役割。話しながらも、頭はめまぐるしく動いている。

「見舞いじゃ」

小太郎は即答する。

「殿は奥方様を見舞われるため、奥泊まりをなさるのじゃ。お優しいお方ゆえ、ご容態が案じられてならぬのだろう。夜伽のためだけに、お渡りになるわけではない」

すぐに返ってきた割には、納得できない内容だった。夜伽のできない奥方に、添い寝でもしてやるのだろうか。やはり、愛妾がいるように思えてならない。隠すのはどうしてなのだろう。

「差し出口でございました。お許しください」

「いや、奥向きについては、話さねばならぬと思うておったところよ。われらも立ち居振る舞いに、充分、気をつけねばならぬ。騒がしいのは禁物じゃ」

「は」

「引き止めてしもうたな。明日は非番であろう。ひさしぶりに、ゆるりとするがよい」

「は。お言葉に甘えさせていただきます」

平伏している間に、小太郎は立ちあがり、廊下に出て行った。ほとんど足音がしない。立ち居振る舞いの見本を示したのだろうか。

そういえば、舞いの名手だと、同役の者が言うていたな。寝てばかりいても、狂言の名手でさえあればよいというわけか。他の側小姓も似たりよったりの連中ばかりよ。困ったものじゃ。

しかし、探索をするには、怠け者ばかりの方が好都合だ。数之進と約束した刻限まではまだ間がある。中奥から奥御殿にかけての裏庭を探るべく、庭に降りた。

敷地は三千坪足らず、南八丁堀という場所柄であろうな。大名家にしては広いとはいえぬ。どこにどのような木が植えてあるのかまで、憶えてしもうたわ。

朝晩、庭を見てまわることによって、僅かな変化をも見のがすまいとしていた。一角は側小姓になって以来、これを慣習にしている。数之進の用心棒役としては、いっそう庭の探索に気を入れなければならない。いざとなった場合の逃げ道や、隠れる場所を頭に入れておかなければならないからだ。

「おお、萩の花が満開じゃ。昨日は蕾《つぼみ》がほころびている程度であったが」

中奥と奥御殿の境に設けられた板塀の近くに萩の花が咲いていた。乗り越えようと思えば、簡単に乗り越えられる高さの塀だが、背伸びしたぐらいでは、奥御殿の様子は探れない。

「鶯か」

咲き誇る梅に留まる鶯、満開の花を見ているうちに、昨夜のことを思い出していた。小太郎はなにも言っていなかったが、同役たちの本日の話題はただひとつ、昨夜、鳴いた鶯のことだ。奥御殿で鶯を飼っているのではないかと、一角は訊いてみたが答えは否。数之進を怖がらせてしまったことが、心に引っかかっている。

悪ふざけが過ぎたわ。調子に乗るのが、おれの悪い癖よ。鶯を飼っていることがわかれば、数之進の怖れも消えようものを……。

「四兵衛さん」

不意に声が響いた。

「…………」

まさか。ぎくりとして、声がした方向を見る。板塀の節穴に目が留まったが、素知らぬ顔で歩き出した。空耳だ、幻聴に違いない。節穴から覗いていた眸も、気のせいよ。だれもおらぬ、おるわけがない。

「四兵衛さん、四兵衛さんってば。また無視するつもりなんですか。大声をあげますよ、四兵衛さんの名を呼び続けますよ」

二度目の呼びかけで、仕方なく立ち止まる。と同時に昨日、小春に会った後、数之進が言っていた二つの事柄が浮かんだ。武家ふうの髪型なのに、町人ふうの着物姿。小春は一昨日、おぬしを見かけたと言うていたが、一昨日もここに来たのか。

流石は数之進、あれは見事にこの場面を言いあてておったのじゃ。小春は本材木町でおれを見かけたのではなく、ここで見たのだ。節穴から覗き見したに相違ない。

「おまえが行儀見習いで、志水家にご奉公しておるとは知らなんだ。なれど、作法はまったく身に着いておらぬようだな。武家の女子が覗き見をするなど言語道断、はしたないことであると教わらなんだか」

皮肉たっぷりに言ったが、通じる相手ではない。

「あたしは町人の出ですから別にいいんです。それに穴があれば、覗き見したくなるのが、人情というものではありませんか。四兵衛さんだって、一度や二度、そう思ったことがあるのではないですか」

鋭い切り返しに口ごもる。

「う、そ、それは」

そのとおりだが、そうだとは言えぬ。

「ふん、おれは侍ぞ。おまえのような真似はせぬ。それよりも、小春。ひとつ訊ねたいことがあるのじゃ。奥御殿では、鶯を飼うておるのではないか」

話を変える意味もあり、さして深く考えずに、質問を発した。すぐに厳しい言葉が返ってくる。

「今、あたしは武家にご奉公している武家の女子。そのような問いかけには、お答えできません」

「なんじゃ、さいぜんは町人の出と言うたではないか。ころころ変わるのう。これだから女子は信用できぬ。二度と話しかけるな」

冷たく言い、くるりと背を向けた。慌て気味に声がかかる。

「待ってくださいな。教えてあげてもいいのですけれど」

けれど、なにか条件があるというのだろう。ますます腹が立ってきた。ふざけるな、恩にきせられるのは真っ平じゃ。おれはおれのやり方で、奥御殿の様子を……待てよ。

御役目のため、つまりは、数之進のため。

友の顔がよぎる。奥御殿の様子が、思うようにつかめぬと、昨日、嘆いていたではないか。一角も感じていたが、特に奥方の噂話が入ってこない。だれに訊いても返ってくるのは曖昧な返事ばかり。奉公して六日が過ぎているのに、いまだ奥方のことはよくわからないのだ。そうじゃ。小春に訊けば、確かな話が入ってくる。鶯を飼うておるのかおらぬのか、亡霊話は嘘か真実か。身体の弱い奥方様は、殿に自ら愛妾を推挙したのではあるまいか。殿が頻繁に奥泊まりなさるのは、寵愛しておる愛妾がおるためなのではないか。

疑問があふれ出し、どうしても答えが知りたくなった。

「よかろう」

一角は振り向き、鷹揚《おうよう》に告げる。

「おまえの条件を呑もうではないか。なんでもするぞ。おまえの下男になれと言うならなろうではないか。〈和泉屋〉の小僧をしろと言うのであれば、そのとおりにしよう。どうじゃ」

小春が言葉にしなかった部分を言い、節穴を覗きこむ。

「え」

一瞬、小春の眸が揺れた。

「あ、あたしはそんなこと」

「言うておらぬと？」

待っておれよ、数之進。怖がらせた詫びじゃ。おまえのため、御役目のためにひと肌脱ごうぞ。

秋空の下、節穴越しの問答が続いている。

五

御役目のため。

数之進も同じことを考えていた。勘定頭がいなくなった部屋で、ひとり、金縛りにでも遭ったかのように動けなくなっている。一度、長屋に戻ったのだが、どうしても気になってしまい、ふたたびここに来ていた。

お頭の帳簿。

文机に置かれたままの帳簿から、目が離せなくなっていた。いつもは必ず善太夫が持って帰るものを、村芳の急な訪れで慌てていたのだろう。ぽつねんと置き忘れられている。まるで覗き見してくれと言わんばかりだ。

だれもおらぬ。

廊下を窺った後、用心深く、善太夫が逃げこんだ奥の部屋の様子も見る。さらにもう一度、廊下に出て、隣の部屋を確かめてから、文机の前に戻った。

今のうちだ、だれも来ぬうちに早く目を通すのだ。お頭が大事にしている帳簿、もしかすると、われらに知られてはまずい事柄が記されているやもしれぬ。まるで読んでくれと言わんばかりではないか。

そこで、はっとした。

罠《わな》やもしれぬ。わたしが幕府御算用者かどうかを知るために、お頭はわざと置いていったのやもしれぬ。いや、しかし、単に置き忘れただけであるということも、充分、考えられるが。

で、さらに金縛り状態になっている。一角であれば、さっさと見て、素早く立ち去っているはずだ。優柔不断な我が身がなさけない。ひいては吉田藩のため、御役目のためと己を鼓舞するのだが、どうしても手が動かなかった。

早くしろ、数之進。だれも来ぬうちに早く。

それでも必死に手を伸ばしかけたとき、

「見つけたぞ！」

大声が心を射抜いた。数之進は飛びあがらんばかりに驚き、身体を硬直させる。見つかってしもうたか。これで御算用者であることが露見して、ああ、なんということだ。まだ潜入したばかりだというに、鳥海様になんとお詫びをすればよいのか。

とたんに冷や汗が滲《にじ》み出してきた。全身の力が抜け、その場に倒れそうになる。片手を畳に突き、かろうじて身体を支えた。

「拙者はなにも……」

掠《かす》れ声の言い訳に、ふたたび大声が応えた。

「ここに隠れておったのか、善太夫。屋敷に戻ったというのは、偽りだと思うて、探しておったのよ。匂いがするゆえ、わかるのじゃ。そちのおるところには、金の匂いがな、するのよ」

「え？」

数之進は力なく、大声がした方に顔を向ける。確かめたばかりの隣室からだったが、だれもいないように見えたものを、善太夫がいたのだろうか。静かに立ちあがり、廊下の方にまわって隣室を見る。

「そら、出て来ぬか。往生際が悪いぞ、善太夫」

村芳が押入に隠れていた善太夫を、引っ張り出そうとしていた。やはり、と、数之進は確信する。あの帳簿は囮《おとり》だったのだ。盗み見たところを取り押さえて、「貴公は御算用者であろう」と問いただすつもりだったのだろう。

危ないところであった。殿に救われたようなものだ。ときには殿の困ったご性癖も、役に立つものよ。

胸を撫でおろしている間に、騒ぎを聞きつけて、藩士たちが集まってくる。押入から出てきた善太夫は、廊下に逃げようとしたが、そうはさせじと村芳が腕を摑んだ。

「逃がさぬぞ、善太夫。金の話をしたくないばかりに、押入に隠れるとは許せぬ。堂々と対応せぬか、堂々と」

「い、いいえ、隠れたのではありませぬ。先程、手下の生田より炭団の話を聞きまして、急にここに入れておいた火鉢のことを思い出したのでございます。賄所で出る粉炭に、炭屋より仕入れた粉炭を混ぜて、炭団を作った方が倹約できるとの話でございました。殿、お分かりでございますか。炭団も倹約せねばならぬほど、我が藩の財政は逼迫《ひっぱく》しております。狂言にのめりこんでおるときではあるまいと、それがしは思うのでございますが」

苦しい言い訳に炭団の話を用いたのは、それだけ印象深かったからかもしれない。なおかつ倹約の話に持っていったのは上出来といえよう。だが、馬の耳に念仏、村芳はまったく聞いていない。

「炭団の話など、どうでもよい。それよりも、能の舞台じゃ、善太夫。新しい舞台を造りたい。奥を喜ばせるために必要な出費よ。なんとかして金子を捻出せい。台所を切りつめれば出せるであろう、どうじゃ」

「いえ、そうは申されましても、簡単にはいきませぬ。先程も申しあげましたように、我が藩も諸藩と同じく財政難。炭団を倹約したところで、とても新しい舞台を普請《ふしん》する金子など出せませぬ。無理でございます」

「いいや、出せるはずじゃ。それをするのが、勘定方の役目ではないか。なんとか工面せい」

「できませぬ」

「できる」

「無理でございます」

「無理ではない」

始まったぞ、殿の『御廊下問答』じゃ。藩士たちが含み笑い、小声で言葉を交わし合っている。なるほど、これが噂の問答なのかと、数之進も納得した。できぬ、できる、無理だ、無理ではないと、終わることのない問答に、ひときわ肚《はら》に響く声が割って入る。

「これは、なんの騒ぎでございますか」

江戸家老、上田隼之助であった。姿を認めたとたん、藩士たちは身体をずらして道を開ける。村芳に押され気味だった勘定頭の表情も素早く変化した。

「御家老様」

救いを求めるように手を差し伸べ、村芳の側から離れた。次は御家老様とじゃ、殿の分が悪い、はてさて、こたびはどちらに軍配があがるか。みな興味津々《しんしん》、『御廊下問答』の成り行きを見守っている。村芳が能舞台の普請費用を勝ち取れるか否か、高みの見物なのかもしれないが、本当に気楽なものだと、感心せずにいられない。

なれど、これはあくまでも表向きということも考えられる。われらを油断させるために、藩士一同、装うておるのやもしれぬ。

数之進は二人の会話に意識を集中した。

「能舞台じゃ、隼之助。古うなってしもうたゆえ、新しい舞台を造りたい。ゆえに、善太夫に普請せよと申しておった。身体が弱い奥を慰められればと思い、時間の許す限り、余は舞台の場を設けておる。床が抜けるようなことになっては、末代までの恥。無様な舞台は演じとうない」

「なりませぬ」

隼之助はひと言で、却下した。年は四十なかば、なにか武術を嗜《たしな》んでいるのかもしれない。非常に美しい立ち姿だった。涼やかな両眼には強固な意志と、ゆるぎない信念が浮かびあがっている。だれもが認める吉田藩の事実上の支配者。善太夫には強気だった村芳も、少し声が小さくなる。

「ならぬか」

「は。藩邸に能舞台を持つことだけでも、不相応な贅沢。ましてや、新しく造るなど言語道断でございます」

「言語道断か」

「さようでございます」

「さようか」

あちこちで、藩士たちの小さな笑い声が洩れる。

「『鸚鵡公《おうむこう》』よ」

だれかが数之進の耳もとに囁く。いつの間にか隣に同役の福原安蔵が来ていた。

「御家老様のお言葉を、一部分だけ繰り返すゆえ、御家老様がな、奉られた殿の異名じゃ。『御廊下問答』は鸚鵡公の負けじゃろうて」

その言葉を証明するように、隼之助が堂々と申し述べる。

「民を労役し、出費をいとわずに物数奇《ものずき》するは、人君《じんくん》の御好みにあるまじきこと、これらを倹約して余慶を民に下すこそ、末代までの結構というものでございましょう。殿におかれましては、いかがでございましょうや」

一瞬の間を置いて、

「物数奇か」

ぽつりと、村芳が一部分だけを繰り返した。こたびは御家老様の勝ちじゃ、こたびもであろうが、殿も御家老様にはかなわぬ、相手にならぬわ。ざわめきの中、村芳は踵《きびす》を返し、部屋に帰るような素振りを見せたが。

「のう、隼之助」

ふたたび口火を切る。

「は。なんでございましょうか」

「秋に桜は咲かぬかのう」

「……………」

隼之助をはじめとして、この場に居合わせた者すべてが絶句した。どういう意味なのだろうか。殿の真意はなんなのか。それとも悔しまぎれに出た言葉なのか。廊下は静まり返り、気まずい空気が流れる。

秋に桜か。

数之進はごく自然に、名案をひねり出すべく考えていた。難問を与えられると、反射的に頭を働かせるのが癖になっている。あれをああして、これをこうすれば、うん、そうだ。秋は無理だが、早咲きさせることはできるやもしれぬ。

「一番桜であれば」

数之進は心の中で呟いた、つもりだった、本人は。しかし、藩士たちは騒然となる。だれが言ったのかと一斉に振り向き、数之進に視線が集まった。

「今、言うたのはだれじゃ」

村芳の声と同時に、並んでいた者たちが左右に分かれる。相変わらず向けられている視線に気づき、数之進は狼狽えた。

「え、あ、いや、それがしは、その、心の中で言うたつもりでございまして」

「直答を許す。前に出よ」

手招きされて、おずおずと廊下に平伏する。続けて村芳は訊いた。

「先程、勘定方の部屋で会うた新参者じゃな」

「は」

「あらためて訊ねる。そちは秋に桜を咲かせることができるか」

「おそれながら、秋は無理であろうと思います。なれど、江戸で一番早く咲かせることはできるのではないかと。一番桜であれば、なんとかなるのではないかと思いますが」

「ふぅむ、一番桜か」

少しの間、村芳は考えこむ。それでも秋にできぬかと、問いかけるようなまなざしを向けていたが、絶対にそれは無理でございますと、数之進も視線で訴えた。無言のやりとりが続いた後。

「よし。ならば、一番桜を咲かせてみよ」

鷹揚に告げ、周囲を見まわした。

「みなの者、聞いたか。この者が江戸で一番早く桜を咲かせるとな。初物好きの江戸っ子も、さぞ驚くことであろうよ。生田とやら、さっそく案をまとめて、余のもとに持ってくるがよい。見事、願いを叶えた暁には、望みの褒美を取らせようぞ。やれ、目出度い。新参者は『花咲爺』じゃ。吉田藩の新参者は『花咲爺』じゃ」

朗々とした声が、藩邸の廊下に響きわたる。ざわめく藩士たち、数之進は頭を垂れたまま青くなっている。

大変なことになってしもうた。こんなつもりではなかったものを、今更、取り消すことはできぬ。よりによって、一番桜を咲かせることになるとは……。

眠れぬ夜が続きそうだった。

第三章　連環《れんかん》の計

一

「新参者は『花咲爺』じゃ」

数之進は夢の中にいる。

「江戸で一番早く桜を咲かせるという名人よ。さあ、見せてもらおうではないか。『花咲爺』の力を存分に披露するがよい」

「ははっ」

見あげれば、あたり一面に桜の巨木が連なっている。葉が落ちかけた秋の桜は、どこか寒々しく、枝を広げる姿が哀れに見えた。

まかせておくがよい。美しい花をその枝に咲かせてやろうではないか。

数之進は升を手に持ち、桜の木に向かって黒い粉を振りかけた。

「花よ、咲け。満開となれ」

　黒い粉が振りかかった枝には、次から次へと新芽が生まれ、あっという間に蕾となった。

村芳が驚いて訊ねる。

「これは見事、早くも咲く寸前ではないか。『花咲爺』よ。その粉が秘伝の灰か」

「さようでございます」

「して、それはなんじゃ」

「は。これは藩邸の賄所で出る炭の残り、粉炭でございます。これに炭屋より買い求めました粉炭を加えますれば、立派な炭団に生まれ変わるのでございます。この生まれ変わる力を用いましたところ、桜に新芽が誕生いたしました次第。これを振りかけますれば」

　もう一度、他の桜にも粉炭をかける。たちまち新芽が芽吹いて、みる間に蕾がふくらんでいった。白に近い桜色の花びらがほころびかける。

「天晴《あっぱ》れじゃ。世に列びなき名人、む？」

　賛辞の言葉が止まり、村芳の目が空に向いた。視線を追った数之進も、はっと息を呑む。

鶯だ。吉田藩では死告鳥と呼ばれる不吉な鳥が二羽、ほころび始めた花芽を啄《ついば》んでいる。

よくよく見れば鶯の顔は、冨美と三紗ではないか！

「姉上、姉様」

慌てて追い払おうとするが、二羽の鶯は軽やかに飛びまわって、新芽を食いちぎる。ほころびかけた花芽を啄む。

「数之進、借財はまだ二百六十両もあるのですよ」

「そうです。働きなさい、休んではなりませぬ」

二羽は芽を啄みながら、厳しい言葉を吐き出した。

「休んでいるのではないのですか、怠けているのではないのですか」

「姉上のおっしゃるとおりです。朝顔を育てる暇があれば、働きなさい。貧乏藩士の貧乏智恵を絞り出すのです」

ホーホケキョ。

魔の鳴き声が、耳の奥底で木霊していた。

数之進は苦しげな呻《うめ》き声をあげる。

「……うーん、鶯が、姉上、姉様、わかっております。借財はまだまだまだ、うーん、返さなければ、いえ、怠けてなどおりませぬ、精一杯、働いて、働いて、休みなく働いております」

「おい、数之進。大丈夫か、おい」

一角の声で、我に返った。

「こ、ここは」

「四兵衛長屋じゃ、鳥海様のお部屋よ。姉君たちの部屋ではないゆえ、案ずるな。ひどくうなされておったぞ、数之進。冨美殿と三紗殿の名を呻くように言うてな。姉君たちに食われる夢でも見たか」

「うむ、似たようなものだ。鶯の鳴き声が、まだ耳の奥で響いておるような」

「さいぜん七つ（午前四時頃）を知らせる鐘が鳴ったが……それを聞き間違えたのやもしれぬな。すまぬ、数之進。おれの悪ふざけが、尾を引いてしもうたのだろう。季節を勘違いした阿呆な鶯が、藩邸のまわりを飛びまわっているに相違ない。おれが必ず捕らえてやる。亡霊の先触れではないという証《あかし》を立てるゆえ、しばし待て」

「おられますか、鳥海様」

村上杢兵衛の呼びかけが、戸口で響いた。数之進たちは手前の三畳間、左門は奥の六畳間で寝《やす》んでいる。

「おう、来たか。入るがよい」

すぐさま左門が応える。

「年寄りは朝が早い」

一角がにやりと笑い、二人は手早く身支度を調えた。もっとも布団など敷かずに、ごろ寝していただけの状態だ。調えるというほどの手間はかからない。戸を開けた杢兵衛を、丁重に出迎える。

「おはようございます、村上様」

「うむ」

ひょろりとした体軀《たいく》を、さも窮屈そうに屈《かが》めて、杢兵衛は戸口をくぐり抜ける。六畳間から姿を見せた左門が、挨拶代わりに告げた。

「腰の具合はどうじゃ、杢兵衛。具合はようなったか」

「は?」

一瞬、怪訝そうに眉を寄せたが、

「お陰様をもちまして、全快いたしましてございます。それがしのためにご報告が遅れましたこと、お詫びいたします」

深々と頭をさげる。数之進と一角は、ちらりと視線を交わし合った。腰痛というのは、おそらく偽りだったのだろう。なんらかの不備が生じて、吉田藩の状況を知らせられない事態になったのではないか。

報告書を紛失したか、盗まれたか。が、紛失するというのは考えにくい。盗まれたのやもしれぬ。村上様の身辺に、敵方の間者《かんじゃ》がいるのやもしれぬな。

数之進は推測する。敵というのは、左門の政敵——老中松平信明《のぶあきら》のことだ。『寛政の遺老』と言われる老中は、諸藩改革を謳《うた》い文句にして、幕府内での地位を不動のものにしようとしている。諸藩改革はあくまでも表向き、内実は私腹を肥やすべく、虎視眈々《こしたんたん》と諸藩を狙っているのだった。朝っぱらから血腥《ちなまぐさ》い話はたまらないと思ったのか。

「まずは腹ごしらえが先決。茶の仕度をしながら、すぐに飯を炊きますゆえ、お待ちくだされ」

一角が土間に降りて、朝餉の仕度を始めた。

「昨日、三紗殿よりいただいた菜の残りがある。煮物はあまりの旨さゆえ、全部、ひとりで食べてしもうたが、時雨《しぐれ》卵と味噌漬け豆腐であったか。残っておるはずじゃ。先日、貰うたばかりの梅干もあるゆえ、それらを添えればよかろう」

左門が両目付らしからぬ言葉を発する。思いのほか、長屋暮らしが性に合っているのかもしれない。屋敷にはほとんど戻らず、ここに居続けている。楽しげであった。

「では、飯を炊いて、味噌汁だけ作ればよろしゅうございますな。ところで、村上様。吉田藩には不気味な噂が広まっております。亡霊に取り憑《つ》かれて五人の藩士が辞めたとか。そのうちの二人は不審な死を遂げたとも聞きました。真偽のほどはいかがでございましょうや」

一角が立ち働きながら、さっそく御役目の話に入る。数之進を怯えさせてしまったのが、相当、気になっているようだ。ちらちらと目を向けている。

「亡霊については、真偽のほどはわからぬ。が、騒ぎはあったようじゃ。しかも、若狭守様の祝言の日にの。家臣のひとりが惚《ほう》けたようになってしまい、到着なされたばかりの駕籠に、ふらふらと歩み寄った由。すぐに取り押さえられたそうじゃが、以来、辞める者が相次いだというのは事実のようじゃ」

「勘定方の者が、三人いたと聞きました。まことでございますか」

数之進は訊かずにいられない。なぜ、勘定方の者なのか。また他の二人はどんな御役目に就いていたのか。答える杢兵衛の口調は重かった。

「そのあたりの内訳については、いささか曖昧での」

紛失、あるいは盗まれた報告書には記されていたのかもしれない。しかし、手元にあるのはあらたな報告書。記憶を頼りに新しく作成したと思われる文書に、杢兵衛は視線を落とした。

「確かに勘定方の者がおったようじゃが、人数まではわからぬ。他には中老付きの用人がひとり、あとはどのような御役目であったか定かではない」

頼りない答えに、盗まれたという事実が表れている。言っても無駄と思いつつ、数之進は告げた。

「実は昨日も、それらしき者が出ました。一昨日の夜、鶯の鳴き声を聞いた者であるとか。それらしきとしか言えぬのは、みな口を閉ざしてしまうからなのです。ようやく御中老様付きの側小姓であることがわかりました。どうも御中老様付きのお方が多いようで」

勘定方には関係ないと思いたくて、最後の言葉が出た。自分と一角も鶯の鳴き声を聞いている。次の犠牲者には、なりたくないというのが真情だ。

「派閥についてはどうじゃ。藩内に対立はないのか」

左門が、数之進と杢兵衛を交互に見る。年輩者に譲るべく、小さく会釈したが、杢兵衛は「先に」と顎で促した。頷き返して、数之進は口を開く。

「正直なところ、よくわかりませぬ。のんびりとした気風の藩でございまして、対立などはないように見えるのですが」

「拙者も数之進と同じ意見でござる」

米を研ぎ終えた一角が、横から口を挟んだ。

「重臣たちの間に、これといった対立はないように見えます。強いて言うならば、殿が孤立しておられるような気がせぬこともありませぬが、しかしまあ、それは金がらみのことでございますゆえ、致し方あるまいとも思います」

「金がらみとは、どういう意味じゃ」

杢兵衛の問いかけに、一角の声が大きくなる。

「狂言でございます。殿は無類の狂言好き、寝ても覚めても口にするのは、ただただどうやって演じるかのみ。狂言は金がかかりますゆえ、勘定頭に直談判することもままあるとか。昨日もそうだったと、数之進に聞きました」

「はい。それがもとで『御廊下問答』になりましたが、この件につきましては、後ほど、お話しいたします。村上様、藩内の動きは、いかがなのでございますか。対立があるのでございましょうか」

花咲爺の一件については、後まわしにした方がいい。数之進たちがもっとも知りたいのは藩内の動きだ。今ひとつはっきりしない派閥のことが気になっている。

「対立はない、ようじゃ。一角の読みがあたっておるやもしれぬ。若狭守様は孤立なされておるようでのう。各部屋の頭以上の者たちは、みな本家寄りであるとか。下級藩士たちは異なる考えを持っておるやもしれぬが、そのあたりのことまではわからぬ。宇和島藩は一刻も早く吉田藩を廃藩にすべく画策しておる由。渡りに船とばかりに、御城のあのお方が手を貸したのであろう。その結果、こたびの潜入と相成ったわけじゃ」

「なれど」

数之進は即座に反論する。

「吉田藩がなくなれば、いざとなったとき、宇和島藩は困るのではないですか。宇和島藩に万が一のことがあったとき、助けになるのは分家の存在。諸藩はそういうときのために、分家を設けているのではありませんか」

「通常はそうやもしれぬが、宇和島藩と吉田藩は、元々、あまり仲がようない。原因はつまらぬことであろうがな。隙あらばと狙うておったのは間違いあるまいて。さらに宇和島藩においては、天明の大飢饉《だいききん》が起きた後、財政が逼迫《ひっぱく》しておる由。諸藩も同じであろうが、宇和島藩の場合、無理をして十万石高直しなどをしたことが仇になったのであろう。体面を保つために、よけいな金がかかるゆえ、出費が多くなったのはあきらか。見栄を張り続けた結果、分家を廃藩するしかないと考えたのであろうよ。すでに調べておろうが、吉田藩は他藩に比べて、借財が少ない。うまく取りこむことができれば、宇和島藩は名実ともに十万石じゃ。仕掛けたくもなろうて」

元々愛想のない顔が、ますます渋面になった。因縁の深い本家と分家の対立、分家の廃藩を企む本家。それでは手を貸そうと、老中の松平信明が話を持ちかけたことは、想像するにかたくない。見返りはなんなのかわからないが、宇和島藩の後ろには、『寛政の遺老』がちらついている。

「江戸家老の上田隼之助様も、本家派でございますか」

確認するように訊いていた。数之進の目から見ると、隼之助はだれにでも平等に振る舞う重臣に思えてならない。能舞台の普請には厳しい対応をしていたが、主君を窘める言葉には、信念が表れているように感じられた。果たして、隼之助はどうなのか。他の重臣と同じ考えなのだろうか。

「そのあたりのことは、ようわからぬ。人の心の中までは調べられぬからな。ただ、家老の上田様は、幼くして藩主となられた若狭守様の後見役を、父子二代にわたって、務めてこられた由。若狭守様のお味方であるように、思えなくもないが」

「父子二代にわたって……さようでございましたか。御家老様に関しては、悪い噂を聞きませぬ。若狭守様はもちろんのこと、下級藩士たちも、頼りにしているのではないかと思います」

数之進の頭には、同役の福原安蔵が浮かんでいた。物言いたげだったあの表情、なにを訴えたかったのか、おおよその見当はつく。本家に取りこまれた場合、吉田藩の藩士たちのほとんどは路頭に迷う運命だ。

「御中老や御用人、頭役といった上級藩士たちとは、裏で話がついておるのやもしれませぬな」

独り言のような呟きに、杢兵衛が続いた。

「そうであろう。協力すれば本家にしかるべき席を用意しよう、とな。言うておるに違いあるまいて。鵜呑みにするあたりが、なさけなくもない。空手形であるやもしれぬものを……まあ、いささか頼りない藩主ゆえ、家臣たちがそう思うのも、わからなくはないのだが」

「狂言にのめりこんでおりますからな」

竈の前に屈みこんでいた一角が、ひょいっと首を伸ばした。

「なれど、みな気さくな良い殿様であると言うておりまする。同役だけでなく、長屋住まいの者たちにも、それとなく話を訊いてみたのでございますが、悪く言う者はおりませなんだ。それがしも良い殿様であると、思うております。御城での評判などは、いかがでございましようや」

二

「これがの、不思議と悪うないのじゃ」

杢兵衛の返事を聞いて、数之進は安堵する。おおらかで、優しげな気質のように思えたが、満更、的外れではなかったようだ。杢兵衛も渋面がゆるみ、口調がなめらかになる。

「三万石の小藩ではあるが、若狭守様はかなりの数奇者。狂言だけでなく、茶の湯や華道や書などの芸事にも秀でておられる。特に書の腕前は、相当なものであるとか。売ればかなりの値がつくものを、気前よく無料でくれてやる由。欲がなさすぎるというか、なんというか」

「やはり、政《まつりごと》には関心がないのでございますか」

数之進は念のためという感じの問いかけを発した。性格がよくて、幕府内の受けもよく、下級藩士たちからも好かれている。藩主としては、それで充分ではないか。政にまで辣腕《らつわん》をふるうとなれば、嫉《ねた》む輩も出てこよう。出来が良ければ良いで、反感を買う原因にもなるものだ。先代の村壽亡き後、今までやってこれたのは、人柄の良さなのではないかと、数之進は考えている。

「そうよな。若狭守の様子を見ておると、さして、関心がないように見えなくもない。が、いざとなれば、藩主として、思いきったご決断をなさるときもあるようじゃ」

答えたのは、左門だった。

「どのようなご決断でございますか」

「三年前のことよ。領地において、一揆の怪しげな気配があったそうな。若狭守は参勤交代で、ちょうどお国にお戻りなされていた。そこに直訴じゃ。豪農のひとりが、民を代表して陣屋を訪れた由。家臣たちは即刻、斬り捨てるべく、その者を取り押さえた」

「ほう、直訴とは」

茶を運んできた一角が、興味深げに口を挟む。答えを待ちきれなくて、数之進も身を乗り出した。

「殿はどのような対応をなされたのでございますか」

「その者に目通りなされて、訴えをお聞きになったとか。そうであったな、杢兵衛」

「は。さようでございます。なぜ、一揆になりかけたのか、なぜ、直訴に及んだのか。そのあたりのことは、まだ調べがついておりませぬが、若狭守様は訴えを聞き入れられたとのこと。ゆえに、領民たちにも慕われておるとのことでございます」

なぜ、の部分をこそ知りたかったのに、杢兵衛はそれを先読みして、調べがついていない旨を伝えた。言い訳めいたことを口にするのが、いやだったのだろう。かつまた言及されれば、報告書の一件についても話さなければならなくなる。そんな空気を読んだのかもしれない。

「して、そちたちの方はどうじゃ。さきほど、数之進が『御廊下問答』という言葉を口にしたが、なんぞ、あったのか」

左門が話を変える。

「は、い」

数之進は一角に視線を向けたが、いち早く土間に戻っていた。躊躇いながらも、手短に説明する。我知らず声になっていた言葉、はからずも一番桜を咲かせる役目を仰せつかり、『花咲爺』の異名を賜ってしまった。村芳に提出する案はすでにまとめたが、正直なところ、困っている。目立つまいと心がけていたものを……。

「はははは、『花咲爺』とな。それはよい。面白いのう」

左門は豪快に笑いとばした。李兵衛が文句を言う前に、笑い話にしてしまえば、きつい言葉も出まいという心配りだろう。すかさず、一角が後押しする。

「楽しみなことでございます。一番桜を見るのなど、なかなかできぬこと。それがしも心待ちにしておる次第でございまして」

茶を淹《い》れ終えて、座敷に戻ってきた。米はしばらくの間、水に浸けておかないと、炊くことはできない。茶を啜《すす》り、「さて」とあらたまった顔になる。

「実は、それがし、ある筋より奥方様の話を得まして」

話す時間は充分すぎるほどあったものを、なぜ、今まで黙っていたのか。『花咲爺』の一件に関係あるのかもしれない。数之進は自然と力が入る。

「身体が弱いということだが」

先を促すような杢兵衛の言葉に、一角は大きく頷き返した。

「はい。どうもそのようでございます。茅野様とおっしゃるのですが、ほとんどお部屋からお出にならぬとか。臥せったままのようでございます。そのせいでございましょうか。我儘な面がおありになる由。やれ、金と銀の鯉《こい》がほしいだの、冬に西瓜《すいか》が食べたいだのと、殿にご所望なされたそうにございます。叶えられなければ、死んでしまうと申されるそうでございまして」

「まるで『かぐや姫』のようじゃのう」

左門の笑みを、杢兵衛が受ける。

「まことでございますな。『かぐや姫』は願いを叶えた者と祝言をあげるという話でございましたが、吉田藩の場合、若狭守様は今の暮らしを続けるために、奥方様の願いを叶えねばならぬ由。男は大変でございます」

しみじみした口調には、近頃の苦労が滲み出ていた。三紗の願いを叶えんがため、日々、金と体力を注ぎこんでいるのがわかる。だが、数之進の頭には、苦労話よりも重要なことが浮かんでいた。

金と銀の鯉、冬に西瓜。いやな胸騒ぎがしてきた。こたびのあれも、もしやすると、奥方様がご所望なされたのか？

「それで、一角。金と銀の鯉はどうなったのだ。見つかったのか。冬に西瓜を所望なさった件についてはどうだ。奥方様は西瓜を食べることができたのか」

問いかける表情が、少し強張っていた。対する一角はいつもどおり、立て板に水の返事をする。

「二匹の鯉に関しては、諸藩に声をかけて、なんとか探し出したそうじゃ。おれは見ていないが、奥御殿の池では、金と銀の鯉が優雅に泳いでいるとか。西瓜についてはだな、いかにも殿らしい策よ。探したところで、冬に西瓜なぞ、あるわけがない。で、一計を案じられた。さしずめ、お大名の大名智恵といったところじゃ。菓司屋に命じ、菓子で西瓜を作らせたそうな。さあ、どうじゃ、これが冬の西瓜よと、奥方様に差し出した由。これには、さしもの我儘妻も、苦笑いするしかなかったとか」

「それは苦笑いするしかあるまいて」

と、左門も苦笑した。しかし、数之進は笑う余裕がない。

「もしや、昨日の一件も……」

気が急いて出た問いかけを、一角が早口で遮る。

「そのとおりじゃ、奥方様の願いよ。どうしても、今、つまり、秋に桜が見たいと仰せになられてな。殿はおつむを悩まされておったわけじゃ。桜を見ることができねば、自分は春まで保たぬと、奥方様は申される。さあて、困った、どうしたものか。秋に桜を咲かせることのできる者が、どこぞにおらぬか。そう思うておったとき、『花咲爺』が名乗りをあげたというわけじゃ。奥方様も秋の桜はさすがに無理と思われたらしく、一番桜ということで得心なされたようだがな。江戸の一番桜じゃ。むずかしいことに変わりはない」

「別に名乗りをあげたわけでは」

心の中で呟いた、つもりだったのだ。つい声になってしまっただけのこと、それがこのような騒ぎになるとは、思ってもいなかった。

「ふぅむ、いささか厄介よの」

言ってほしくないのに、杢兵衛が口にする。

「願いを叶えられねば、はて、『花咲爺』はどうなることか。桜がうまく咲けばよし、咲かぬときには、いったい、どうなる運命か」

含みを残して、視線を投げた。わかっている、切腹ものだ。自ら申し出たような形になっている以上、桜が咲かなければ、散るしかない。

「案ずるな。いつもの閃きが訪れたからこそ、数之進は受けたのじゃ。『花咲爺』の役目を、見事、果たすであろうさ。のう、数之進」

左門に訊かれたが、曖昧な答えしか返せなかった。

「はあ。自信がないではないのですが、なにぶんにも相手は木。思うようになるかどうかは、まさに木の向くまま、成り行きかせでございます。うまく咲いてくれればよいのでございますが」

「なあに、咲かねば、逃げるだけよ。われらは一時、雇われただけの者。責任を感じることはない。思いつめるな、数之進。気楽にゆけ、気楽に」

「一角の言うとおりじゃ。まずいことが起きたときは、逃げればよい。いちいち命を懸けていては、命の替えが幾つあっても足りぬ。たかが花のことじゃ。むずかしゅう考えることはない」

ふたたび左門が助け船を出した。それにしても、と、一角が隣で腕を組む。

「なんのために、奥方様は無理難題を持ちかけるのでございましょうや。いやがらせでございましょうか。あるいは、殿のお気持ちを試すためでございましょうか」

「殿を怒らせるためやもしれぬ」

数之進の頭には、ひとつの推測が浮かんでいる。

「怒らせて、なにか騒ぎが起きるのを、待っているように思えてならぬ。騒動になれば、殿を押しこめられるではないか。乱心したと大騒ぎすれば、吉田藩を潰す理由ができる。宇和島藩は、それを待っているのやもしれぬ」

「では、奥方様は」

宇和島藩の刺客なのか。一角がごくりと唾を呑む。李兵衛が少し躊躇いがちに告げた。

「奥方様については、本家の父君、宗紀《むねただ》様が『連環の計』を授けたという話がある。直接、刃をふるうことはあるまいが、ある意味、刺客と言えるやもしれぬ。なんらかの企みを秘めておるのは間違いあるまい」

連環の計とは、読んで字のごとし、連なる環を断ち切るといったような意味の策略である。藩主と家臣の繋《つな》がりを断ち切るために、なにをしようというのか。一角が慌て気味に言葉を継いだ。

「なれど、殿は頻々と奥泊まりをなされておる。奥方様はご病弱ゆえ、奥方様がご推挙なされた愛妾でもおるのではないかと、おれは思うておるのだがな。もし、数之進の推測が事実であるとすれば、殿は相当に危ないではないか。どうじゃ、違うか」

本妻が愛妾を奨める。異常な話だが、ありえないことではない。廃藩を企んでいるとなれば、その愛妾こそが刺客ということもありうる。

「そのとおりだ。危ない」

「しかし、おれが吉田藩にご奉公して、まだ六日だが、その間、そう、かれこれ三度は奥泊まりをなされておるぞ。殿は危ないとは思うておらぬのであろうか。気づいておらぬのであろうか。のほほんと、いつも鼻歌まじりに御廊下をお渡りなされておるが」

知らぬふりをしているのか、本当に気づいていないのか。定かではないが、ひとつだけ確かなことがある。それは……。

「いずれにしても、若狭守様は、日々これ安泰とはいきませぬな」

杢兵衛が数之進たちの考えを代弁する。

「後見役を務めてきた江戸家老はお味方やもしれませぬが、それ以外の者は、冷ややかな目を向けておるのではありますまいか。表には出ておりませぬが、もしやすると、お命を狙われたこともあるのではないかと」

「うむ」

と左門は頷き、言おうか言うまいか逡巡《しゅんじゅん》するような素振りを見せた。数之進が訊ねる前に、「ところで」と話を変える。

「昨夜、数之進は家の軒下に蛤《はまぐり》を敷きつめておったが、あれはなんのためじゃ。なんぞ縁起でもかついでおるのか」

吉田藩の賄方から貰い受けた蛤のことだ。

「縁起かつぎではございませぬ。軒から雨が垂れますと、雨粒によって穿《うが》たれた溝が、家のまわりにできてしまいます。そこに雨が溜まれば、湿気が家に移り、部屋の中が湿っぽくなるではありませんか。また壁となっている木の保ち具合も落ちてしまいますゆえ、それを少しでも防ぐために、蛤を敷きつめたのでございます。溝ができなければ、雨水が溜まりませぬゆえ」

「なるほど、さようであったか。またしても妙案じゃ。数之進はまことに……」

左門の言葉が終わらないうちに、戸を叩く音がした。

「数之進、起きておりますか」

「姉様」

まだ明六つ（午前六時頃）の鐘は鳴っていない。数之進は急いで、戸を開けた。すでに身支度を整えた三紗が、当然のことのように告げる。

「安針町の飯屋に案内してください。間に合うようであれば、本日より、見世を開きたいと思います」

「えっ、今日からでございますか」

「善は急げと言うではありませんか。一日でも早く商いを始めれば、それだけ儲けが出ましょう。料理は商いをしながら憶えてもらうことにして、まずは見世を開くのが先決、そうではありませんか」

「三紗の言うとおりですよ」

冨美までが仕度をして、姿を見せた。

「安針町は、河岸のすぐ側、朝が早いではありませんか。朝餉を取る暇のない魚屋が、常連客でありましょう。明六つの鐘が鳴る前に、見世を開けるぐらいでなければ、商いは成り立ちませんよ」

「姉上も手伝われるのですか」

驚きを禁じえない。身体を動かすことが嫌いなたちであるうえ、台所仕事は大の苦手、どうして手を貸すことにしたのか、裏を読みたくなる。

「もちろんです。姉妹が助け合うのは、あたりまえではありませんか。三紗には前掛作りを、ずいぶん手伝うてもらいました。今度はわたくしが助ける番です」

「はあ、確かにおっしゃるとおりでございますが」

「われらの朝餉はなんとする。まだ飯を食うておらぬのだぞ」

後ろから一角が、口を出した。三紗が答える。

「まだ炊いておらぬのであれば、飯屋で馳走《ちそう》いたしましょう。早うなさいませ」

言い出したら聞かぬのが、生田家の二姉妹。止められるのは、故郷の長女のみ。数之進は上役に泣いてもらうしかない。

「鳥海様、申しわけありませぬ」

「よい。われらも手伝おうではないか。一番桜に飯屋の商い、どちらも見事に花開くであろうさ。楽しみなことよ」

にやにやと意味ありげな笑みをたたえている。首をひねりながら、数之進は部屋を出た。

三

「姉上、摘《つ》入《み》れ汁はいかがですか」

一刻後、三紗と冨美は飯屋の狭い台所を、忙しげに動きまわっていた。

「こちらは上々、とても良い香りです」

「では、我が家より運んで来た糠床《ぬかどこ》の様子を見てください。昨日、この話を聞いた後、すぐさま小大根を入れておきました。そして、昨夜、茄子《なす》を入れておきました。漬かる時間を考えてのことですが、両方とも、ほどよく漬かっている頃と思います。念のために少しだけ味見をしてみた方が宜しかろうと存じます。おとよさんと、お冬さんにも、味わわせてあげてください」

「わかりました」

頭には姐《あね》さん被《かぶ》り、勇ましく襷《たすき》がけをして、二人は手際よく準備を整えている。下心たっぷりなのだが、口にも表情にも出さないようにしている、つもりだった。冨美はめったに掻《か》きまわしたことのない糠床に右手を差し入れる。

「う」

ぐにゅりとした手ざわりの気持ち悪さに、弾んでいた心が萎《な》えかけた。表情の変化を見たおとよが、すぐに申し出る。

「冨美様、わたしがいたします」

「そうですか。それでは……」

立ちあがりかけたが、三紗はそれを許さない。

「だめです。おとよさんと、お冬さんには、献立を見ていただきますので、こちらに来てください」

ほんに意地の悪いこと。冨美はそんな目をしたが、料理の指南役はそれどころではない。一刻も早く見世を開けねばと、殺気立っている。

「今月は月見なので、月見膳といたしました。献立は毎月、変えるものといたします。まず汁は、摘入れ汁。煮物は里芋と蒟蒻《こんにゃく》、そして、彩りを添えるために小人参《にんじん》を加えてあります。漬物は小大根と茄子、ご飯は山梔子《くちなし》を入れて、月を思わせる色に今、炊きあげております。これだけでも充分すぎる献立でございますが、わたくしはさらに嘗め味噌を添えることにいたしました。味見をしてください」

小皿に二種類の嘗め味噌を少しだけ盛りつけた。嘗め味噌は、味噌に野菜や魚を混ぜて作るもので、今回は、大豆《だいず》、唐辛子《とうがらし》を具にした鉄火味噌と、芽独活《うど》を混ぜた独活味噌の二種類だ。これをちびちびと嘗めながら、酒を飲むのがまたおつなもの。見世の掃除をしている左門たちが、物欲しげな目を向けている。

「美味しい」

おとよの呟きに、娘のお冬は何度も頷き返した。続けて差し出された煮物も、母娘は目を丸くして、舌鼓《したつづみ》をうっている。冨美は大根と茄子の漬物を洗い、切ってから小鉢に入れた。

「これもどうぞ」

母娘に渡して、三紗の隣に戻る。数之進がいなくなってしまうのではないかと気が気ではないのだろう。幾度となく見世を見やっては、前掛の端を握りしめる。

「三紗、栄吉さんはまだ来ないのですか」

「来ないのではなく、来られないのです。あの者にも養わなければならない家族がおりますからね。天秤棒《てんびんぼう》を担いで、懸命に走りまわっている頃でしょう。商いが終わり次第、来ると言うていたではありませんか。そのように何度も目を向けると、数之進に気づかれますよ。あの子は鋭いところがありますから」

「でも……ああ、苛々しますねえ。ちょうど早乙女殿もおいでになるではありませんか。ご奉公なされている七日市藩では、絹織物を扱っておりますゆえ、栄吉さんの力になってもらえると思うのです。確か長い間、側小姓をなさっていると聞きました。数之進よりは頼りになりましょう。早乙女殿がおいでになるうちに、栄吉さんが来ればいいのですけれど」

「………」

唖然として、三紗は姉を見つめた。あの二人が今も七日市藩に奉公していると、本気で信じているのだろうか。この夏、やけに非番が多いことに気づいた三紗は、そっと数之進の後を尾《つ》け、さる屋敷に入るのを目撃した。屋敷の主が鳥海左門だと知ったのは、あとになってからだが、要するにあの二人は、出仕と称して左門の屋敷を訪れていたのである。

数之進は朝顔などを育てて、のんびり過ごしていたではありませんか。緊張感のない顔を見れば、御役目に就いていないことが、わかりそうなものですのに。

わからぬからこそ、左門は良いのかもしれない。

「どうかしたのですか。わたくしの顔に、なにか付いていますか」

怪訝そうな富美に、小さく首を振る。

「いいえ、なんでもありません。そろそろ掃除が終わったようですね。鳥海様と村上様には、お休みいただいて、客のふりでもしていただきましょうか」

「さくらですね、良い考えです。味見をしていただくのもまた一興、ご飯が炊きあがり次第、膳をご用意いたしましょう」

なにを思ったのか、急に声をひそめた。

「それにしても、鳥海様は武張《ぶば》ったところのないお方でございますねえ。糠床をここまで運んでくださったのを見て驚きましたよ。お願いすると即座に『承知』とおっしゃって」

「……………」

二度目の絶句は、姉が左門に惹《ひ》かれ始めているのを感じたからだ。これはまずい、このままではうまくいってしまう。小姑としては、すんなり纏《まと》めたくはない。また波瀾万丈の末、結ばれてこそ、真の絆《きずな》ができるというものではないか。

「あの気さくな人柄が曲者《くせもの》なのです。女子には、ずいぶんと手の早いお方のようでございますよ。なんでも本所の方に、愛妾を囲われているとか」

心の中でほくそえみながら、失神しかねないほどの毒を投じた。

「えっ」

案の定、冨美の顔色が変わる。なによりも愛妾や遊女といった種類の女子を嫌っているのだ。その者たちと同衾《どうきん》する殿方もまた嫌悪の対象となる。みるまに血の気が失《う》せ、青白くなった。倒れなかったのは上出来といえる。

「姉上もお気をつけなさいませ。優しげな言動の裏には、どんな下心が隠れているやらわかりませぬ。さあさあ、山梔子ご飯でございますよ。おとよさんたちに、味見していただきましょうか」

にこやかに釜の蓋《ふた》を取り、しゃもじで黄金色に染まった飯を小皿に取り分けた。母娘にそれを渡して、食べてもらう。と、お冬が大声をあげた。

「固い、芯がある」

「えっ」

今度は三紗の顔色が変わった。慌ててはいけません、こういうときにはちゃんと芯を取る方法があったはず、あれは、ええと、どうやれば……。

「大丈夫です」

数之進が声を聞きつけて、台所に入ってくる。

「こうして、箸《はし》で何か所かに穴を開けて、そこに酒を垂らせば」

説明しつつ、もう一度、蓋を閉めた。そう、そうでした、姉上がよくおやりになられていたではありませんか。

「よけいな手出しは無用ですよ、数之進。貴方はそちらで客を呼びこむ法でも、ひねり出しなさい」

狼狽えると簡単な解決法さえ浮かばなくなる。三紗が数之進を追い出すと同時に、勝手口の戸が開いた。

「遅くなりやした」

棒手振りの栄吉が姿を見せる。待っていましたとばかりに、冨美が近づいた。

「間に合うてよかった。ほら、今、見世にいるのが数之進です」

と、視線で示した。

「おっ、あの美い男でごぜえやすね。冨美様や三紗様に負けず劣らずのお顔立ちじゃごぜえやせんか。惚れぼれしますよ」

「違います、あれはご同輩の早乙女殿ですよ。数之進はその隣です」

「え、あの目立たねえお方でごぜえやすか。こりゃ、おどれえた。お二方《ふたかた》とは似ておりやせんねえ。なんとなく、頼りねえような気がしねえことも」

「失礼なことを言うのではありません」

「生田様には千両智恵があります」

母娘が口々に言いつのる。

「お冬の言うとおりです。三紗様を料理の指南役として、この見世に招いてくださったのは、他ならぬ生田様。この見世で悪口を言うと、罰《ばち》があたりますよ」

「へええ、あのお方が、そうかい、へぇえ」

しきりに「へぇぇ」を繰り返していたが、栄吉は半信半疑といった感じである。風采《ふうさい》のあがらない助っ人に、不審げな目を向けていた。

四

「いやな予感がする」

数之進が見世の隅で呟くと、一角は苦笑した。

「また始まったな。おまえのそれは、すでに病のようなものじゃ。思うに、騒ぎが起きる気配があった方が、心が落ち着くのではないか。おまえを見ていると、どうもそう思えてならぬ」

「そんなことはない。いやな予感には、裏付けがあるのだ。姉上がいそいそと手伝うておるあれが、不気味に思えてならぬ。『姉妹が助け合うのは、あたりまえではありませんか』などと言うておったが、おそらく、わたしの身にまたなにか災厄が、うぐぅっ」

いきなり顎に拳が飛んできた。不意を衝《つ》かれて、避ける暇もない。数之進は顎を撫でさすりながら、怨めしげな目を向ける。

「いつつ、今のはなんだ、またおぬしの右拳が腹を立てたのか」

「いや、今のはおれの意志だ。災厄が起きてしまえば、心が落ち着くのではないかと思うてな。災厄の先払いのようなものじゃ。これでおまえは安泰よ」

　災厄の先払い、本当にそんなことができたら、どれだけ心が安らぐことか。しかし、顎への一撃で、厳しい運命から逃れられるとは思えない。

「では、これでまたなにか起きたら殴られ損ということになるな」

「そうならぬこともないが……ふむ、なるほど、言われてみれば不公平よな。殴られ損になる。よし、なにか起きた折には、おれを殴るがよい。それであいこということにしようではないか」

「やめておこう。わたしの指の方が、くだけそうだ。なんと言うても、一角は武芸十八般の強者ゆえ」

「おう、剣は一刀流、槍は加来《かく》流、弓は大和流、馬は大本流馬術、柔は関口流などなど、なんでも来いじゃ。大船に乗ったつもりでおるがよいぞ」

「待て、確か剣はタイ捨《しゃ》流ではなかったか。他にも新陰流と聞いた憶えがある。どうなっておるのか」

「固いことを言うな。タイ捨流も新陰流も一刀流も、免許皆伝の腕前ということじゃ。怖いものなしよ」

「確かにそうだ。一角に怖いものはあるまいさ」

笑いながら、台所に目を向ける。武芸十八般については、かなりの大風呂敷ではないかと思っていた。が、わざわざそれを確かめるつもりはない。

「あの男のことだが」

勝手口から入ってきた四十前後の男に、いやでも目が向いていた。

「おぬしの知り合いか？」

「いや、違う。冨美殿か三紗殿の知り合いであろう。あの男がなんじゃ。災厄の元凶なのか」

「わからぬ」

数之進の目は、左門の表情もとらえている。李兵衛ともども見世の隅に陣取り、意味ありげな笑みを浮かべていた。長屋を出るときからずっと、あの微笑を見せていたのが引っかかっている。

「やはり、おかしい。鳥海様はなにか知っておられるのやも……」

「一角殿」

縄暖簾が揺れて、〈北川〉の隠居——伊兵衛が顔を覗かせる。大きな風呂敷包みを抱えた小僧を供にしているのが、いかにもというふうに見えた。悠々自適で暇がありすぎるのが玉に瑕《きず》かもしれない。

「親父殿、何用じゃ。ははーん、さては」

一角は隠居を押しのけるようにして、外の様子を探る。数之進も隣から顔を突き出した。大屋の彦右衛門が、すぐそこまで来ている。二人に睨みつけられて、いちおう隠れるふりをしたが、頭隠して尻隠さず、下半身が出ていた。

「あやつが喋るゆえ、瓦版はいらぬな。『彦瓦《ひこがわら》』じゃ。まったくもって、しようのない男よ。騒ぎになるとも知らずに、いい気なものじゃ」

「騒ぎとは？」

「あれよ」

一角に言われて振り返ると、李兵衛と隠居が無言の戦いを始めていた。かたや六十二、かたや七十。それぞれ見世の片隅に陣取って、火花を散らしている。老いたとはいえ、恋敵《こいがたき》であることに変わりはない。

「さて、三紗殿はどう出るか」

愉しげな顔で囁く友に、数之進は小声で訊ねた。

「村上様は、おぬしの父君に会うたことがあるのか」

「どうであろうかな。ばったり出くわしたのは、こたびが初めてではあるまいか。なれど、三紗殿のことじゃ。それとなく、親父殿のことを匂わせておったやもしれぬ。村上様は発奮するしかあるまいて。貢ぎ物にも、いっそう力が入るというものじゃ」

「なるほど。近頃、やけに葛籠の数が増えたのは、そういう事情があったからか。姉様らしいやり方よ。あの様子では、ご隠居の方にも、村上様の存在を匂わせておったやもしれぬな」

「うむ、ありえる。今、気づいたのだが、親父殿は伊兵衛、村上様は杢兵衛と、なぜか名前も似ておるな。前世では親子か兄弟だったのやもしれぬ。女子の好みが似ておるのは、そのせいではあるまいか」

他人事《ひとごと》なので、気楽なものである。二人は、左門と杢兵衛が座っている方に行き、腰をおろした。

「三紗様、本日はお日柄もよく、まことにお目出度いことでございます。一膳飯屋のご指南役になられたと伺いまして、お祝いに参上いたしました。つまらぬものでございますが、良い漆器が手に入りましたので、お持ちいたしました。お使いいただきますれば、幸いにございます」

伊兵衛がわざとらしく大声をあげる。杢兵衛の眉がぴくりと動いた。相手は〈北川〉の隠居、徒目付組頭がいくら頑張っても、財力では太刀打ちできない。

「まあ、ありがとうございます。お待ちくださいませ、伊兵衛殿。すぐに膳をお持ちいたしますので」

極上の笑みを向けた三紗に、杢兵衛はちらりと目をくれる。悲哀に満ちたまなざしであった。見るに見かねたのであろう。

「村上様、この見世にはまだ屋号がありませぬ。前の屋号を記していた看板は、客に壊されてしまいましたので、縁起が悪うございますゆえ、使わぬ方がよかろうと存じます。いかがでございましょうか。われらで屋号を考えるというのは」

一角が数之進に負けないほどの名案を出した。とたんに伊兵衛の鋭い目が、一角にも向けられる。気配り怠りない数之進は、言わずにいられない。

「悪くない案だが……よいのか、一角。父君に怨まれぬか」

「ふん、お互い様よ。大和屋の『越乃雪』の仕返しじゃ。倅にも持ってくるのが、親というものではないか。それなのに、平然と無視しおって。おれは忘れておらぬぞ。食い物の怨みは怖ろしいと言うであろうが」

これまた伊兵衛と張り合うような声になる。

「だいたいが、こたびの祝い事は、三紗殿のことではない。この見世が新しく見世開きするのだぞ。三紗殿に漆器を贈るのは、おかしいではないか、ええ、違うか、数之進、そうは思わぬか」

「ま、まあ、言われてみれば、そうやもしれぬが」

曖昧な返事をするしかない。なぜ、自分はいつもこういう場面に出くわしてしまうのか。姉たちの機嫌を取るだけで手一杯であるものを、このうえ、一角父子までが対立するとなると、気持ちの休まる暇がない。

「一角。なにもおぬしが、父君とやり合う必要は……」

なだめようとしたが、一角は完全に無視した。

「いかがでございますか、村上様。女主のために、良い屋号を考えてはいただけませぬか。そのうえで看板を贈るのが、宜しかろうと存じます。おとよたちにとっては、このうえない贈り物になるのではないかと、そうであろう、おとよ」

と、台所に向かって訊ねる。

「はい。新しい屋号を考えていただくだけでも、わたしどもにとりましては、過分なことでございますのに、そのうえ、看板を贈っていただけるとなれば、言葉にできないほどの喜び。ありがたいことでございます」

響くように嬉しげな声が返ってきた。一角は満足げに頷いてから、ふたたび杢兵衛に視線を戻した。

「そう言うております」

「さようか。それでは、及ばずながら、この村上杢兵衛が、新しい屋号と看板を贈るとしよう。さて、どのような屋号がよいであろうかのう。飯屋は屋号のない見世が多いゆえ、いささか悩まぬでもない」

「月毎に献立を変えると、姉様は言うております」

数之進はさりげなく助言する。

「八月は月見がございますので、月見膳にするとか。毎月、献立を変えることにより、飽きやすい江戸っ子の気持ちを、常に引きつけておくことができるのではありますまいか。流石《さすが》は姉様、料理の指南役らしい案であると、それがしも感じ入りました次第。そういった事柄に相応《ふさわ》しい屋号があればと思います」

少しでも手助けになればと思ったのだが、逆効果だったかもしれない。

「ふぅむ」

杢兵衛は考えこんでしまった。主役が口火を切ってくれないことには、脇役は口を挟めない。なんでもよいのです、言うてくださいませ。案を出し合うているうちに、良い屋号が浮かぶというもの。むずかしく考えては駄目でございます。焦れる数之進に代わって、左門が口を開いた。

「月毎に献立を変え、四季折々の菜を出すのであれば、そうよな、〈四季庵〉というのはどうじゃ」

「おお、それは良い屋号でございますな。が、ちと高級すぎる気がしなくもない。ここは一膳飯屋でございますぞ、鳥海様。老舗の料理屋ではありませぬ。そこのところを、お考えいただきますよう、お願い申しあげます」

これまた一角が、数之進の心を代弁するように言い、頭をさげる。しかし、左門の案がきっかけとなって、次々に屋号が飛び出した。ひさご亭、まんぷく庵、あんしん亭、などなど、おとよが台所で耳をすましている。なにも言わないのは、ぴんとくる屋号がないためだろう。

「今は秋、見世を始める季節を取りまして、〈紅葉亭《もみじ》〉というのは、いかがでございましょうか」

案が出つくしたのを見て、数之進は遠慮がちに提案した。

「ほう、それはなかなか」

李兵衛が相槌を打ち、

「良いやもしれぬ」

左門が受ける。どうじゃ、というように四人が振り返ると、おとよも目を輝かせていた。

「はい、とても良いと思います」

「そうか。では、〈紅葉亭〉じゃ、そうするとしよう。これもちと高級すぎる感がなきにしもあらずだが、徐々に見世の格を高めていけばよい。屋号に相応しい見世を造りあげていくのもまた楽しかろうて」

一角が締めくくって、屋号がようやく決まる。ちょうど飯も炊きあがり、月見膳が出来あがった。運ばれてきた膳に箸をつけようとしたそのとき、

「お願いがございます、生田様」

台所にいた四十前後の男が、数之進の足もとにひれ伏した。様子を窺っていた冨美と三紗が、慌てて顔をそむける。いやな予感が的中したのを、数之進は感じていた。

五

「あっしは栄吉と申しまして、野菜の振り売りをしておりやす」

「貴方が今、食べている煮物も、栄吉さんが仕入れてくれた野菜ですよ、数之進。早朝からこの見世のために、骨を折ってくださったのです」

冨美が横から口添えする。

「ぐ」

飲みこみかけていた煮物が、思わず喉で止まった。せめて食べ終わってからにしてくれればよいものを、気の利かないことである。もとより、姉たちを相手にそれを説いても始まら

ない。

「客が入ってこぬうちに、話を聞こうではないか」

諦めて、箸を置いた。

「へい。あっしには娘がおりやして、今年で十八になりやす。親に似ねえ出来た娘でございやしてね。九月に、小間物を商っているお店に嫁ぐことになりやして。大店ではございやせんが、あっしらにとりやしては、まあ、身分違いと言えなくもねえ相手でございやして、へい」

「ほう、それは目出度い。玉の輿《こし》ではないか」

左門が助け船を出すように、横から口を出した。怪しいと、数之進は思っている。栄吉のことを知っているのではないか。この相談事をはなから知っていたのではないか。意味ありげに笑っていたのを、そう読んでいたが、今更言っても仕方がない。「それで」と、先を促した。

「あっしはしがない振り売り、娘はお千代《ちよ》って言うんですがね。両親に似ねえ器量よしでございやして。そのうえ優しくて、弟や妹たちの面倒もよく見るときてる。ちょいと気の利いた男なら、すぐに目に留めまさあ。本当なんでござんすや、へい。器量よし、性格よしの娘でございやして」

自慢話だけで、終わってしまうかもしれない。数之進はもう一度、促した。

「わかった、おまえの娘が素晴らしい女子であるのはよくわかった。それで、なにを頼みたいというのだ。言うてみよ」

「へい。さいぜん、そちらのお侍様がおっしゃってくださいましたように、あっしらにとっては、このうえない良縁でさ。願ってもねえ話でして、反対する者などおりやせん。あれよあれよという間に、結納をかわして、祝言の話になりやしたんでさ。さあ、そうなると必要なのが、花嫁衣装でして、へい。その日暮らしの貧乏所帯でごぜえやすがね。せめて、娘に白無垢《しろむく》を着せてやりてえと思いやして、冨美様をお訪ねしたのでごぜえやす」

いやな予感が現実のものとなって、ひしひしと迫ってきた。凡庸な弟であれば、それでは冨美に仕立ててもらえばよいではないか、となるかもしれない。だが、そうならなかったからこそ、栄吉はここにいる。

「金がないのか」

結論を問いかけに変えた。

「いえ、金はごぜえやす」

意外にも、栄吉は懐から袋を出して、膳の上に載せる。相当、こんもりしているが、中身が小判ではないのはあきらかだ。冨美と三紗が口を差し挟みたくて、うずうずしているのがわかる。

「幾らあるのだ」

訊きたくなかったが訊いた。

「一両にちょいと欠けるほどで」

「六千二百文ですよ。わたくしが数えたのです。一文銭ばかりでしたので、時間がかかりました、ええ、本当に大変でしたよ。わたくしの苦労が分かりますか、数之進」

三紗が早口で、栄吉の言葉を継いだ。本当に大変なのはだれなのか。銭を数えることよりも大変なのは、白無垢を用意することではないのか。

「………」

数之進は座っているのに、軽い目眩《めまい》を覚えた。この見世の一件が落ち着きそうだと思った矢先、さらに新しい難問が持ちこまれる。藩邸においては、新春早々、江戸における一番桜を咲かせなければならない。いったい、どうすればいいのか。

「言うておきますが、栄吉さんに姉上を紹介したのは、大屋さんなのです。あの長屋に住む以上、断ることはできませんよ。分かっていますね、数之進」

ふたたび三紗が追いうちをかける。分かるも分からないもない。数之進の答えなど、はじめから頭に入れていないのだ。勝手に引き受けて、有無を言わさず押しつけるのが、姉妹の常套《じょうとう》手段、断る術はない。

「確か早乙女殿がご奉公なされておる七日市藩では、特産品として絹織物を取り扱うていたはず。安く手に入るのではないのですか。姉上は仕立て代は要らぬと申されているのです。とにもかくにも、反物が手に入りさえすれば、白無垢も夢ではありません。そうではありませんか、数之進」

三度目の言葉には、あきらかに悪意がこもっていた。冨美は気づいていないかもしれないが、三紗は左門が両目付であることも、数之進と一角が配下として、諸藩に潜入していることも、おそらく知っているはずだ。涼しい顔で七日市藩のことを口にするあたりが小憎らしい。

「数之進」

一角が立ちあがり、見世の外に出る。栄吉の縋《すが》るような目が、ずっと追いかけてきた。できるものなら「まかせておけ」と言ってやりたい。数之進とて、そう思っている。喜ぶ顔が見たい。

「七日市藩に訊いてみる」

友の窮状を見かねて、一角が申し出た。

「いや、それはまずい。おぬしはすでに七日市藩を辞めた身ではないか。反物のことなどで訪ねるわけにはいかぬ。それに、有り金は六千二百文だぞ。一両足らずの金子で、どれほどの反物が手に入るというのだ。いずれにしても、足りぬ。とうてい白無垢など仕立てられるはずがない」

「傷ものの反物であれば、間に合うやもしれぬ。見た目にはさほどわかるまい。とにかく、七日市藩を訪ねてだな。買えるだけの反物を手に入れた方がよかろう」

「しかし」

「あるいは、鳥海様に相談するという手もある。なんと言うても、両目付じゃ。相手が〈三井越後屋〉であろうとも、特別にと頼めば、『へへーっ』と反物を差し出すに違いない。うん、そうじゃ、それがよいではないか。鳥海様にお願いして……」

「だめだ」

きっぱりと告げた。

「自分よし、相手よし、世間よし。近江商人はこれを三方よしと言うて、商いの信条にしておる。わたしも同じだ。権力にものを言わせて、袖の下を取るような真似はしたくないし、鳥海様にもしてほしくない」

「ちっ、頑固者めが。おまえも気づいていたやもしれぬが、栄吉とやらの相談事を、鳥海様は知っておられたふしがある。なにやら、にやにやしておられるゆえ、どうしたのだろうと思うておったときに、この騒ぎじゃ。事前に言うてくれればよいものを、ただ黙って、いや、にやにや笑ってか。とにもかくにも、傍観しておっただけぞ。その罪は重い」

「事前に言われたとしても、結果はあまり変わらぬ。わたしは途方にくれるのみ、そして、姉上たちは下駄を預けて安堵する」

「なあに、案じるより団子汁と言うではないか。おまえのことじゃ、千両智恵がまた閃くさ」

「そうであればよいのだが」

「数之進」

待ちきれなくて、冨美が外に出てきた。

「引き受けてくれますね。栄吉さんは娘のためを思って、わたくしを頼りにしてくれたのです。もちろん、仕立て賃などはいただきませんよ。栄吉さんのお金は、すべて反物代にいたします。三紗が言うていたように、七日市藩に相談するのが、宜しかろうと存じます。そうすれば、安く反物が手に入りましょう」

「は」

数之進は頭を垂れるしかない。とはいえ、冨美が無報酬で白無垢を仕立てるということに驚きを感じてもいた。三紗ともども金の亡者だったものを、ずいぶん気持ちが変わってきている。栄吉は娘のため、冨美は栄吉のために、こうやって朝から苦手な台所仕事をやっていることが、素直に嬉しかった。

「姉上」

「数之進」

同時に呼びかけ、数之進が譲る。

「なんでございましょうか」

「あ、いえ、別に……なんでもありません。ちょっと訊きたいことがあったのですが、いえ、よいのです」

「はあ」

冨美に続いて見世に戻ったが、なんとなく気まずい空気が流れているように思えた。先刻まで笑みを絶やさなかった左門の顔から笑みが消えている。ふと後ろを振り返れば、今度は一角が、にやにやしていた。

どうもわからぬ。

数之進はまたしても首を傾げるばかり、この奇妙な空気が、次の難問に繋がらないことを祈るしかない。睨み合う杢兵衛と伊兵衛、消えてしまった左門の笑み。またもや不吉な胸騒ぎが湧いている。

六

五つ（午後八時頃）か。

数之進は、五つの鐘を聞きながら藩邸に戻った。一角は反物の件で、さっそく七日市藩に向かったため、一緒ではない。

「おれにまかせておけ。白無垢が作れるだけの反物を、必ず譲ってもらうゆえ、案ずるな。大船に乗ったつもりで待っておれ」

音がするほど胸を叩き、夕闇の中を走り去って行ったが、果たして、どうなったことか。案ずるなと言われても考えずにいられない。

傷物の反物を安く譲ってもらうとしても、絹は絹。下に着る長襦袢《ながじゅばん》から上に羽織る打掛まで作るとなれば、相当な量が必要だ。一両足らずの金では、とうてい足りるとは思えぬ。どうしたものか。

浮かない顔で廊下を歩いている。勘定方の部屋に、まだ明かりが点いているのを見て、とりあえず挨拶をしなければと思ったのだ。心同様に重い足を、叱りつけるようにして進み、部屋の前で跪く。

「お頭様。生田数之進、ただいま帰着いたしました」

声をかけたが、応答はない。開け放たれたままの障子戸から、そっと中を覗きこむ。部屋にはだれもいなかった。

「明かりを点けたままとは」

もったいないことをする。点けたままにするのはすなわち、命の灯をすり減らすようなもの。おちおち眠ることもできなくなるのは必至。行灯《あんどん》の明かりを消すべく、数之進は部屋に足を踏み入れた。

帳簿。

頭の文机に、あの帳簿が載っていた。昨日と同じ光景、そして、昨日と同じ欲望が、ふつふつと湧きあがってくる。今のうちだ、見てしまえ、だれもおらぬ、素早く目をとおせば気づかれぬ。心の中で鬼が叫ぶ、早く見てしまえと急き立てる。そうだ、これは御役目なのだと言い聞かせて、ごくりと唾を呑んだ。

待てまて、隣の部屋に隠れておるのではないか？

念のために確認する。ついでに押入も開けて、頭が潜んでいないか見た。廊下にも油断なく目を向ける。近づいてくる人影はない。急いで障子戸を閉めようとしたが、ふたたび「待てよ」と思った。

わざと開けておいたのやもしれぬ。明かりを点けたままというのが、いかにも怪しげだ。

障子を閉めたのを見て、離れた部屋にいる見張りが、来ることも考えられる。開けたままにしておいた方がいいやもしれぬな。

あれこれ考えているうちに、人が来てしまうかもしれないものを、小心者ゆえ時間がかかる。何度となく廊下を見て、ようやく文机の前に座った。ちょうど壁があるので、廊下からは見えにくい場所になっている。とはいえ、障子を開けたまま盗み見るのは、本当に勇気のいることだった。

ええい、ままよ。

清水《きよみず》の舞台から飛び降りるような気持ちで帳簿を開いた。ちらちらと廊下に目を向けるのも忘れない。ちらりと廊下を見やり、開いた丁に一瞬、視線を向ける。目がおかしくなりそうだったが、かなり重要な帳簿であることを即座に察した。

藩士たちの石高や扶持《ふち》が事細かに記されておる。これは内々の支出を記した帳簿だ。しかし、これだけ見ても不正があるかどうかは……。

いやおうなく丁を繰る指が止まる。素早く次も開いてみた。同じ記載が延々と続いている。次の丁、さらにまた次の丁にも、その事柄が記されていた。あきらかにおかしい。異常だ。多すぎる。他藩に比べて、数が多すぎる。昨年からのようだが、もしや、別の者に金が流れているのではあるまいか。

たいして取り柄はないが、自他ともに認める記憶力の達人。数之進は集中して、丁毎《ごと》の記載を頭に叩きこむ。全部、憶えられるだろうか。だが、書き写している暇はない。記されている名前をできるだけ多く憶えるしかない。帳簿に気を向けるあまり、廊下への警戒が甘くなった。

「調べものか？」

不意にだれかが問いかける。凍りつきそうになったが、家老の上田隼之助だと気づき、ゆっくり面をあげた。

「はい。新参者でございますゆえ、憶えなければならぬことが山ほどございます。足手まといにならぬようにと心がけております」

さりげない仕草で帳簿を閉じる。これがどんな帳簿であるのか、隼之助は知らないはずだ。狼狽えた素振りを見せれば、よけい不審を抱かれる。一角のような図太さで、窮地を切り抜けようとした。

「さようか、それはよい心がけじゃ。我が藩はどうも気のゆるんだ者が多くての。遅れず、休まず、仕事せずと、雁首だけは揃えておるが、働いておるのやらおらぬのやら。熱意のある新参者に触発されて、心を入れ替えてくれればよいのだがな。ところで、例の一番桜についてだが」

隼之助が部屋に入って来たので、数之進は立ちあがり、上座《かみざ》の頭席を空ける。帳簿も一緒に移動させたかったが、勘定方の者が現れたとき、なにか言われるかもしれない。置いたままにして、下座に着いた。

「名案があると言うていたが、どのような手だてを講ずるつもりなのか。案を纏めよと殿は仰せになられたが、すでに纏めたのか」

頭席に着座して、隼之助は問いかける。

「は。これでございます」

数之進は懐に忍ばせていた上申書を差し出した。頭に提出するつもりだったので、部屋に立ち寄り、持っていたのである。家老に渡す方が、より早く村芳のもとに届くだろう。ざっと目をとおしてから、隼之助は言った。

「また金がかかるな」

「は」

「炭が大量に必要となる、か。そういえば、押入に隠れていた善太夫が、粉炭の話をしておったとか。賄所から出る粉炭に、炭屋から買い求めた粉炭を混ぜて、炭団を造る云々という話じゃ。炭団も倹約しなければならぬほど、財政は逼迫していると申した由。とっさに倹約話が出るとは、善太夫もたいしたものよ。この炭団の話も、そちが提言したと聞いたが」

隼之助の話し方を聞いて、村芳側なのだと判断した。本家の宗紀が娘に授けた『連環の計』とは、藩主と家老を引き裂く企みに違いない。押入に隠れていた善太夫が、自ら恥となる話を家老にするとは思えなかった。おそらく、村芳が面白おかしく炭団話をしたのだろう。

「は。さようでございます。炭屋で売っております炭団は、混ぜ物が多いため、品《しな》がよくありませぬ。それよりは、粉炭を買い求めて、造った方が宜しかろうと思いまして。貧乏藩士の貧乏智恵でございます」

「謙遜することはない。小さな積み重ねが、やがて、大きな倹約になると、頭ではわかっていても実行せぬのが大名家よ。そして、借金だけが増えていく。困ったものじゃ、と、愚痴を言うても詮無いこと。桜についてだが、奥方様より申し入れがあっての。二季咲桜《にきさきざくら》は、使うてはならぬとの仰せじゃ。大丈夫か？」

二季咲桜はその名が示すとおり、春は四月から五月、冬は十一月から一月というふうに、一年に二回、咲く桜である。花びらは小粒で色も白っぽく、見た目には梅のような感じの花だ。奥方の茅野は冬の西瓜を所望した折、和菓子でごまかされたことがあったので、この申し入れをしたのかもしれない。

「二季咲桜は使いませぬ。藩邸の庭にある桜の木を、使いたいと考えております。手頃な若木があればよいのですが」

「中奥の庭に、若木の桜がある。殿が愛してやまぬ能舞台の近くじゃ。あれが見事に咲けば、奥方様も満足なされるであろう。うまくいくよう、わしも祈っておるぞ」

「ははっ、ありがたきお言葉を賜りまして、恐悦至極。なんとか一番桜を咲かせてみる所存でございます」

これで話は終わりだと思ったのだが、隼之助はついと立ちあがって、廊下の様子を見る。つられて廊下を見やったが、人影はない。それを念入りに確かめたうえで、おもむろに障子を閉め、数之進の後ろに腰をおろした。

「御家老様？」

不審げに後ろを見る。いきなり、隼之助は平伏した。

「それがし、幕府御算用者である生田数之進殿に、折り入って話がござる。お聞き入れいただきたく存じます」

あらたまった口調で言い、さらに額を畳にすりつける。

「え」

数之進は硬直した。顔から血の気が引いていくのが、自分でもはっきりとわかる。露見してしまったのか、どうすればいい、しらを切るべきか。それとも懐の手札を出して、正体を明かすべきか。

「ご、御家老様、そ、それ、それがしは」

舌がもつれてうまく喋れない。

「あいや、しばらく」

隼之助は右手をあげて、制した。

「貴殿が幕府御算用者であることは、すでにあきらか。なれど、決して他言はいたしませぬ。素知らぬ顔で今までどおりに接しますゆえ、ご案じなさいますな。それがしの話と申しますのは、殿のことでございます」

じりっとにじり寄り、声をひそめる。

「殿の狂言好きは、もはや常軌を逸しております。幾度となくお諫《いさ》め申しましたが、聞く耳を持たれませぬ。これ以上、吉田藩を存続するのは不可能であると、それがしは考えました。放っておきますれば、騒ぎが起きるは必至。殿の身に危害が及ばぬうちに、本家とひとつになるのが得策ではないかと思います次第。御算用者の生田殿におかれましては、そのように取り計ろうていただきたく存じます」

「え」

二度目の絶句は長かった。このお方はなにを言っているのか。先程の話しぶりでは、村芳様のお味方のように思えたが、そうではないのか。本気で宇和島藩に吉田藩を差し出せと言うているのか。そうであるとすれば、なぜ？

「なれど、御家老様は、父君と二代にわたって、殿を守り立てておいでになられた由。本気でそのようなことを申されるとは思えませぬが」

やっとのことで、言葉を発した。

「愛想がつきたのでござる」

隼之助は笑い、さらりと言ってのける。

「殿はまさに狂うておられまする、狂言という化け物に取り憑かれておられます。あれをご覧になられれば、金がどこに流れているか、お分かりになられたのではありますまいか」

と、顎で勘定頭の文机を指した。あれとは言うまでもなく、帳簿のことだ。数之進が盗み見たのを知っていたのである。やはり、これは罠だったのだ。盗み見るように仕向けたうえで、本家との合併を持ちかけるとは……意外な成り行きに、当惑するばかり。持ちかける内容が、吉田藩の存続であれば、納得できたものを。

「家臣一同、幕府御算用者に、尽力いたす所存。帳簿もすべてお見せいたします。金の流れも正直にお話しいたしまする。どうか、どうか、われらの願いをお聞き届けいただきますよう、お願い申しあげます」

平伏する隼之助を、困惑しながら、ただ見つめていた。宇和島藩が仕掛けた『連環の計』

に、まんまと陥《お》ちてしまったのだろうか。

わからない、信じられない。村芳様はどうなる？　吉田藩の下級藩士たちはどうなるのだ⁉

命運を握る帳簿に、数之進はもう一度、目を向けた。重要な事柄が、はっきりと記されている帳簿。吉田藩の命運を、あれが握っている。

第四章　御《お》師《ん》

一

吉田藩の命運を握る帳簿。

それに記されていた不正とは、隠居料のことだった。現役を退いた藩士に支払われる金が、吉田藩の場合、昨年から今年にかけて、異様なほど多いのである。訊いてもいないのに、隼之助は自ら告げた。

「隠居料として記されておる金は、殿が使うておられます。本当に支払われておるものもございますが、かなりの金額が流れておりますのは、まぎれもない事実。なにに使うておられるのかにつきましては、申しあげるまでもありますまい。さよう、狂言でござる。毎年のように新しく作られる衣裳や小物はもちろんのこと、笛や小鼓、太鼓といった楽器まで、殿は最高の品をご所望なされます。ゆえに、いくら金があっても足りませぬ。殿の狂言で、吉田藩は潰れまする。そうなる前に」

意味ありげに消えた語尾が、数之進の頭で鳴り響いている。動転するあまり、幕府御算用者であることを、否定することも肯定することもできなかった。仕方なく事の次第を文にしたためて、左門のもとに送ったのだが――。

「上々の出来映えだ。岡室《おかむろ》にしては大きすぎるやもしれぬが、致し方あるまい。若木とはいえ、桜の木は七尺（二メートル十センチ）ほどの高さがあるからな」

五日後、中奥の庭で、数之進は大工が造った岡室を見あげていた。能舞台の近くにある若木の桜を、すっぽり板塀と屋根で覆い、南面には障子雨戸を立ててある。万年青《おもと》や松葉蘭《まつばらん》、石斛《せっこく》といった珍品奇品を越冬させるために考案された設備で、岡室、あるいは唐《とう》室と呼ばれていた。福寿草《ふくじゅそう》、梅、雪柳《ゆきやなぎ》などの花々を、早咲きさせるために用いられたりもする。また胡瓜《きゅうり》を一月ぐらいに作って料亭などに売り、初物好きの江戸っ子を満足させたりもしていた。

さて、今回は、吉田藩の奥方様の望みを叶えられるか否か。

「五日で仕上げたにしては、堅固な造り。民が住む長屋よりも、立派であるように見えまする。これだけ大事にされれば、桜も本望でございましょう。生田殿のお心に感じて、さっそく蕾をつけるのではありますまいか」

一角が周囲の様子を見ながら話しかけてくる。他の側小姓たちも遠巻きにして眺めていたが、見ているのは岡室であって、数之進たちではない。『花咲爺』の難問のお陰で、一角と話をしても不審を抱かれないのはありがたかった。

「そうであればよいのでございますが」

他人行儀に答えた数之進に、一角が小声で囁きかける。

「今はまだ八月ぞ。岡室を造るのは、早すぎるのではないか」

「わたしもそう思うたのだが、殿がどうしてもと申されてな。早々に建てることになった次第。考えてみれば、われらもいつまでここにいられるかわからぬ。形だけでも調えておいた方がよいのではあるまいか」

「まあ、それはそうだが……ところで、数之進。隠居料について、村上様より返事はきたか。本当に不正が行われているのか。金の流れはわかったか。御家老様が申されたとおり、殿に流れているのか」

おれには信じられぬ、おそらく御家老様が偽りを言うておるのじゃ。隠居料と称して、殿が金を使うておるなどありえぬ。村芳に肩入れしている一角の顔には、隼之助への疑惑が浮かびあがっていた。

「いや、まだ返事はきておらぬ。名前しか憶えられなかったゆえ、調べるのに時間がかかっておるのであろう。結果を待つしかないが……合点がいかぬ。わたしが帳簿を盗み見ようとしたのは、この間で二度目だが、一度目は殿によって助けられたように思えてならぬ。隣の部屋の押入に、お頭が隠れていることに、わたしは気づかなかったのだ。盗み見ていたら、きっと飛び出してきたに違いない。そして」

「幕府御算用者であられますな、と言うつもりだった」

言葉を受けた相棒に頷き返した。

「そうだ。御中老の小橋様や、お頭の善太夫様は本家派。御役目としては御中老の方が上だが、わたしにはお頭こそが本家派の頭格に思えてならぬ。これは推測にすぎぬが、お頭は隠居料の流れを告げて、殿が行っている不正を暴こうとしたのではないだろうか。なれど、それをやったのは御家老様。ゆえに、わからなくなる。炭団の話をしたときに……」

「おお、数之進得意の横逸《よこそれ》話が出たな。言うてみよ、炭団がどうした。馬面のお頭様にぶつけてやりたいとでも思うたのか」

「そうではない」

苦笑しながら説明する。押入に隠れていた善太夫が、苦しまぎれに言った話。賄所から出る粉炭に、炭屋から買い求めた粉炭を混ぜて、炭団を造るという話のついでに、炭団も倹約しなければならぬほど財政は逼迫していると、善太夫は訴えた。

「御家老様は、『とっさに倹約話が出るとは、善太夫もたいしたものよ』と申されたのだが、これは殿から聞いた話であろうと、わたしは思ったのだ。押入に隠れていた姿は、侍にしてみれば恥以外のなにものでもない。善太夫様が自ら喋るはずがないからな。殿が面白おかしく御家老様に話したのだろう。お二方の間に主従の絆がなければ、笑い話をするほどの関係にはなるまい」

「なるほど。それゆえ、御家老様は分家派であろうとなるわけか。しかし、そうであるならば、なぜ、帳簿の不正を暴いたのだ？　さらに吉田藩が宇和島藩に取りこまれるよう、御算用者に頼んだというではないか。殿のお味方であれば、そのようなことは言うまい。おかしいではないか」

「わたしもおかしいと思うておる。なれど、殿と御家老様の間には、絆があるように思えてならぬのだ。もしやすると、帳簿を盗み見るよう罠を仕掛けたのは、お頭様やもしれぬ。それに気づいた殿と御家老様が、わたしに知らせてくれた。一度目は殿、二度目は御家老様。部屋の障子を閉めた後、御家老様は本家とひとつになる話を口になされたが、われらの話をだれかが盗み聞いていたことも考えられる。障子を閉めるのが合図だったのではあるまいか」

「廊下に人の気配が在《あ》ったのか」

鋭い指摘に、力なく首を振る。

「いや、なさけないことだが、御算用者であろうと指摘されたため、狼狽《うろた》えてしまい、廊下の気配にまで気を配れなんだ。ゆえに、断定はできぬのだが」

「よし、おまえの話が事実だと仮定しよう。御家老様は分家派で、本家派の企みに気づき、わざと分家を潰すように提案した。だが、それはなぜだ？　企みを暴いて、おまえに告げればよいではないか。分家を残すよう骨を折ってくれぬかと言うのが普通ではないのか。どうじゃ、違うか」

「殿を裏切ったように見せかけたのやもしれぬ。『連環の計』に陥ちたふりをしているのではないだろうか。本家派に寝返ったように思わせれば、本家派が接近してくる。それを狙うておるのやもしれぬ。なにか企みがあるように思えてならぬのだ」

「話がこみいってきたな。要するに、御家老様の真意まではわからぬということか」

「うむ」

時折、岡室を指さすような仕草をしながら、二人は話を続ける。自然な姿に見えるよう心がけていた。

「ところで、一角。奥向きの話についてはどうだ。ある筋からの新しい情報はあったのか」

数之進は別の話を振る。先日、情報提供者が小春と聞いて驚いたのだが、妙に納得してもいた。初めて会ったとき、武家ふうの髪型をしていながら、町人ふうの着物姿をしていたのは、実家に里帰りしていたからなのである。奥御殿の話を知るには、奥女中に訊くのが得策。期待をこめた問いかけだったが。

「そう簡単にはいかぬのじゃ」

一角はすまなそうに答えた。

「毎日、七つ（午後四時頃）に、例の節穴で待ち合わせておるのだがな。昨日、ようやく姿を見せたと思うたが、なにも言わなんだ。今宵、会うてもよいと短く告げただけよ。明日、休みなのやもしれぬ。おれは非番ではないが、夜、抜け出して、話を聞いてくるつもりじゃ。待っておれ」

「密偵のような役割ゆえ、小春さんはあまり気乗りしないのかもしれぬ。こらえてもらうしかあるまいが……殿の奥泊まりについてはどうだ。お泊まりなされておるのか」

「一日置きじゃ。一昨日の夜と昨夜は二日続けてであったな。奥方様のご容態が、ようなかったのやもしれぬ。そのあたりの話を小春に聞きたかったのだが、まあ、慌てることはあるまいさ。今宵、確かめる。それはそうと、おぬしの方はどうじゃ。ご領地において、三年前、一揆が起こりそうになったと、鳥海様が言うておられたであろう。なぜ、一揆になりかけたのか、だれかに話を聞けたか」

「いや、この五日間は、岡室にかかりきりだったゆえ、わたしも調べられなんだ。今日から動くつもりでいる」

「身体が二つ欲しいところよ。忙しゅうてならぬわ。長屋の様子を見に行く暇も、おお、そうじゃ、長屋で思い出したぞ。数之進。栄吉の相談事についてだが、今一度、考え直しては……」

二

「だめだ」

一角の言葉が終わらないうちに即答する。

「ちっ、頭の堅いことよ。よいではないか。われらで金を出し合うて、七日市藩から反物を買うという話のどこが気に入らぬのだ。祝い金代わりじゃ。そう考えればよかろうが」

さも不満げな目を向けた。七日市藩で安く反物を仕入れられないかと、非番の日に一角は藩邸を訪ねたのだが、どうしても二両はかかってしまうと言われたのである。それなら足りない分の一両を、われらで出してやろうではないかと、一角は提案したのだが、そのときも数之進は同じ答えを返した。

「言うたではないか。そんなことをしても、栄吉は喜ばぬぞ。爪に火をともすようにして、貯めた金だからこそ、価値があるのだ。栄吉は物乞いではない。金を恵んでやるような真似をすれば、傷つくであろう。いや、怒るやもしれぬ。安易なことはせぬがよし、だ」

「冨美殿はどうなのだ。仕立て賃は要らぬと言うておるのであろう。あれとて、同じことではないのか」

「姉上の申し出は、無償の奉仕だ。金を出すわけではない」

「屁理屈ばかりこねおって、話にならぬわ。栄吉には預かった金で仕入れられたと言えばよいではないか。一両だぞ、数之進。わずか一両、われらが出し合うてやるだけで、白無垢を仕立てられるだけの反物が手に入るのだ。それを……」

「そのわずか一両を貯めるために、栄吉はどれほど苦労したことか」

ぽつりと出た言葉を聞き、一角ははっと息を呑む。しばし茫然とした面持ちで、数之進を見つめていたが、

「すまぬ」

深々と頭をさげた。

「おれの悪い癖じゃ。生まれ育った家が、裕福だったからであろうな。幸いにも金の苦労をしたことがない。早乙女の家に養子として入った後も、親父殿と兄上は事ある毎に、金銭的な援助をしてくれた。ゆえに……すまぬ。侍として、いや、人として恥ずべきことを言うてしもうた。許せ」

何度も頭をさげるその姿に、少し胸が熱くなった。悪いと思えばすぐに謝り、それを直そうとする。いつもの軽口ではぐらかしてもよさそうなものだが、絶対にそんなことはしない。真剣に応える一角を、数之進は心から尊敬していた。

「もうよい。わかってくれれば、それでよいのだ。なんとか貧乏智恵を絞り出してみる。思えば、一両で白無垢を仕立てるなど、通常では決してできぬこと。究極の貧乏智恵よ。考え続けていれば、きっと閃くであろう」

「そうなることを祈っておる。祝言は九月と言うておったな」

「姉上からの文によると、九月の末のようだ」

反物は手に入らないのかと毎日のように、富美が文を送ってくる。仕立てる身にとっては、一刻も早く反物がほしいというのが正直な気持ちだ。間に合わなくなるのではと、数之進も焦っている。が、いまだ名案は閃かない。

「おれは数之進を信じておる。必ずや名案が閃くに相違ない。富美殿は神経が細いからな。いてもたってもいられぬのだろう。狭い長屋の部屋の中を、うろうろするのが目に浮かぶようじゃ、と、そういえば、文に〈紅葉亭〉のことは記されておらなんだか。繁盛しておるのであろうか」

「客入りは上々のようだ。早朝から見世を開けているので、河岸で働く者たちにとっては、都合がいいのだろう。主がやっていたときの馴染み客も戻って来たらしい。月毎に献立を変えれば、飽きることなく通ってくれるのではあるまいか」

「今宵、おれが様子を見てこよう。小春とは〈北川〉で会うことになっておるゆえ、帰りに見世と長屋に寄ってみる。言伝《ことづて》はないか」

「姉上たちにはないが、ちょうどよい。鳥海様に文を出そうと思うていたところだ。すまぬが、これを頼む」

懐から文を出して、一角に渡した。

「承知。鳥海様たちが、どうなっておるのか、これも気になるところじゃ。冨美殿は少しおかしかったからな。この五日の間に、どのような変化があったのか。訊ねてみるとしよう」

「たち？」

数之進は怪訝そうに首を傾げる。

「冨美殿と言うたが、一角。たちと言うたのは、鳥海様と姉上の……」

「おっ、殿じゃ」

岡室が完成した知らせを聞いたのだろう。村芳が小姓頭の岩井小太郎とともに近づいて来る。親密な空気を悟られてはならない。数之進と一角は、さりげなく離れた。

「おお、これが岡室か」

村芳が感嘆の声をあげる。すでに花が咲いたかのごとく、童子のように眸がきらめき、頬も紅潮していた。『花咲爺』としては、咲かせ甲斐のある相手といえる。

「は。大工たちが夜を徹して、造りあげてくれました。南側にはめてあります障子雨戸は、天気のよい日の昼間は外しておくことができます。風が強くて冷えるときには、障子だけを閉めますれば、冷気を受けずに済みますので、桜も喜ぶのではないかと」

「至れり尽くせりじゃな。桜もさぞかし、心地よかろうて。そうじゃ、桜を早う咲かせるために、狂言の舞台を増やしてやるとしよう。桜も喜んで、早う開くやもしれぬて」

　ふと障子に目を留める。

「ほう、この障子は普通の障子とは違うようじゃの」

「は。岡室で用いますのは、油障子でございます。荏油《えのあぶら》を塗りまして、天日で乾燥させた紙でございます。荏胡麻《えごま》の油を塗りますと、紙が透きとおって丈夫になる由。殿もご存じのことと思いますが、提灯や傘といった風雨にさらされるものに、油紙は用いられます。桜を風雨から守りながらも、陽ざしは遮りませぬゆえ、ご案じなさいませぬよう」

　説明しながらも不安はつきない。果たして、うまくいくかどうか。藩邸中の桜に岡室を造ってやれば、あるいは早咲きする木もあるかもしれない。それができない以上、この若木に命を預けるしかないのである。まことに頼りない話だが、数之進の不安など、村芳は知るはずもない。

「そうか。早う桜を見たいものじゃ」

屈託なく言い、楽しげに岡室を眺めている。

「夜はどうするのじゃ。温めたりするのか」

「はい。十二月頃から、夜は火鉢で温めるようにいたします。それまでは、油障子は開けたままにしておくのが宜しかろうと存じます。一度、桜に寒さを味わわせるのが大切である由。だからこそ、美しい花を咲かせるのだと、聞いた憶えがございますので」

「なるほど。人も桜も、厳しい季節を経た上でなければ、咲かぬということか」

含蓄のある言葉に、数之進は深々と頭を垂れる。

「御意」

「炭が必要になるのう。善太夫の機嫌がまた悪うなるやもしれぬ。炭団を倹約せねばならぬほど、我が藩の財政は逼迫しておると言うておったからな」

にやりと笑った村芳に訊いた。

「今のお話でございますが、御家老様にもなされましたか」

二人の繋がりを確かめたかった。強い絆があるように思えてならない。なにか深い考えがあるからこそ、隼之助はあんなことを言ったのではないだろうか。どうしても信じられないのだ。父子二代にわたって、村芳を支えてきた江戸家老。この表現の方が、隼之助にはしっくりくる。

「はて、隼之助とな。言うたような気もするが、どうだったであろうか。隼之助に訊いてみるがよい。あれは余と違って憶えがよいゆえな。正確に答えるであろう」

二人の間で話ができているのか、曖昧な返事だった。あまりしつこく訊ねると、よけい怪しまれる。

「火鉢のことでございますが」

数之進は話を戻した。

「火を使いますので、番人が必要になるかと存じます。火事でも起きれば、花見どころではございませぬゆえ」

「花の番人か。そうじゃ、今宵より番人を置くとしよう。秋の夜長、照り映える月の下、若木を眺めつつ、酒を飲むのは格別であろうな。余もその役目、引き受けようぞ」

「は？」

思わず言葉を失った。本気で言っているのか、はたまた冗談なのか、はかりかねている。花見気分で番人を申し出たわけではないからだ。

家臣の中には、花を咲かせたくないと考えている者がおるやもしれぬ。わたしが失敗した場合、奥方様は殿のことをどう思うか。気持ちが冷めることは充分にありえる。また今もうまくいっていないとすれば、なお悪い関係になるのはあきらか。仲違《なかたが》いさせるべく、邪魔しようとする輩が現れるやもしれぬものを。

「殿」

小姓頭の小太郎が、穏やかに割って入る。

「酒は花が咲いてからの方が、宜しかろうと存じます。花の番人につきましては、小姓組の者や若党たちが、交代で見張りますゆえ、おまかせ願いたく存じます」

「それがしも見張ります。『花咲爺』の異名を賜りましたうえは、咲くのを見届けるのが役目。毎日は無理やもしれませぬが、できるだけこの木の様子を見守りたいと思うております」

「さようか。では、小太郎と組むがよい。小姓は五人おるゆえ、そちが加われば、ちょうどよい組み合わせとなろう。しばらくの間、頼むぞ」

「殿。生田殿と組む相手は、それがしの方がよいのではないかと存じます。この五日間、それがしが生田殿の手助けをしてまいりました。互いに気心が知れております。番人となれば、気心の知れた相手の方が宜しかろうと存じます」

慌て気味に一角が申し出る。それをまた急いで、数之進が継いだ。

「いえ、それがしは殿のお言葉どおりでかまいませぬ。岩井様と組ませていただき、花守《はなもり》をいたしたく存じます」

別々の組になった方が、それだけ多くの情報が入る。考えあってのことだが、一角は納得できないようだ。馬鹿なことを言うな、取り消すのじゃ、数之進。懸命に身振りで示している。数之進は小さく首を振った。

三

おれと組むのはいやだと？

一角は怨めしげに睨みつける。

言うておくがな、数之進。小太郎は寝太郎じゃ、頼りにならぬ。賊が襲いかかって来ても、鼾《いびき》をかいて寝ておるぞ。それ、今にも瞼《まぶた》が閉じてしまいそうではないか。見るからに睡《ねむ》そうじゃ。おまえはそんなやつに命を預けるつもりなのか、ええい、おれの気持ちがわからぬか。賊に討たれても知らぬぞ。

心の叫びが表情に出てしまったかもしれない。

「『花咲爺』の申し出が気に入らぬか、一角」

村芳が笑いを嚙み殺していた。自分と数之進のことに、気づいているのかもしれない。しかし、ここは素知らぬ顔をするしかなかった。

「いえ、そのようなことはございませぬ。差し出口でございました。殿が申されましたとおり、それがしは同役の者と組む所存でございます」

頭をたれて、神妙に答えた。村芳は満足げに、岡室を見やっている。

「この桜が咲けば、奥御殿からも見える。茅野はさぞ喜ぶであろう。楽しみなことじゃ。今宵も狂言を演《や》るかのう」

「は。それがしは、まだ殿の舞台を拝見したことがございませぬ。桜が咲くのも楽しみでございますが、狂言を拝見させていただくのもまた同じぐらいの喜びでございます」

「まだ観ておらぬ、とな」

不審げな言葉を、小太郎が受けた。

「先日、演じられました折は、一角は非番でございました。それゆえ、殿の舞台をまだ観ておりませぬ」

「さようであったか。確か一角も狂言が好きじゃと、言うていたな」

「は」

「では、ついてまいれ。狂言について論議するのもまた一興じゃ。花咲爺よ、そちは役目に戻るがよい。昼の番人は、若党たちに申しつけるゆえ案ずるな」

「畏《かしこ》まりました。では、夕刻、交代いたします」

「うむ」

悠然とした足どりで、村芳は能舞台に歩いて行った。今宵の番人役を数之進が引き受けたことに、一角は不満を持っていたが、もはや話をする暇はない。渋々村芳に続き、能舞台にあがる。

「さて、一角よ。余は、観阿弥《かんあみ》・世阿弥《ぜあみ》父子が遺《のこ》した『花伝書』を、こよなく愛しておる。能楽だけではなく、諸事万端、すべての者、すべての事柄に通じる優れた書じゃ。とりわけ心に残っておるのが、この言葉よ」

時分《じぶん》の花、真《まこと》の花。

「どのような意味か、言うてみよ」

投げられた問いかけには、強い好奇心が含まれている。力試しなのだろう。狂言の知識がどれぐらいあるか知りたいのだ。

「おそれながら申しあげます。『時分の花』と申しますのは、若い頃の一時的、一回的な美しさを表しており、それに対しますところの『真の花』とは、芸によって鍛えあげられた美しさを表しております。それがしは、『花伝書』より、このように感じ取りました次第。殿におかれましては、どのようにお考えでございましょうか」

跪《ひざまず》いて、答えた。村芳は鏡板《かがみいた》を背にして後座《あとざ》に立ち、一角は舞台に畏まっている。白州《しらす》と呼ばれる部分には、穏やかな秋の陽射しが降り注ぎ、眩《まばゆ》いばかりの輝きを広げていた。『四兵衛長屋』とは別世界の空気が漂っている。この場所が似合いの当主は、おっとりと言葉を発した。

「見事じゃや。余もそちと同じように感じておる。『時分の花』、それは若さゆえに美しく、美しさがあるゆえに演じられる能楽よ。若さが失われれば、『花』も失われてしまう。しかし、『真の花』を持つ者は、年老いてもなお瑞々しい美しさを放つことができる。この『花』を会得した能楽師は数少なかろうが」

では、と、さらに村芳は訊いた。

「『花』とはなんぞや、一角。たった今、余は近い答えを口にした。なれど、もっと詳しゅう言うてみよ」

「おそれながら」

一角はひと呼吸置いて、続ける。

「非常に優れており、天下に認められるほどの能楽師は、何を演じても面白く、風体、型などはそれぞれ違うておりましても、芸の魅力は表れ出るものであると存じます。見物人も面白いと感じましょう。この見物人が『面白い』と思うのが、『花』ではないのかと、それがしは考えまする」

「そのとおりじゃ。面白い、すなわち、工夫を凝らすということよ。同じ演目を演る場合でも、見物人によって反応は異なる。前に受けたときと同じ演じ方をしたとて、面白いとは思わぬやもしれぬ。その時々の空気を読み、創意工夫を凝らして、新しい能楽を演じるのが、『花』じゃ。花は心、種は態《わざ》とも言うておる。のう、一角」

なにげない口調だったが、これも質問である。一角は三度、頭をたれた。

「は。花は工夫の問題、その花を咲かせるもとになるものは、態であると、記されておりました。花と種、その両方を養わねばならぬとも書かれておりますが、この『花』というのは、剣の奥義のようなものではないのかと、それがしは思うております。剣もまたその都度、戦う相手によって、工夫を凝らさねばなりませぬ。究めた後も工夫が求められます。殿が申されましたように、諸事万端、すべての者、すべての事柄に通じる書ではないかと」

「剣の奥義もまた然り、一角の申すとおりじゃ。敵の意表を衝く手段を用いて、強敵に勝つ場合が兵法にもある。これなども負けた方から見れば、思いがけぬことであろう。思いがけぬ事態に至ったのは、相手が工夫を凝らしたからじゃ。確かに、剣の奥義、あるいは兵法にも通じるものがある」

「御意」

「一角は、どのような演目が好きなのか。そちの好きな演目を、今宵、演じてみようと思うておる。遠慮なく申せ」

「それがしに演目を決めさせていただけるとはありがたき幸せ。身にあまる光栄でございます。好みの演目は多々ありますれど、中でも特に面白いと思いますのは、『鬼瓦』ではないかと存じます」

答えを聞いたとたん、村芳の唇に笑みが滲んだ。

「大名が太郎冠者《かじゃ》と因幡堂《いなばどう》にお礼参りに行く話じゃな。本堂で礼拝《らいはい》をした後、軒下の欄間《らんま》にひとしきり感心し、後堂《うしろどう》へもまわろうと伽藍《がらん》を見物しながら、大名は感嘆の声をあげる」

急に取り澄ました顔つきをして、『鬼瓦』の一場面を演じる。

「どこから見ても姿のよい御堂じゃ。これほどにはならぬとも、この姿を写して建てようと思うゆえ、見覚えておけ」

「ははっ、畏まりましてございます」

一角もうまく合わせた。調子に乗って村芳は、演じ続ける。

「見よ、あの立派な破風《はふ》を。領地に戻った折には、必ずやこの御堂に負けぬほどの、む？あの破風の上にあるものはなんじゃ？」

「鬼瓦でございます」

答えると、大名はなぜか泣き出してしまった。慌てて、太郎冠者は理由を訊ねる。

「どうしたのでございますか」

「あの鬼瓦を見ていたら、国元の妻が恋しゅうなってしもうた。見よ、あの目のぐるぐるとしたところ、鼻のいかったところ、口の耳せせまでくわっと切れたところなど、生き写しではないか」

「くっ」

こらえきれず、一角は吹き出した。つられて、村芳も笑い出す。二人揃って大声をあげ、しばし笑い合った後。

「殿。あそこに見ゆるは、間違いなく鬼瓦。さても、さても、欲深き顔をしておりますなあ。こたびは『秋の桜』をご所望なされましたが、これにおかれましては一番桜で得心なされた由。次はなんでござりましょうや。もしやすると、『春の紅葉』などをご所望なされるのではありますまいか」

一角はおどけて言い、首を伸ばして塀の向こうを見る真似をした。狭量な主であれば、腹を立てそうな場面だったが、村芳は特に気にするふうもない。

「そうよな。鬼瓦は退屈なされておるゆえ、次から次へと難題を出されるのじゃ。いかにも我儘であるように見ゆるが、なんぞ思うところがあるのやもしれぬ。心を覗くことができればのう。鬼瓦の真意がわかるやもしれぬ」

ふっと寂しげな翳《かげ》がよぎった。奥泊まりを重ねるのは、心が通じ合わないからなのか。一角には、村芳の真意がわからない。訊いてみたかったが、答えるはずがないと思い、早口で言い添えた。

「ご案じなさいますな。花木に関することならば、『花咲爺』がおりまする。見事、『春の紅葉』を仕立てあげることでございましょう」

「『花咲爺』は、『花』を究める法を知っておるであろうか」

ぼそっと村芳が呟いた。

「一角、余は『花』を究めたいのじゃ。工夫の才と芸の熟達、この二つを併せ究めたような役者こそが、花を究めた者。余は『真の花』を得たい。どのような試練があろうとも、それに負けぬ『真の花』を得たいのじゃ」

奥御殿の方にふたたび真剣なまなざしを向ける。その横顔には、隠しきれない想いが浮かびあがっていた。恋い焦がれる気持ち、今も逢いたくてたまらぬという想い。塀を飛び越えて奥御殿に行ってしまいそうなほどの情熱が、二つの眸に表れている。

はて、殿は奥方様に惚れておられるのか？　頻々と奥泊まりをするのは、奥方様と褥《しとね》をともにするためか？　なれど、奥方様はお身体が弱いはず、この想いが向けられている相手は、奥方様ではのうて、愛妾か？

どうにも奥向きの様子がつかめない。そして、村芳の心もつかめなかった。一角は藩主を見あげてから、奥御殿に目を向ける。

小春に訊くしかあるまい。おれが思うておるよりずっと、奥御殿には厄介な事情があるのやもしれぬ。

中奥と奥御殿を仕切っている無粋な板塀。さほど高さのない塀なのに、なぜか、とても高く思えた。

四

さて、奥御殿では――。

小春が、甲斐がいしく茅野の世話をしていた。髪を調えて、朝の仕度を終える。奉公にあがったばかりの頃は、御末《おすえ》として台所の手伝いや雑用を行っていたのだが、琴や踊りといった芸事に、小春が秀でていたため、すぐさま奥方付きの女中へと昇格したのだった。また茅野と小春が同い年ということもあり、姉妹のような親しみを互いに覚えてもいる。とはいえ、あくまでも主従の関係なので、小春は言動に気をつけていた。

「能舞台のあたりで、声がしておりますね。お殿様が狂言の稽古をしておいでになるのでしようか」

櫛《くし》を仕舞いながら話しかける。彼方を見やっていた茅野の唇が、ぴくりと小さく動いた。

居室の障子は開け放たれて、気持ちのよい陽射しと風が感じられる。少し離れた場所に設けられている板塀の向こうから、風に乗ってざわめきが流れてくるのだが、時折、村芳と思われる声も聞こえていた。

「そうかもしれません。殿はいつも熱心に稽古をなさいますから」

茅野は板塀の方に顔を向けたまま、こちらを見ようとはしない。女にしては無口なたちで、会話が弾むことはめったになかった。だが、小春は知っている。茅野の想いを、熱い恋心を。

奥方様はお殿様のことが、好きで好きでたまらないのだ。それなのに、なぜなのだろう。あたしにはわからない。なぜ、なのか。

疑問は心に秘めて、さらに話題を投げる。

「表では、鶯のことが噂になっているそうでございます。夜にその鳴き声を聞いた者は、死んでしまうとか。本当なのでございましょうか」

今宵、一角に会うので、女中たちから話を仕入れていた。引っかかったのは、やはり、鶯のことである。奥向きで鶯を飼っているのではないかと、一角は訊いたが、茅野の部屋では鳥はもちろんのこと、猫なども飼っていない。鶯の噂が広まっているのは、どうしてなのだ

ろうか。期待をこめて返事を待っていたが、

「つまらないことを言うのではありません」

茅野は一蹴した。

「ただの噂です。鶯など、この屋敷では飼うておらぬではありませんか。梟《ふくろう》かなにかの鳴き声を、聞き間違えたのでしょう。噂はただの噂話、気にせぬことです」

「はい」

「それよりも、小春。父君の容態はどうなのですか。風邪をこじらせて寝こんでしもうたとか。少しは良うなられたのですか」

心から案じているような顔を見て、ちくりと胸が痛んだ。父の病は真っ赤な嘘、休みを取りやすくするための口実なのである。一角が『四兵衛長屋』にいるという話を聞いた小春は、どうしても確かめたくて、父の病をでっちあげたのだ。

「それが……あまり思わしくありません。もう年でございますので、仕方ないのかもしれませんが」

罪悪感を覚えながらも、すらすらと嘘が口をついて出た。今しばらくこの口実を使わなければならない。俯《うつむ》いて、表情を見られないように気をつける。

「まあ、それは心配ですね。お店が忙しいゆえ、無理をなさったのやもしれませぬな。わた

くしのことはもうよいから、早う家に戻りなさい。小春の顔を見れば、父君も安心なさいましょう」

「あ、いえ、夕方まではお側におります。奥方様付きの女中になったことを、父は本当に喜んでおりますので。御役目を放り出して戻ったことがわかれば、叱られてしまいます。お店で商うのも、お屋敷にご奉公するのも同じだと、いつも厳しく言われておりますから」

さすがに気が咎《とが》めた。申し訳なさでいっぱいになったが、その反面、秘密めいた逢瀬《おうせ》に胸をときめかせたりもしている。想いをつのらせていた相手と、念願かなって結ばれるかもしれない。嬉しくて、たまらなかった。俯いているのは、つい微笑みそうになってしまうからなのだ。父が病だというのに、にこにこしていては、家に帰れなくなる。

「遠慮せずともよいのですよ。安芸《あき》には、わたくしから言うておきます。今日はもうお帰りなさい」

「ですが」

顔をあげると、茅野のあたたかいまなざしが間近に迫っていた。嫁いできた頃は表情に険があったのだが、今は人を包みこむような空気を持っている。村芳のお陰ではないのかと、小春は思っていた。

お殿様は本当にお優しいお方だもの。奥方様が恋をなさるのも当然よね。お顔にそれが表れている、恋をなさっておられるのがわかる。でも、それなら、なぜ？　どうして、あんなことをなさるのかしら。

「あの」

かねてより抱いていた疑問を、口にしようとしたそのとき。

「奥方様」

年寄《としより》の安芸が部屋に姿を見せ、茅野の耳になにか囁いた。年は四十過ぎということだが定かではない。茅野が幼い頃から仕えているらしいが、神経質な面があるので、小春はあまり好きになれなかった。安芸が入ってきた瞬間、早くも腰が少し浮いている。そんな気持ちを知ってか知らずか。

「え？」

茅野が訝しげに眉を寄せた。穏やかだった表情が、みるまに凍《い》てついたものに変化する。嫁いできた頃の冷ややかな面になっていた。

「なれど……『一番桜』は、まだ答えが出ておらぬではありませんか」

上ずったような声で、問いかけとも自問とも思えるような言葉を発した。安芸が小春を見やり、小声で囁く。

「詳しい話は後ほど」

ふたたび、こちらを見て、告げた。

「小春はもうよい。早う家にお帰りなされ」

常にない気配りをみせる。この間のときは、さんざん文句を言われただけに、今日の言動が納得できない。部屋から追い出そうとしているのではないか。そんなふうに感じられた。

「はい。それでは、奥方様。失礼いたします」

色々と思うところはあったが、所詮は行儀見習いの女中、質問できるわけもない。おとなしく廊下に出て、障子戸を閉める。いったい、なにが起きたのか。茅野の変化はなんなのか。心を部屋に残しながら、自分の部屋に戻りかけたが。

もう一度、あの場所に行ってみよう。

茅野の部屋を念のために振り返って、安芸が出てこないのを確かめる。廊下にも目を走らせたうえで庭に降りた。もしかすると、一角が節穴のところに来ているかもしれない。急に都合が悪くなって、今宵は逢えなくなるということも考えられた。互いにご奉公している身、そのあたりのことはわかっているつもりだ。ふたたび周囲に人がいないのを見てから、節穴をそっと覗きこむ。

いない。

いつもは落胆するのだが、今日は逆だった。いないということは、つまり、今宵の約束が実行されるということに他ならない。自然と微笑が滲み、小さな幸福感に包まれる。今宵になればこの幸福感は、より大きくなるだろう。

一角様ったら、毎日のようにここに来て、あたしを待っていた。時間に遅れたときなどは慌てふためいて……今宵は逢える。そう、二人きりで。

幸せの余韻を味わうように、小春は節穴を再度、覗きこんだ。本人は知らないだろうが、奥女中の間で、早乙女一角は憧れの的なのである。一角が奉公し始めた日から大騒ぎとなり、かわるがわるこの場所に来ては、覗き見ていたのだった。絵に描いたような美形、歌舞伎役者のよう、だれがあのお方の心を射止めるのかしら。女中たちは初々《ういうい》しく頬を染めて、一角の噂話に興じた。その相手が自分だとわかったら、なんと言うだろうか。嫉妬のあまり気を失う者が出るかもしれない。

でも、あたしはずっと待っていた、一角様と再会できる日を。そう、十九年よ。一角様が早乙女家の養子になってから、かれこれ十九年が経つ。長い、長い日々だった。時折、〈北川〉に戻ってくる一角様を、あたしは一日千秋の思いで待っていた。まさか、ここで逢えるとは思っていなかったけれど。

想いが通じたのだ。他の男には目もくれず、小春はただひたすら一角を想い続けてきた。持ちかけられる見合いの話を断っているうちに二十四歳。家にいるのがいたたまれず、思いきって二年前、見習い奉公に出た。漠然とではあるが、もしやという希望を抱いていたのはまぎれもない事実。

一角様に逢えるかもしれない。本当は七日市藩にご奉公したかったけれど、そのうち、つてができて、七日市藩にご奉公できる日がくるかもしれない。そうすれば、一角様と毎日のように……。

奉公した後、それが愚かな夢だったことを知った。奥女中は奥御殿という狭い空間に閉じこめられて、外出もままならない。他藩へのご奉公など夢のまた夢。口にすることさえできなかった。諦めかけていたとき、節穴の向こうに、一角の姿を見たのである。

最初は信じられなかった、幻だと思った。逢いたいと思うあまり、とうとう幻を見るようになったのかと……でも、そうじゃなかった。本当に一角様だった。一角様はたぶん、あたしが吉田藩にご奉公しているという話を聞いたのよ。それで、ご奉公を願い出た。ありえることだわ。奥御殿の話を教えてほしいと言ったのも、逢うための口実よ。わかっている。一角様は恥ずかしがり屋だから。

一角の頼みを、小春は自分勝手に解釈した。なによりも小春自身が、好きで好きでたまらないのだ。他のことは考えられない。

「いい天気」

呑気に空を見あげて、大きく深呼吸する。逸る気持ちを抑えようと、何度もそれを繰り返した。早く夜にならないだろうか。まだまだ陽は高い。

五

まだ陽は高い。

にもかかわらず、勘定方の部屋に残っている者は少なかった。つい今しがた八つ（午後二時頃）の鐘が鳴ったばかりなのに、数之進を含めて、三人しかいない。

そういえば、他の部屋もやけに静かだ。遅れず、休まず、仕事せずだと、御家老様が申されていたが、そのとおりと言えなくもない。

心の呟きが聞こえたわけではあるまいが、さらに一人、部屋から出て行った。長屋の方からは、笑い声や人のざわめきが流れてくる。役目を終えた後の弛緩した空気が、そこかしこに漂っていた。

「熱心だな。なにをそのように見ておるのだ」

最後まで残っていた福原安蔵が、広げていた書物を覗きこむ。隠居料の不正のことが、ごく自然に浮かんでいた。不正を行うためには、勘定方の者の協力が不可欠。安蔵がそうであることも、充分、考えられる。

「各村の明細帳でございます。我が藩は、紙と蠟が特産品。特に楮《こうぞ》を原料とする奉書の生産量が多いようですが、奉書は浮世絵や帳簿などに用いられる紙。丈夫であるのは認めますが、色が精白ではございませぬ。吉田藩では、白い紙は作られていないのですか」

警戒心を働かせながらも、なにかが引っかかっていた。頭の奥でずっとなにかが疼《うず》いている。紙に関係のあることなのだが、疼いているその理由がわからない。閃きが訪れる前兆であることが多いため、安蔵に問いかけを発したのだ。

「いや、白い紙も作っておる。漉《すき》模様の入った紙などもあるぞ。色もさまざま、模様もさまざまよ。職人の腕次第じゃ」

「さようでございますか。では、紙の色というのは、どうやって変えるのですか。染色すれば色がつくのはわかりますが、白くするためには、なにを使うのですか」

「米粉じゃ。米粉を混ぜれば、紙は白うなる」

正座をしていた安蔵は、膝をくずして、くつろいだ姿勢になる。奉公の時間は終わったということなのかもしれない。

「大きさはいかがでしょうか。襖《ふすま》や屛風《びょうぶ》を造るときは、大きな紙が必要となります。我が藩でも大きな紙が作れるのですか」

ちりちりと疼いているのに、見えそうで見えない。手を伸ばせば届きそうなのに、つかめない。焦れったくてならなかったが、辛抱することには慣れている。安蔵との会話をとおして、数之進は懸命になにかをつかもうとしていた。

「おお、作れるとも。さいぜん言うた漉模様の入った紙というのは、襖紙のことじゃ。大きな紙は二人がかりで漉くのだが、呼吸《いき》が合わねば同じ厚さにならぬ。大きゅうなればなるほど、むずかしいのじゃ。しばし待て。見本があるゆえ、見せてやろう。本来、こういうことは、お頭がやらねばならぬのだがな」

　やおら立ちあがり、奥の部屋に消えた後、紙の束を持ってきた。数之進も手伝い、文机を台代わりにして、大きな紙を広げる。

「どうじゃ、美しかろうが」

　安蔵は得意げに、模様の入った紙を見おろした。自慢するだけのことはある。数之進は模様に見惚れながら頷いた。

「はい」

「こちらのは花模様、こちらのは蝶が舞う様を描いておる。『ひっかけ』という技を用いてな。多様な絵柄を描くのじゃ。雲の模様は飛雲、水玉はわかるであろう。紙面に点々と水玉を落としたように漉き掛けておる」

「こちらは」

数之進が別の紙に触れたのを見て、すかさず説明してくれる。

「今、おぬしが触れておるのは、鳥《と》の子《こ》じゃ。知っておるだろうが、雁皮《がんぴ》を原料とする高級紙で、経巻や公文書などに幅広く用いられておる。珍重されるのは、虫害がないからじゃ。紙の王者と言われる由縁よ」

「奉書しか扱っていないのかと思いましたが、ずいぶんと種類があるのですね。福原さん。これらの品は、買えるのでしょうか。藩士であれば少しは安く手に入りますか」

姉たちへの土産にすれば、さぞ喜ぶに違いない。安蔵は即答した。

「むろんじゃ。少しどころか、相当、安く手に入る。どんな紙がほしいのじゃ。それ、こちらには、折紙や短冊用の打雲《うちぐも》もあるぞ。奥御殿で使われるゆえ、常に置いてあるのじゃ。金はあとでよい。ほしいものを持って行け」

勘定頭の許しを得ねば、あとでまずいことになるのではないだろうか。安蔵は頭の善太夫を軽んじる傾向があった。しかし、よけいなことを口にすれば、気分を害しかねない。

「ありがとうございます。どの紙にするか、次の非番のときまでに決めておきます」

慎重に言葉を選び、ところで、と話を変えた。

「同役の方から聞いたのですが、吉田藩においては三年ほど前に国元で騒ぎがあったとか。一揆になる寸前だった由。殿が代表者にお目通りなされて、おさめられたそうですが、なにが原因なのでございますか」

踏みこんだ質問であるのは、重々承知していた。が、遠慮していると、いつまでたっても情報が得られない。案の定、安蔵は沈黙する。

「……………」

言っていいものやら、逡巡《しゅんじゅん》しているのが見て取れた。あるいは数之進が幕府御算用者であることを、知っているのかもしれない。そんな相手に藩の重要事項を洩らしてよいものか。気まずい対峙《たいじ》に耐えきれず、数之進が口を開こうとしたときである。

「奥方様よ。折紙や短冊を、殊《こと》の外《ほか》、気に入られての。ひとり占めなさるのじゃ」

安蔵がぼそっと言葉を押し出した。

「は？」

意味がわからず、首を傾げる。奥方の茅野が原因ということなのだろうか。だが、村芳が茅野と祝言をあげたのは二年前だ。一揆が起きたのは三年前。茅野はまだ村芳のもとに嫁いでいない。数之進は真意を読もうとして、安蔵を凝視する。相手もまたじっと見つめ返した。

奥方様、折紙や短冊、ひとり占め。

重要と思われる部分を、何度も繰り返した。なにかを教えようとしているのは間違いない。

壁に耳あり、障子に目あり。だれが、どこで聞いているかわからないのだ。はっきり言えるわけがない。

奥方様はおそらく関係あるまい。掛詞のようなものではあるまいか。そういえば、前に話したとき、奥方様は本家より嫁がれてきたゆえ我儘と言うていたな。奥方様を本家そのものと考えれば、なるほど、本家は我儘、折紙や短冊は紙、ひとり占めは……そうか。

閃いた。

「さようでございましたか。なれど、これだけ美しい紙でございますゆえ、ひとり占めなさりたくなるのも、わからぬではありませんが」

「なんじゃ、二人とも、まだ残っていたのか」

頭の善太夫が、のそりと部屋に入って来た。馬面に相応《ふさわ》しいのは、軽やかな足さばきだが、どうにも身体が重そうに見える。長い顔と貫禄のある身体は、あまりにも不釣り合いなのだ。

安蔵は舌打ちせんばかりの顔を数之進に向け、素早く立ちあがる。

「長屋に戻るところでございました。それがしは、これにて失礼いたします」

うまく先に逃げた。一歩、遅れた数之進は、立ちあがることができない。慌てて逃げるのはいかにも不自然だ、怪しまれないように振る舞わなければ、などと考えているうちに、善太夫が広げた紙を眺めていた。

「これは福原が持ってきたのか」

「あ、はい。拙者がお願いしたのです。紙について少しわからないことがありまして、福原殿にお願いいたしました。勝手をいたしまして、申しわけありません」

「いやいや、気にすることはない。熱心よのう。だれひとりとして、部屋には残っておらぬというに」

「何枚かほしい紙があるのですが、安く買うことはできるのでしょうか」

狙っていた二枚を持ち、先刻と同じことを訊いた。表面化していないものの、善太夫と安蔵の関係は、あまり良好とはいえない。安蔵に聞いたと言えば、今度は善太夫が機嫌を損ねるだろう。常人であれば気配りしすぎて、神経がおかしくなりかねない役目だが、なんといってもあの姉たちに鍛えられている。ごく自然に言葉が出、ごく普通に気遣っていた。これが数之進の最大の長所かもしれない。

「うむ。藩士たちには特別な値で、分けてやるようにしておる。それがほしいのか」

「はい」

「さようか。金はあとで……」

「お頭」

長屋に行ったはずの安蔵が、戻って来た。

「御師《おんし》がおいでになられておる由。御中老の小橋様が、お頭を呼んでくるようにと申されまして」

ことさら強く「御師」の部分に力をこめた。と同時にちらりと意味ありげな視線を、数之進に投げる。御師は御祈師《おいのりし》の略で、社寺に所属し、信徒組織の結成や連絡にあたったり、参拝者のための祈禱《きとう》・宿泊などを取り計らうのがその役目だ。通常は「おし」と呼ばれるのだが、伊勢神宮だけは「おんし」と呼んでいる。安蔵は確かに「おんし」と言った。伊勢神宮の御師が、いったい、何用なのか。

「おいでになられたか」

馬面に緊張感が走った、ように見える。腰をあげた善太夫は、早口で言い添えた。

「数之進。金はあとでよいゆえ、好きな紙を持ち帰るがよい。ちょうど、福原がおる。この者に届け出ておくように」

「は」

数之進は頭を垂れて、善太夫を見送った。三年前に起きた一揆、そして、藩邸を訪れた御師。もしかすると、この二つは繋がりがあるのではないか。安蔵の言動を見て、数之進はそう推測していた。

ここで訊ねても、福原さんは答えまい、いや、答えられまい。鳥海様への文を、今一度、したためるしかあるまいな。

藩邸内の空気が変化したように思える。安蔵の浮かぬ表情が、はっきりそのことを示していた。

六

数之進から託された文と土産を持って、一角は長屋を訪れた。五つ（午後八時頃）を告げる鐘の音が響き、自然と足が速くなる。

「遅うなってしもうた。〈紅葉亭〉は前を通っただけだが、ずいぶんと混み合うておるようであったわ。あちらは心配なし、と」

飛ぶような足どりで、『四兵衛長屋』の路地に入った。御役目を先にしたかったが、生田家は女所帯、遅くなりすぎるのはまずい。

「一角です。冨美殿、おいでになりますか」

わざと大声をあげ、左門の部屋を振り返る。すぐさま格子窓に、左門が顔を覗かせた。小さく会釈をして、戸が開くのを待つ。

「どうぞ、お入りなさい」

冨美の声だけが響いた。数之進も一緒だと思ったのかもしれない。一角は遠慮がちに戸を開いて、土間に足を踏み入れる。

「失礼いたします」

「おや、数之進はどうしたのですか」

冨美は一角の後ろを見たが、左門に顔を見られないよう、気をつけているのがわかった。身体を引き気味にして、外から覗かれないようにしている。色恋に関しては、だれよりも読み取るのが早い。

これは、やはり、〈紅葉亭〉が見世開きした折に、なにかあったな。おおかた三紗殿がつまらぬことを言うたのであろう。しかし、傍で見ている分には面白い。鳥海様には怒られてしまうやもしれぬが。

心の中でのみ、にやにやしながら答える。

「数之進は御役目を抜けられませぬゆえ、拙者が代わりに参りました。これを姉君たちに差しあげてほしいとのことです」

持っていた風呂敷包みを広げて、預かってきた紙を取り出した。訊きたいことは山ほどあるが、小春との待ち合わせもあるため、今日はいつも以上に急いでいる。

「では、拙者はこれにてご免」

「あ」

手を差し伸べた冨美の姿が、戸を閉めるに従って、消えた。振り向くと、声をかけるまでもない。左門が戸を開いて待っている。

「失礼つかまつります」

遠慮なく向かいの部屋に入った。ふだん町に出るとき、一角は下駄を履いているのだが、ほとんど音がしない。

「その下駄には、仕掛けでもしてあるのか」

左門の言葉を、軽口で受ける。

「さようでございます。南蛮渡来の下駄でございまして、石畳の上を歩きましょうとも、音がせぬようになっております」

「ははは、さようか。わしも一組、ほしいものじゃ。あがるがよい」

「は」

座敷にあがる間もなく、懐から二通の文を出して、渡した。左門はすぐに目を通し始めたが、一角の関心は別のことに向いている。

「鳥海様。差し出口とは存じますが、ちとまずいのではないかと思うております。このままにしておきまするど、ますます悪い事態になるのではないかと」

「む」

読んでいた文から目をあげ、無言の問いかけを発した。事態を把握しておるのか。さようでございます。ゆえに、差し出口を承知で申しました。こんなやりとりが、眸でかわされた。

「冨美殿の様子がおかしいのじゃ。わしと目を合わせようとせぬ」

左門は率直に告げる。おお、なんというお方じゃ。両目付の立場にありながら、おれのような者に、こうまでお心を開かれるとは。数之進が信頼を寄せるだけのことはある。鳥海様はただ者ではない。

あらためて左門の凄さを知り、「おそれながら」と口を開いた。

「ああいう態度を取るのは、脈ありではないかと思いますが、それはさておき、騒ぎの原因《もと》は小姑でござりましょう。〈紅葉亭〉が見世開きの日、鳥海様のことを、耳打ちしたに相違ありませぬ。冨美殿は数之進に似て正直でございますゆえ、気持ちを隠すことができぬのではありますまいか」

「三紗殿か。やはりな、わしもそう思うてはいたが」

さて、どうしたものか。なんぞ、良い策はあるか。言葉にされない質問を、今度も的確に読み取る。

「誠と真、二つの『まこと』を示すしかありますまい。なれど、遠まわしに告げても、冨美殿には伝わりませぬ。三紗殿であれば、匂わせるだけでわかりましょうが、冨美殿はそうはいきませぬ。ゆえに、まっすぐに想いをぶつけられるのが宜しかろうと」

「ふむ」

思案顔になった左門を置いて、一角は立ちあがる。

「それでは、鳥海様。拙者はこれにて、おお、そうでございました。村上様の調べは、どうなっておりましょうや。吉田藩においては、隠居した者の数が異様に多いとか。数之進がつかんだあの件について、調べはついたのでございますか」

座り直して、問いかけた。肝心の話を聞き忘れてはならない。

「まだじゃ。数が多いゆえ、時間がかかっておるのであろう。杢兵衛より連絡《つなぎ》が来た時点で、すぐに文を送る」

「畏まりました。では」

土間に飛び降り、深々と一礼する。もう一通の文の内容を知りたかったが、なにしろ時間がない。長屋からさほど離れていない〈北川〉に向かって疾駆する。

「忙しい、忙しい。師走《しわす》でもないのに、なぜ、おれはこのように急いでおるのか。商人でもあるまいに」

そう言いながらも、笑みが浮かんでいた。七日市藩で側小姓の役目に就いていたときも、それなりに楽しかったが、今のこの楽しさとは比べものにならない。数之進は追いつめられている藩と下級藩士を救うために、千両智恵を振り絞っている。なんと素晴らしいことなのか。

数之進は諸藩を守り、おれは数之進を守る。吉田藩の馬面男が、どんな悪巧みをしようとも、数之進を騙すことはできぬ。必ずや企みを看破して、待てよ。

吉田藩のことを考えた刹那《せつな》、公家面の殿様が浮かんだ。そして、なぜか、次に浮かんだのが鳥海左門。屋敷にはほとんど戻らず、長屋暮らしを続けている。理由はただひとつ、そうだ、冨美がいるからだ。

「もしや」

立ち止まって、黙考する。よく数之進がやっていることだ。いくつかの事柄を頭に引っかけておくと、ある瞬間に答えが訪れる。答えがくる、くるやもしれぬ、見えそうじゃ、おお、おれに数之進が乗り移ったか！

「閃いた」

ぽんと手を叩いて、ふたたび走り出す。もし、村芳に愛妾がいないとすれば、この推測はより確かなものになる。小春に会わねばという思いが強まり、いっそう足が速くなった。室《むろ》町《まち》二丁目まで一気に突っ走る。

「兄上、親父殿、おるか」

すでに暖簾をしまった〈北川〉の、潜り戸を開いて中に入る。待っていましたとばかりに、兄の伊兵衛と父親の伊兵衛が奥から飛び出してきた。〈北川〉の跡継ぎは代々、伊兵衛の名を継ぐのが決まりとなっている。名前だけでなく、風貌もそっくりで、だれが見ても父子だ。

「遅かったではありませんか、一角殿。さいぜんから、美しい女の方がお待ちでございますよ」

さっそく兄が口火を切る。隣に立つ父も口を挟みたくてうずうずしていた。一角は小春の小賢《こざか》しい企みに気づき、鈍い二人を呆《あき》れたように見やる。

「なにを言うておるのやら、あれは〈和泉屋〉の小春ぞ。どうせ、取り澄ました顔で、『一角様と待ち合わせております』などと言うたのであろうがな。幼なじみの小春じゃ」

「えっ、あれが小春さん。年中、青っ洟《ぱな》を垂らしていた小春さんなのですか」

兄の言葉に、父が続く。

「いつも怒ったような顔をしておった小春か。怒った拍子にいきみすぎて、しょっちゅう小便を洩らしていたが」

「……いや、そこまでひどくはなかったと思うが」

一角の呟きに、怒ったような声が続いた。

「ええ、そうですとも、あたしは小春ですよ。青っ洟《ぱな》を垂らして、怒りすぎては、おしっこを洩らしていた小春です！」

当の小春が出て来てしまった。子供の頃さながらに、口をへの字に曲げて、三人を睨みつける。一角は焦った。

「ま、待て、小春。兄上と親父殿はだな、悪気があったわけではない。本当のことを言っただけ、あ、いや、違う、そうではない。だ、だれかと間違えたのじゃ、そう、そうじゃ。別の娘のことよ。小春はおとなしゅうて、良い娘であった。手のかからない素直な……」

「とりもち娘」

小春がぼそっと言い、また凄い目で睨みつける。今更お世辞を並べたてても遅いんですよ。あたしは、ちゃあんと知っているんですからね。だれがこの渾名をつけたのか。自慢ではないが、無言の問いかけを読むのは得意中の得意。となれば、話を逸らすしかない。

「さあさあ、座敷に行こう、小春。今宵は昔話に花を咲かせようではないか。兄上、極上の酒と肴を頼みますぞ。小春は〈和泉屋〉の箱入り娘、さらに今は大名家でご奉公をしておる身。舌が肥えておりますゆえ、選りすぐりの品をお願いいたしますぞ」

ふくれっ面の小春の背を、押すようにして廊下にあがる。ちくりと胸が痛んだ。おれは小春を利用しているのではないか。ひどいことをして……。

わかっていた。自分がなにをしているのか、どんな結果が訪れるか。しかし、今は奥御殿の様子が知りたい。数之進の役にたちたかった。

これが子供の頃であったなら。

複雑な思いを胸に、一角は座敷の戸を開けた。小春は微笑んでいる。先刻の会話など忘れ去ったかのように無邪気な笑みを浮かべている。すぐ近くにいるのだが、遠く離れているような感じを、一角は覚えていた。

第五章　花の番人

一

二日後の八つ半（午後三時頃）。

数之進と一角は、役目を終えて、四兵衛長屋を訪れていた。

「吉田藩には、不気味な空気が漂い出しているように思います」

数之進は告げる。

「文にも記しましたように、同役の者と話しておりましたとき、意味ありげな言葉を投げたのです。一揆について問いかけたときでございました」

奥方様よ。折紙や短冊を殊の外、気に入られての。ひとり占めなさるのじゃ。

「そう答えたのでございます。だれが聞いているのかわかりませぬゆえ、考え抜いた挙げ句、このような言葉が出たのではないかと考えました。以前、その者と話しました折、『奥方様は本家より嫁がれてきたゆえ我儘じゃ』、そんなことを言うていたのを思い出しまして。奥方様を本家そのものと考えれば、本家は我儘となります。そして、折紙や短冊は紙、ひとり占めは専売を示しているのではないかと推測いたしました次第。つまり」

「吉田藩は紙を、藩による専売制で取り仕切ろうとした」

杢兵衛が言葉を継いだ。専売制は藩にとっては有益だが、農民の立場からすると、規定の紙座でしか取引ができなくなるため、利益が薄くなる。町や村の商人に売る方が高く売れるので、専売制には批判的だ。数之進は杢兵衛に目を向けて、答える。

「さようでございます。かなり強引に執り行おうとしたのではないでしょうか。あるいは、執り行ってしまったがゆえに、一揆の兆しが表れたとも考えられます。意味ありげな言葉につきましては、なんとか推測できましたが、さらに不可解な出来事がありました。御師が勘定頭を訊ねてまいりまして」

「『おんし』ではのうて、『おし』であろうが」

土間に立ち、中食《ちゆうじき》の用意をしていた一角が口を挟む。小腹が空いた頃であろうと、いつものように手早く仕度を始めている。動きながらも油断なく会話に耳を向けていた。

「いや、伊勢神宮の御祈師だけは、『おんし』という呼び方をするのじゃ。他の社寺では、一角が言うたように、『おし』と呼ぶがな。数之進はようそこに気づいた。相変わらず鋭い耳を持っておる」

今度は左門が受ける。褒められると嬉しいが、強い羞恥心《しゅうちしん》も湧いていた。恥ずかしげに瞼を伏せて、続ける。

「間違いなく『おんし』と言うておりました。さきほど話しました同役の者が、知らせに来たのでございますが、またもや拙者に意味ありげな目を走らせたのでございます。その前には意味ありげな言葉、今度は視線。これは、もしや、一揆の話と関わりがあるのではないかと思いました次第でございます」

「そのとおりじゃ」

遮るように杢兵衛が言った。その顔には苦々しさが浮かびあがっている。自分が調べるより早く、数之進から文が送られてきたのが、少し不満だったのかもしれない。苦笑いを見せた左門に、ちらりと視線を向け、手元の文書に視線を戻した。

「あわや一揆の騒ぎとなりかけたのは、藩の専売制に反対するがゆえじゃ。数之進より文が送られて来た時点で、鳥海さまから連絡が来ての。急ぎ調べたが、騒動の裏に不審な影あり、よ。御師と呼ばれる者が、領内に現れていた由。煽動したのは、そやつではあるまいか。断定はできぬが、どう考えても、そやつが怪しいように思える」

「やはり、そうでございましたか」

数之進は大きく頷いた。福原安蔵は真実を教えていたのだ。吉田藩は一見すると、穏やかで、のんびりした気風のように見えるのだが、危険な企みが隠されている。御師が現れるところに騒動あり。さまざまな疑問が湧いてきた。

「念のためにお訊きしたいのでございますが、伊勢神宮も関係しているのでございましょうか」

一番、気になることを問いかけた。訊ねながらも、まさかと思っている。伊勢神宮が一揆を煽動するなど考えにくい。そんなことをして、なんの得があるというのか。否定の言葉が返ってくるとばかり思っていたが、上役たちはしばし黙りこむ。禁句だったのかもしれぬと、数之進は顔を強張らせたが。

「定かではないが」

左門がようやく重い口を開いた。

「その御師らしき男が、御老中様の屋敷に出入りしているのを、配下の者が見ておるのじゃ。つい昨日のことよ。よくよく調べてみたところ、御師はすでに伊勢神宮を離れておる由。むろん、真実かどうかはわからぬがな。離れたように見せかけておるだけやもしれぬゆえ」

老中松平信明との繫《つな》がりが、はっきりと浮かびあがってきた。左門の褒め言葉は、お世辞ではなかったのである。しかし、伊勢神宮との繫がりについては、これ以上、訊いても無駄なように思えた。

「村上様。隠居料については、いかがでございますか。本当に支払われているのかどうか、調べがつきましたでしょうか。拙者の調べが行き届かず、名前だけしかわかりませなんだゆえ、さぞかしご苦労なされたことと存じます。申しわけありませぬ」

数之進はへりくだって言い、頭をさげる。左門は手下の言動に頓着しないが、杢兵衛はまったく正反対。口うるさいたちなので、かなり気を使っていた。

姉様のときはどうなのだろう。

ふと三紗の顔がよぎった。三紗に接するときも、同じなのだろうか。いやいや、そんなことはあるまい。

下男のようにこき使われているのではあるまいか。姉様は人使いが荒いからな。村上様もわたし同様、苦労が多い。

ふっと滲んだ笑みを、杢兵衛が鋭く見咎めた。

「なにがおかしいのじゃ」

「あ、いえ、なんでもございませぬ。隠居料につきましては……」

「半分ほどは、すでに死人よ。この世にはおらぬ。死人の分の隠居料を、果たして、だれが受け取っておるのやら」

「だれでございますか」

思わず膝でにじり寄る。藩主の村芳か、あるいは家臣のだれかなのか。隠居料の不正が発覚すれば、吉田藩は改易されかねない。重要な問題だった。

「おるのやら、と言うたではないか」

杢兵衛の渋面が、ますます渋くなる。恥をかかせるな、匂わせたそれを察知せよ。そんな顔つきになったので、数之進は恐縮する。

「申しわけありませぬ」

「謝ることはあるまいて」

友が素早く助け船を出してくれた。

「はっきり申されぬのは、村上様の悪い癖よ。拙者などは鈍うござりますゆえ、まるでわかりませぬ。数之進でさえわからぬときがあるのでございますからな。ちと考えていただけますと、ありがたいのでございますが」

「考えねばなるまい。のう、杢兵衛」

左門も数之進の味方となれば、恐縮するのは杢兵衛の方だ。

「は」

「さて、両名に訊ねる。消えた隠居料の行く先はどこなのか。思うところがあれば言うてみよ。家老が言うたように、若狭守が使うておるのか。はたまた家臣たちが懐に入れておるのか。あるいは、本家への賄として、納められておるのか」

数之進と一角に、幾つかの推測を提示する。すでに数之進も考えていたことだったが、いち早く友が応えた。

「拙者は家臣、または本家への賄であろうと存じます。若狭守様がそのようなことをなさるはずがありませぬ。いくら狂言好きとは申せ、不正をしてまで金を得ようとはなさいますまい。おっ、そうじゃ。密告をした御家老様が、懐に入れておるということも考えられる。ゆえに、その罪を若狭守様になすりつけようとしたのではありますまいか」

竃に載せた土鍋の様子を見ながら、上がり框《かまち》に腰かけている。安普請の長屋なので、大きな声を出すのはご法度。聞き取れる程度に声をひそめていた。

「と、一角は言うておるが、数之進はどうじゃ」

「御家老様は、わざと真実を告げたのではないかと」

思いもかけぬ答えだったのかもしれない。ほう、と、三人は小さな声をあげた。疑問の声が出る前に説明する。

「隠居料の不正についていては、勘定頭がそれを暴こうとしていたふしがございます。若狭守様と御家老様はそれに気づいたのでございましょう。勘定頭は本家派、幕府御算用者に事実を告げられてしまうと、なにかとやりにくくなるのは必至。それなら先に真実を告げてしまおうと、お二人はお考えになられたのではないかと思うのです。これに関しましては、まったく根拠のない推測ではございませぬ。帳簿を盗み見ようとしたときのことでございました」

隠居料のことなどが記されている帳簿。数之進は二度、盗み見ようとしたが、一度目のときには村芳、二度目のときには家老の隼之助が現れている。隣室に勘定頭が隠れているのを知っていたからこその行動なのではないか。

「若狭守様と御家老様の間には、強い絆があるように感じました。御家老様はいかにも若狭守様を裏切ったような言動を取って本家派に近づき、企みを打ち砕こうとしているのではないかと思うのです」

「穿ちすぎじゃ、数之進。いささか深読みしすぎのように、おれには思えるがな。御家老様は裏切り者よ。保身のために、殿を裏切ったのじゃ」

皮肉めいた一角の言葉に、すぐさま反論した。

「そら、おぬしがいい例よ。御家老様が若狭守様を裏切ったと聞けば、殿に同情したくなるではないか。多くの下級藩士は、元々若狭守様のことを、良い藩主と思うておるゆえ、一も二もなく信じるであろう。それこそが、御家老様の狙いではあるまいか」

上級藩士のほとんどは本家派、せめて、下級藩士だけは味方につけたい。そして、いずれは本家派の家臣を退けて、自分たちの眼鏡にかなった藩士を役付に……これが家老の真意なのではないだろうか。数之進は土間を見やって、断言した。

「御家老様は殿を裏切ってはおらぬ」

「そう思いたいだけであろう。鳥海様、我が友にお訊ねくださりませ。なにゆえ、殿と御家老様の絆を、これほどまでに信じておるのか」

土間から一角が、声を返した。

「なにゆえじゃ」

左門の問いかけに仕方なく答える。

「炭団の話でございます。さきほど申しました帳簿の件の続きになりますが」

村芳は隣室の押入に隠れていた勘定頭を見つけて、引っ張り出した。舞台の普請を申し付けるためだったのだが、この話を家老の隼之助が知っていたのである。

「押入に隠れていたなどというのは、侍にとっては恥となる話でございます。勘定頭が御家老様に話すわけがないと思いました。面白おかしく若狭守様が、話されたのではあるまいか。ゆえに、お二人の間には、強い絆があるのではないかと感じたのです」

「他の藩士も見ていたやもしれぬ。御家老様は、その者より、聞いたとも考えられるぞ」

土鍋を抱えて、一角が座敷にあがってきた。

「まあ、よいわ。隠居料のことはとりあえず、横に置いてと、あちっ、あちちっ、鍋を置きますゆえ、真ん中を空けてくだされ。数之進、これを敷いてくれぬか」

落とされた布巾を、慌てて空いた部分に敷く。その場所に、一角は土鍋を置いた。どうじゃと言わんばかりの表情で蓋を取る。ふわりとあがる湯気とともに、空腹感を刺激する匂いが立ちのぼる。

「おお、旨そうじゃ」

代表するように、左門が感嘆の声をあげた。

「旨そう、ではございませぬ、旨いのでございます。『なんきん粥』でございまして、小豆《あずき》も入っておりますゆえ、温まりますぞ。粥の白さに、山吹色の南瓜《かぼちゃ》と小豆の色が映えましょう。彩りの美しさも味のうち、ささ、冷めぬうちにどうぞ。存分に味おうていただきたく思いますゆえ、食べ終わるまで酒はなりませぬ。宜しゅうございますな」

木杓子《きじゃくし》で小鉢に粥を注ぎ、配り始めた。長屋の部屋は一時、疑似家族の食事風景といった感じになる。次はおれの番とばかりに、一角が話し始めた。

二

「数之進には良くない知らせやもしれぬが、藩邸では鶯など飼うておらぬ由。何度も確かめたゆえ、間違いありませぬ。先代の藩主の亡霊騒ぎは、どうやら本物のようでございまして」

大丈夫かというような目を向けたが、今は左門たちがいるし、夜でもない。怖ろしさはないものの、この話を続けたいとは思わなかった。

「亡霊というのは、後ろめたさを覚える者たちが生み出した己の影であろうと、わたしは思うておる。罪悪感が見せる悪夢よ。もしやすると、過去において、忌まわしい騒動があったのやもしれぬが、調べたとて真実を語る者はおるまい。それこそ、改易の理由になりかねぬからな。われらが調べねばならぬのは、今、吉田藩でなにが起きているかだ。亡霊にとらわれてはならぬ」

土鍋を囲んだお陰かもしれない。酒は入っていないが、多少、くだけた口調になる。

「それで、一角。殿と奥方様の仲は、どうなのだ」

数之進は、さりげなく話を変えた。

「うむ、どうもあまり良くないようじゃ。正しく言うと、良くないわけではないのだが、良くない面もあるということで、小春によれば、あ、小春と申しますのは、奥御殿の女中でございまして、拙者の『耳』でございます」

途中で急に丁寧な言葉遣いになる。上役たちに説明しなければわからないと思ったに違いない。

「その小春に聞いた話によりますと、祝言をあげたはいいが、どうも、その、契《ちぎ》りを結んでおらぬのではないかと……いや、はっきり言うたわけではありませぬ。女子でございますゆえ、閨《ねや》の話を他に洩らすのは、抵抗があるのでありましょう。気分を損ねぬように探りを入れまして、やっと聞き出しました次第。骨が折れましてございます」

「祝言をあげて以来、一度もか？」

数之進の箸が止まる。左門と杢兵衛はよほど旨いのか、ひたすら粥を味わっていた。食べ終わるまでは、聞き役に徹するつもりなのかもしれない。

「そこまではわからぬ。まあ、奥方様はお身体が弱いという話ゆえ、そのせいなのやもしれぬがな。いずれにしても、あまり良い話とはいえぬ」

「しかし、おぬしの話では、殿は頻々と奥泊まりをなされておるようではないか。なんのため、ああ、そうか。愛妾がいるのだな」

「おらぬ」

きっぱりと断言した。

「これだけは確かなようじゃ。しつこいほどに訊ねたが、返ってくる言葉は同じであったわ。殿に愛妾はおらぬ」

「となれば、奥方様を見舞われるためか。そのために、殿は奥泊まりをなさるのか?」

自問のような呟きに、三人はにやりと笑みを返した。当惑気味に見つめ返したが、だれも答えない。こういうときは必ずといっていいほど、裏に色恋話が隠れている。

「つまり、殿は……」

「あとでゆっくりと、おれが教えてやる。先日、閃いたのじゃ。まるで、おまえが乗り移ったかのようであったわ。早乙女一角数之進と、名乗らねばならぬやもしれぬ」

「ははは、それはよい。ところで、一角。若狭守様と奥方様だが、互いにどう思うておるのであろうな。小春とやらは、どのように言うておったのじゃ」

左門に訊かれて、一角は畏まる。

「は。相惚れであろうと言うておりました。なれど、それゆえにわからぬ部分があるとも言うておりましたが、これはさいぜんの話に関係あるのやもしれませぬ。惚れ合うておるのに、なぜ、褥をともにせぬのか。小春はそのように感じておるのではないかと、拙者は推測いたしました次第」

小春でなくても、同じ疑問を抱くだろう。数之進も同様だったが、本家と分家の問題が絡んでいるのは間違いない。一角は神妙な面持ちで、話を続けた。

「殿と奥方様は相惚れであるか否か。奥方様の方は小春の話を信じるしかありませぬが、殿に関しましては、おそらく奥方様に惚れておられるのではないかと、拙者は感じましてございます。あれは、そう、狂言の話をなされたときでございました。花には『時分の花、真の花』があると申されまして」

余は『真の花』を得たいのじゃ。

「奥御殿を見やって、そう申されたのでございます。これは、もしや、惚れておられるのではあるまいかと、そのとき思うた次第でございます」

惚れ合うている男女が、なぜ、閨を伴にできないのか。数之進は遠慮がちに、意見を述べる。

「奥方様は本家の命令を守っておられるのやもしれませぬ。父君より、きつく言い含められたうえで、嫁がれたのではないでしょうか」

せつなくてならなかった。本家と分家の対立さえなければ、今頃は可愛い赤子が生まれていたかもしれないものを。

「一角、小春さんは他になにか言うておらなんだか。どんなことでもよい。おぬしが気になったことがあれば教えてくれ」

数之進は、胸にふつふつと闘志が燃えあがってくるのを感じていた。一刻も早くこの騒ぎをおさめなければならない。村芳と茅野、そして、下級藩士たちのために、貧乏智恵を振り絞るのだ。一角はしばし考えた後、ぽつりと呟いた。

「ひとつだけ、気になることを言うていた」

なれど、『一番桜』は、まだ答えが出ておらぬではありませんか。

「奥方様が御年寄に向かって言うた言葉のようじゃ。小春は金と銀の鯉、冬の西瓜のことも、むろん知っておる。またさいぜんの話に戻ってしまうが、この我儘な願い事についても不思議だったに相違ない。惚れておるのに、なぜ、とな。殿を試すような真似をするのか」

「一番桜はまだ答えが出ていない、まだ答えが出ていない、か。もしやすると」

考えこんだ数之進を見て、一角が目を輝かせる。

「おっ、閃いたか」

「まだわからぬ。なんというても男女のことゆえ……わたしは以前、その願い事について、本家が殿を怒らせるために仕掛けているのではないかと言うたが、違うていたのやもしれぬ」

推測が正しいことを願うしかない。相惚れというのが事実ならば、長年にわたる対立を終結させられるかもしれない。村芳と茅野、分家と本家を示す二人こそが、騒動の鍵を握っている。

「鳥海様に、ひとつお訊ねしたき儀がございます」

「言うてみよ」

「村芳様が襲われたという話を、お聞きになられたことがございますか」

「ある、というか、見たというべきやもしれぬな。一年半ほど前のことだったと思うが、城に出仕した折に、若狭守に会うたのじゃ。右足を引きずっておったゆえ、いかがしたと訊ねたのだが」

舞台の白州梯子《ばしご》より落ち申した。

「演じるのに夢中になりすぎて、と言うていたが、態度はいつもどおりよ。春の陽だまりにでもおるような顔をしておったわ。わしは天《あま》の邪鬼《じゃく》ゆえ、逆に気になっての。調べてみると、どうやら襲われたらしいという話を得た。まず間違いあるまいて」

「他にもそういった話があるのやもしれぬ。表沙汰にならぬだけで、実は何度も襲われているのやもしれぬ」

李兵衛が補足する。あるいは、村芳が現在、生きていること自体、奇蹟なのかもしれない。数之進たちが分家派の味方をした場合は、火の粉が降りかかる可能性も充分、考えられた。いつもながら、危険と隣り合わせのむずかしい役目である。

「手だてはあるか」

左門に訊かれて、「おそれながら」と頭をさげた。

「一角がご奉公しておりました七日市藩と、似たようなことになるやもしれませぬ。吉田藩ここにありと、江戸に知らしめるのが得策ではないかと。分家の存在が広まりますれば、企みなかばで潰《つい》えるは必至。江戸の民を味方につけるのが宜しかろうと存じます」

吉田藩、特産物は紙と蠟、紙は米粉で白くなる。こめかみのあたりが疼き始めた。安蔵と話していたときの疼きが訪れている。もう少し、あと少し手を伸ばせば、閃きそうなのだが……。

「では、また銭の摑み取りでもやるか」

一角がからかうように言う。

「同じことはやらぬ。江戸っ子の目は厳しいゆえ」

引きあげ時と思い、数之進は腰をあげた。

「それでは、鳥海様。われらはそろそろ失礼つかまつります」

花咲爺としては、一晩たりとも目が離せない。たとえ花の番人がいても、様子を見に行かないことには気が済まないのだ。

「うむ。旨い粥であったぞ、一角。そちこそが飯屋をやればよいものを、おお、そうじゃ、数之進。染井《そめい》村の伊兵衛の件だが、喜んで引き受けてくれたゆえ、安心せい」

「さようでございますか。ありがとうございます。それを伺いまして、心底、安堵いたしました」

「染井村の伊兵衛？　はて、〈北川〉の親父殿たちと同じ名だが」

首をひねる一角を置いて、数之進は土間に降りた。もう一度、頭をさげてから、戸を開ける。

「あ」

向かいの部屋の格子窓に、冨美の顔が見えた。目が合ったとたん、さっと顔が消える。慌てて座敷に戻ろうとしたのだろう。

「痛っ」

叫び声と鈍い音が、同時に響いた。

「姉上、大丈夫でございますか」

数之進は驚いて、向かいの部屋の戸を開ける。上がり框に座りこみ、冨美が顔をゆがめていた。膝のあたりをしきりにさすっている。

「いたたた、あ、貴方が急に顔を出すからですよ、数之進。声がするので、来ているのかどうか見ただけですのに」

言い訳がましい言葉に、やや不審を覚えたが、怪我の確認をするのが先決。

「申しわけありません。はじめにここを訪ねたのですが、姉上も姉様もおられなかったので、鳥海様のお部屋に行ったのです。足をぶつけましたか。立てますか」

手を貸して座敷にあげ、壁に寄りかからせるようにして座らせた。姉弟とはいえ、着物の裾をまくりあげるような真似はできない。が、臑《すね》を撫でさすっている冨美の顔は、さほど深刻ではなかった。

「痛みますか」

不安げな数之進に、そっけなく答える。

「たいしたことはありません。それよりも、数之進。反物はどうなっているのです。まだ手に入らないのですか」

「そのことですが今少し時をいただきたく……」

急に言葉が途切れる。吸い寄せられるように、数之進はそれを凝視《みつ》めていた。葛籠の上に置かれた紙人形。視線に気づいて、冨美が告げる。

「姉様人形です。貴方がくれた紙で作ったのですよ。〈紅葉亭〉の壁に飾ろうと思いまして。殺風景な見世が、これで少しは明るくなるでしょう」

もうなにも耳に入らない。数之進は姉様人形を手に取って、集中した。福原安蔵と話していたときから、ずっと疼いていたなにかの答えが訪れようとしている。

「吉田藩の紙、模様も色も職人の腕次第、米粉を入れれば白くなる、吉田藩の名を江戸に知らしめる。そうだ、これだ!」

閃いた。

「姉上、今しばらくお待ちください。近いうちに必ずや『反物』を持ってまいります。素晴らしい『反物』をお持ちいたしますゆえ」

「あ、これ、数之進」

追いかける声を無視して、部屋を飛び出した。所在なげに佇んでいた一角に、姉様人形を見せる。

「これだ、一角。閃いたぞ。そうだ、鳥海様と村上様にも」

「二人とも、おらぬぞ」

「なれど」

つい今し方まで、話をしていたではないか。数之進は部屋を覗いてみたが、二人の姿はない。

「どこに行かれたのだ。屋敷にお戻りになられたのか」

「村上様は〈紅葉亭〉であろう。三紗殿のことで、おれの親父殿と張り合うておるからな。気が気ではないのだろうさ。おまえが出て行ったとたん、飛び出して行かれたわ。鳥海様は、さあて、どこに行かれたのやら。おれが思うに、膏薬《こうやく》でも買いに行かれたのではあるまいか」

一角は例によって、にやにやしている。

「膏薬?」

今度は数之進が首をひねり、友がその背を叩く。

「ま、帰路にゆるりと教えて進ぜよう。長屋の七不思議のひとつじゃ。吉田藩の鶯と同じほどに信じられぬ話やもしれぬて」

背を押されるようにして、長屋の木戸を出る。しきりに首をひねりながら、数之進はもう一度、姉たちの部屋を振り返った。

三

「数之進」

と、冨美は呼びかけたが、数之進は聞こえなかったのか。そのまま一角と歩いて行ってしまった。

「ほんに頼りないこと。早う反物を揃えてくれないと、間に合わぬではありませんか。白無垢ですよ、普通の袷《あわせ》を仕立てるわけではないのです。仕立てるのにどれほどの時間がかかることか」

吐息をついて、部屋の戸を閉める。どうにも気持ちが落ち着かない。いつからだろうか。そう、三紗に左門の愛妾のことを告げられた頃だったように思える。大好きな縫い物をしても身が入らない。今は〈紅葉亭〉の前掛を作っているのだが、いっこうに針が進まなかった。

「愛妾がいるとは」

親指の爪を嚙み、なにをするでもなく、土間に突っ立っている。気がつくと、格子窓をわずかに開けて、向かいの部屋の様子を見ていた。これが近頃の日課となってしまい、その結果、前掛が仕上がらなくなっている。ここでぼんやりしていても仕方がない。

「見世の手伝いでも……」

どきりとして、顔を引っこめる。左門が格子窓のすぐ近くに立っていた。いったい、何用なのか。数之進がいると思って、訪ねて来たのか。

「冨美殿」

声が響いたとたん、胸は高鳴り、顔が熱くなる。あまりにも動悸が激しいので、病気なのではないかと思った。足も震え出して、まともに立っていられない。座敷に行きたいのに、動くこともできなかった。

どうしましょう。

「か、数之進はおりませぬ」

掠れた声を、やっとの思いで発する。

「用があるのは、数之進ではござらぬ。冨美殿でござる。足は大丈夫でござるか。膏薬を買うてきたのだが、受け取ってはもらえぬか」

一角がここにいたら、にやりとほくそえんだことだろう。まさに推測どおりだったわけだが、冨美にしてみれば、なにがなんだかわからない。なぜ、足をぶつけたことを知っているのか。それだけ左門が心を向けているからなのだが、これまた理解できるはずもなかった。

「要りませぬ」

冷たく言い、座敷にあがりかけたが、

「これを」

左門が戸を少し開けて、膏薬が入った小袋を差し出した。冨美を驚かせてはなるまいと、全開はしていない。それでも神経質なたちゆえ、充分すぎるほどに驚いていた。

「あ、あ、あの」

差し出した手を避けて、そっと座敷にあがる。鬼でも見つめるように、左門の手を睨みつけていた。しかし、いっこうに引っこめる気配がない。痺れをきらして、冨美は言った。

「お帰りくださいい、鳥海様。我が家は女所帯、人に見られますと、誤解されかねませぬ。足につきましてはご心配には及びませぬゆえ」

「冨美殿」

相手も焦れたのだろう。さらに戸を開けて、土間に入って来た。

「……………」

冨美は焦り、狼狽え、動転する。逃げる場所などないのに、奥の六畳間に駆けこんだ。本当は押入に隠れたかったが、さすがにそれは我慢する。背中を向けて座り、無言の行となった。

「訊ねたきことがござる。拙者がなにか気にさわることをしたであろうか。あるいは言うたであろうか。無骨者《ぶこつ》ゆえ、冨美殿の機嫌を損ねることをしたのやもしれぬ。もし、そうであるならば、その原因を言うてはくださらぬか。理由がわからぬまま、そっぽを向かれるのは合点がいかぬ」

「……………」

冨美はなにも応えない。考えればわかることではないか。愛妾を持っているのなら、その女子のもとに通えばよい。旗本だと言うのであれば、賜った屋敷に住めばよい。どうして、この長屋に住んでいるのか。貧乏藩士を馬鹿にしているからではないのか。我が家を見ながら、腹の底で嘲笑《あざわら》っているのではないか。今までの疑問も重なって、ねじれにねじれた推測を働かせていた。

「正直に言うてくれぬか」

　左門は根気よく問いかける。

「もし、答えてくれたなら、拙者は自分の部屋に戻る。答えるまでここに居座るが、それでもよいか」

「え、そ、そんなことをされては」

　思わず振り向いた冨美に、左門は爽《さわ》やかな笑みを見せる。

「困るか」

「さ、さようでございます」

　またもや、どきりとしたその胸に手をあて、押入に視線を戻した。数之進がいてくれれば、このようなことにはならぬものを、ああ、どうしましょう。なれど、答えねば帰らぬと申されている。答えれば帰るのですから。

　三紗と違い単純なので簡単に考えた。

「愛妾でございます」

　姿勢をただして、きっぱりと告げる。愛妾云々が気になるのは、左門に惹かれているからこそ。自ら告白したようなものなのだが、むろん、冨美は気づかない。駆け引きや腹の探り合いといったことは、もっとも苦手なのである。

「はて、愛妾とな。これは異なことを申される。吉原で遊んだことは多々あれど、愛妾を囲ったことは一度もない。冨美殿、今の話、だれに聞かれたのか」

「それは」

三紗の名を出すのは、告げ口をするようでいやだった。ときに皮肉を言ったりもするが、いざとなれば、やはり姉妹。他人に悪口を言いたくない。

「言えませぬ。なれど、確かにそうだと言うておりました。お帰りください、鳥海様。これ以上、お話しすることはありませぬ」

「愛妾はおらぬと言うても、信じてはくれぬか」

「はい」

「では、証を見せよう」

なにか動く音がした後、戸の開く音がした。左門の立ち居振る舞いが、あまりにも見事だったため、冨美は少しの間、出て行ったのがわからなかった。だが、戸の開く音がしたのは間違いない。それとも出て行ったふりをして、まだ後ろにいるのだろうか。

「鳥海様?」

正面を向いたまま訊ねる。答えも、気配もない、ように思えた。疑り深い冨美は、それでもすぐに振り向いたりはしない。何度か呼びかけてから、おそるおそる後ろを見た。

「……」

目を丸くして、絶句する。三畳間の畳の上に、左門の刀と膏薬の入った小袋が置かれていた。証を見せると左門は言った。この刀が、武士の魂と言われる刀が証なのだろう。

愛妾はおらぬ。

刀は語りかけていた。

左門の心を。

四

その頃、数之進も驚愕のあまり、立ちつくしている。

「まさか」

「言うておくが、おれは嘘などついておらぬぞ。殿のことを考えておるときにだな、あ、いや、逆であったやもしれぬ。鳥海様の部屋を訪ねた折、殿のことが浮かんだのやもしれぬ。鳥海様が屋敷に戻らず、長屋で寝泊まりしておるのはすなわち、冨美殿の側にいたいがためじゃ。むろん、守るためという気持ちもあるに違いない。われらの御役目には危険が伴うゆえ、番人のように姉君たちを守っておるのであろう。なれど、一番の目的は冨美殿じゃ。側にいたいのであろうさ。で、おれは閃いた。もしや、殿も、とな」

一角の声が、だんだん遠ざかっていくように感じられた。いや、実際に一角は足早に歩いていたので、二人の距離は離れていたのだが、もはや、数之進の頭には、そういった事柄はいっさい入らない。

「鳥海様が、まさか、まさか、姉上を……ありえぬ」

突っ立ったまま、惚けたように同じ言葉を繰り返していた。

「聞いておるのか、数之進、おい」

そこで一角も隣を見、数之進がいないことに気づいた。振り向けば、遥か後ろに友らしき人影が見える。星と月明かりに照らされて、茫然と立ちつくしている様子が見て取れた。

「おい、大丈夫か、数之進。立ったまま気を失うておるのではなかろうな。器用なやつじゃ。おーい、聞こえるか。おーい、大丈夫か。気をしっかり持て、傷は浅いぞ」

駆け寄って来たのに声が遠い。

「信じられぬ、まさか、鳥海様が姉上に惚れているなど……わたしは故郷《くに》の姉上様に、なんと言えばよいのか。二人のことをくれぐれも頼むと、だが、待てよ。果たして、姉上が鳥海様に心を開くであろうか」

一縷《いちる》の望みをかけた呟きに、一角がすぐさま応じた。

「うむ、開くであろうな」

当意即妙と言うべきか、よけいな答えと言うべきか。真面目な顔をして続ける。

「こたびの騒ぎ、お、そういえば、数之進には言うておらなんだがな。おそらくは三紗殿がつまらぬことを言うたのじゃ。鳥海様に愛妾がおるとか、吉原に馴染みがおるとか、まあ、そういった類の話を吹きこんだのであろうさ。冨美殿はそれが気になってしまい、鳥海様に冷たくあたるようになった。これは、つまり、脈がある証拠じゃ。気がないのであれば聞き流すはずだからな。そうであろう、違うか」

「う」

答えに詰まって、夜空を仰ぎ見る。これが夢であったなら、どれほど嬉しいか。よりにもよって、左門が冨美に惚れるとは……数之進は必死に名案を絞り出そうとする。だが、頭は真っ白、名案が閃くどころではない。

「ああ、どうすればよいのか」

頭を抱えて、しゃがみこんだ。一角も隣に屈みこむ。

「なにを言うておる、目出度い話ではないか。鳥海様は二千石の御旗本、冨美殿にとっては良縁よ。互いに二度目ゆえ、気楽なものじゃ。はじめのうちは、なにかと気を遣うやもしれぬが、なに、それもせいぜい三月《みつき》ほどであろう。あとは、まるで長年連れ添った夫婦のごとく……」

「よせ、やめぬか、やめてくれ」

数之進は耳を塞ぎ、走り出した。一角も意地が悪い、面白がっておる。そんなに簡単なことではない。気楽なのは、一角だけよ。まさにこれは怖ろしい話だ。鶯が鳴くのも怖ろしいが、それ以上やもしれぬ。生田家にとって、もっとも大きな問題だ。いったい、どうすればいいのか。

「なぜ、逃げるのじゃ。なにをそんなに悩んでおる」

足の速い一角は、簡単に追い越して、器用に後ろ歩きを始める。数之進の方を向いたまま、ろくに振り向きもしないで進んでいた。藩邸までは一本道だが、数之進にはとうてい真似できない芸当だ。

「姉様よ」

唸るように声を絞り出した。三紗がどんな態度に出るか、わかるだけに苦悩している。能天気にかまえていた一角も、さすがに眉をひそめた。

「むぅ、三紗殿か。あわよくばと狙うておったゆえ、怒り心頭であろうな。数之進が頭を痛めるのも無理はない。厄介な相手じゃ」

「えっ」

二度目の絶句は、さほど長続きしなかった。計算高い三紗のことだ。好きだの惚れただのではなく、『旗本の鳥海左門』を狙っていたのだろう。が、それだけに怨みが深くなるのは必至、考えるだに怖ろしい。

「冨美殿の祝言のときはどうだったのじゃ。ひどかったのか」

憂悶を察して、一角が顔を覗きこむ。

「口には出さなんだが、気に入らなかったのであろう。ゆえに、祝いの席で『食足りぬ姫』に変化《へんげ》した。膳に載ったすべての品を、片っ端から食べて、食べつくして……座は不気味なほど静まり返り、まるで葬式のような有様よ。われらの母親代わりだった姉上様の、哀しげな表情が忘れられぬ」

「なれど、そのことが原因となって、嫁入り話が途絶えたのであろう。ふむ、思うに三紗殿というのは、墓穴を掘る女子よの。冨美殿への嫉《ねた》みで『食足りぬ姫』と化したのであろうが、その結果、我が身に災いが降りかかることとなった。気の毒と思えなくもない。おそらくは、こたびも同じようなことになるであろうからな。鳥海様と冨美殿の仲を割くつもりだったものを、まったく逆の結果になりかねぬ。ふむ、そう考えてみると、三紗殿は縁結びの神、福の神ということになるな」

「え？」

意表を衝かれて、数之進は言葉を失った。縁結びの神、福の神。底意地の悪い三紗を、そんなふうに見る者は、今までひとりとしていなかった。むろん、自分にも絶対、思い浮かばない考え方である。一角のあたたかい心が伝わり、数之進もなんだか嬉しくなってきた。三紗もなかなか捨てたものではない、のかもしれない。褒めすぎたとでも思ったのか。

「なれど、長屋の福の神は、心の裡に小鬼も飼うておるからな」

一角が唇をゆがめた。

「こたびの騒動に関して、まことに福の神となるか否か。もしやすると、騒動が大きくなるやもしれぬ。さあて、三紗殿はどう出るか」

腕組みをして、また後ろ歩きをし始めた。ふだんは追いかけるのに苦労するが、歩みが遅くなるので、数之進にはちょうどいい。

「小姑さながらに、邪魔をするであろうな。簡単にはいかぬやもしれぬ。それに、肝心の姉上が、その気になるかどうか。着道楽の悪癖があったために、婚家を追い出されたという深い傷がある。子を産めなかったことも、傷のひとつになっておろう。むずかしいやもしれぬ」

「そうであろうか。おれはうまくいくと思うがな。鳥海様は近頃、おれが誘うても、吉原に足を向けぬ。本気だからじゃ。必ずや富美殿を妻にするであろうよ。賭けるか、数之進。おれは祝言、おまえは別離。一両でどうじゃ」

「やめておこう。祝言となれば、姉様に怨まれ、別離となれば、姉上に怨まれる。いずれにしても、わたしが怨まれるのは間違いない。さらに賭けたことが露見すれば、呪い殺されかねぬ。わたしはまだ死にとうないゆえ……それにしても」

数之進はしみじみと呟いた。

「鳥海様は、姉上のどこがお気に召したのであろう。わたしにはようわからぬ」

「おまえはそう言うがな。男の目から見るとだ、冨美殿はお世辞抜きに美しい。三紗殿とはまた違うた美貌の持ち主よ。加えて、お人好しじゃ。狡賢《ずるがしこ》くなにかを企んだりはせぬ。つまらぬ野望を抱いたりもせぬ。一度目のときも子をなしておれば、さぞ良い母になったであろうさ。穏やかにこれからの日々を暮らすには、良い相手だと、おれは思うがな」

「そうであろうか」

「要らぬ心配はせぬがよし。前にも言うたやもしれぬが、案じるより団子汁よ。男女の仲というのは、いつの間にか落ち着くところに落ち着くものじゃ」

「余裕があるな、一角。そうか、小春さんとうまくいって、おっと」

素早く後ろにさがって、距離を取る。また拳が飛んでくると思ったのだが、拳も言葉も飛んでこない。

「どうした?」

数之進は怪訝そうに眉を寄せる。友の顔になんとなく緊張感が漂っているように思えたのだ。

「そのまま歩け、足を止めるな」

一角は言い、後ろ歩きを続けた。

「お、おお」

数之進も今までどおり歩調を合わせる。何度も後ろを振り向きそうになったが、こらえた。背後からだれかが襲いかかってくるのではないか。いきなり、斬りつけられるかもしれない。全身に冷や汗が滲んでくる。

「もうよい」

友が足を止めたとたん、大きな吐息が出た。

「ふう」

「尾《つ》けられていたのじゃ。ゆえに、後ろ歩きで牽制《けんせい》したところ、静かに姿を消したわ。こちらが気づいたことに、向こうも気づいたのであろう。油断ならぬ相手じゃ」

「何人だ？」

「三、四人であろうな。相当な手練《てだ》れじゃ。単に見張っていただけなのか、隙あらば殺すつもりだったのか。御師とやらの一団やもしれぬ。姉君たちの長屋に行くのも用心せねばなるまいて。単独行動はせぬようにした方がよかろうな」

「わかった」

そう答えたものの、長屋の小門を入ると、身体の力が抜けた。すかさず一角が警告を与える。

「藩邸の中とて、油断はできぬぞ。殿が襲われたのが、この屋敷かどうかはわからぬがな。その気になれば、たやすく忍びこめる。大名家の見張りなどおらぬも同然、頼りないことこのうえない。たとえ藩邸内にいようとも、決して気は抜くな」

厳しい言葉に、大きく頷き返した。安全な場所などない。自分たちにとっても、藩主にとっても、吉田藩の屋敷は危険な場所なのだ。

「では」

二人は長屋の小門で別れて、それぞれの部屋に向かった。

五

小春さんのことで、なにかあったのではないのか。

数之進は振り向いて、一角の後ろ姿を見送る。なんだかんだ言いながらも、相惚れなのだろうと勝手に想像していたが、本音はどうなのだろうか。御役目のために無理をしているのではないだろうか。

いや、おそらくは一角も惚れておるのだ。照れ隠しで、ついつい悪態をついてしまうのだろう。鳥海様と姉上、村上様と姉様、一角と小春さん。いずこも恋の花ざかりで、羨ましいことよ。

ふっと微笑《わら》い、気持ちを切り替えた。

御家老様にお願いしなければならぬ。白無垢を作るには、我が藩の手助けが必要だ。早う『反物』を手に入れなければ。

渡り廊下を歩きながら、勘定方の部屋に目を向ける。ちょうど家老の隼之助が出て来たところだった。

「御……」

呼びかけようとしたその声が喉で止まる。勘定頭の善太夫が、続いて姿を見せたのだ。勘定方の部屋で、二人はいったい、なにを話していたのだろう。数之進の胸に、不安と疑惑が湧いてくる。

一角が言うたように、御家老様は殿を裏切ったのであろうか。本家に取りこまれることを本当に願っているのか。主君に仇なすようなことを……。

ホーホケキョ。

突如、藩邸の庭に鶯の鳴き声が響き渡る。

「……」

数之進はぎくりとして、庭を見た。そこには暗闇が広がるばかり、つい今し方、隼之助と善太夫が廊下を歩いていたはずなのにいなくなっている。死告鳥と言われている鶯が鳴いたのだ。藩士たちが飛び出して来てもよさそうなものだが、だれひとりとして廊下に出てこない。先刻まで聞こえていた囁き声すら途絶えている。自分の息づかいだけが、やけに大きく聞こえていた。

「生田殿もお聞きになられたか？」

不意に隣で、だれかが囁いた。まさか、亡霊ではあるまいな。鶯の鳴き声と同時に、先代の村壽様が現れたのではあるまいな。横目で窺うように盗み見る。立っていたのは、小姓頭の岩井小太郎。足音をさせないところが、一角に似ていなくもない。

「は、い」

答えたくなかったが、渋々頷いた。次の犠牲者は自分かもしれない。だが、まるで隼之助たちの密談を咎めるような鳴き声だった。見ているぞ、知っているぞ。おまえたちがなにを企んでいるのか、なにをするつもりなのか。そうはさせぬ、その前に……。

青くなっている数之進を気遣ったのか。

「案ずることはない、ただの噂話よ。鷺は人を殺したりはせぬ。人を殺すのは、人だけじゃ」

小太郎はぼそっと告げて、背を向けた。数之進は慌てて追いかける。

「わ、わたしも参ります」

一度ならず二度までも、鷺の鳴き声を聞いてしまった。呪いを信じるわけではないが、喜べる出来事でもない。考えまいとするのだが、

「二度も聞いてしもうたのです」

思わず声になっていた。

「鷺か」

と、小太郎。二人は話しながら、中奥に向かっている。

「はい」

「それは良い兆しじゃ。一度目は不吉だが、二度目は吉兆と、我が藩では言われておる。おぬしは運が良い。拙者は何度も聞いたゆえ、運が良いのか悪いのか、ようわからぬ。はてさて、どちらであろうかな」

「それは大吉兆でございましょう」

自然に笑みがこぼれた。思いやりの言葉を聞くと、同じ心を返したくなる。やはり、一角

に似ているのではないか。饒舌《じょうぜつ》ではないが、心根が近いように思える。小太郎も笑って、数之進を見やった。

「さようか、大吉兆とは目出度いことじゃ。富くじでも買うてみるとしよう。千両は無理やもしれぬが、五十両ほどであれば、当たるやもしれぬ。高望みせぬのが、当てる秘訣やもしれぬな」

「いえ、思いきって千両を狙うのが、宜しかろうと存じます。だめで元々、賭けてみようではありませんか」

「うむ。ところで、生田殿、ご存じか。五日後に、本家の殿がお見えになる由。さきほど御家老様より伺うたのじゃ。殿と奥方様が祝言をあげられて丸二年、祝いの宴を開かれることになったとか。前々から決まっていたことであると、御家老様は言うておられたが、耳にしたのは本日が初めて、上のお方は無理を申される。下役の者たちは、大わらわじゃ」

五日後に宴。これはなにかある。小太郎が重要な話をもたらしてくれたことに、心の中で感謝した。

「拙者も初耳でございます。宴となれば、まさに殿のひとり舞台。なにを演じられるのか、今から楽しみでございます」

「そうよな。近頃は夫婦《めおと》ものに凝っておられるが」

小太郎がふと目をあげる。その騒がしさに、数之進も気づいた。能舞台の方から怒声のような叫び声が流れてくる。いやな胸騒ぎが湧いた。

「桜の木」

言うが早いか庭に飛び降りて、駆け抜ける。足袋《たび》のままだったが、そんなことなど気にしていられない。無事でいてくれ、春一番にその花を咲かせてくれ。祈るような気持ちで、岡室に向かった。

「生田殿じゃ」

「来たぞ、道を開けろ」

集まっていた藩士たちが、左右に分かれて、数之進を通してくれる。すでに来ていた一角がさりげなく隣に立った。

「だれかが火を放ったようじゃ」

耳もとに囁く。

「なんだと？」

「慌てるな、すぐに消し止めた。大丈夫だと思うが、いちおう確かめてみろ。『花咲爺』のお墨付きを得ぬことには安心できぬ」

いつもの口調に、さほど大事ではないことが表れていた。それでも念のため、岡室に入って桜を確認する。いくつかの炭が根元に落ちていた。水をかけた後の独特の臭いと煙が、岡室の中に充満している。

「それが置かれていたのじゃ。根元にそっとな」

一角が藩士たちの様子を窺いながら、いっそう声をひそめた。

「見張りをしていただれかやもしれぬ。おれはおまえと別れてすぐここに来たのだがな。藩士はひとりもおらなんだわ。おかしいと思い、岡室を覗いてみたところ、赤く燃えた炭が根元に置かれていたのじゃ」

「おぬしが消してくれたのか。すまぬ。わたしがその役をしなければならなんだものを。もたもたしていたゆえ」

「謝らずともよい。おまえは御家老様に話があったのであろう。それがわかっていたからこそ、おれが……」

「なんの騒ぎじゃ。なにかあったのか」

村芳だ。小太郎が知らせたのかもしれない。跪いた藩士たちを不審げに見やりながら、村芳は岡室をひょいっと覗きこむ。

「なんじゃ、『花咲爺』がおるではないか。どうしたのじゃ」

「は」

数之進は手短に説明する。村芳のおっとりした公家顔は、特に変化することもない。気が抜けるほどあっさりと告げた。

「この桜は運が強い。我が藩の福桜じゃ。やれ、目出度いことよ。無事を祝うて、余の舞いを披露しようではないか。仕度じゃ、小太郎」

「ははっ」

何事もなかったかのように振る舞っている。下級藩士の中にも本家派がいるのはあきらか。福桜から目を離すことはできない。

六

中奥に設けられた能舞台の方から、演じる声と囃子《はやし》の音が流れてくる。奥御殿の一室で、小春はそれを聞いていた。女主の後ろに座り、じっと耳を傾けている。二人だけの優雅な時が過ぎていた。

「うるそうございますねえ」

年寄の安芸が入って来たとたん、せっかくの雰囲気が台無しになる。露骨に眉を寄せていたが、無粋と言うしかない。貴重なひとときを壊したのに、当人はまったく気づいていなかった。

「お好きなのはわかりますが、夜毎、これではたまりませぬ。やめるように言うてまいりましょうか」

さらに嫌味を続けた。

「安芸にはわからぬか」

と、茅野が少し哀しげな目をくれる。

「は？」

「いえ、よいのです、なんでもありません。そなたはもう寝《やす》みなさい。わたしは小春と、今しばらく虫の音を楽しみますゆえ」

かなりあからさまに追い払おうとした。年寄の地位にいる女子は、長い間、仕えているにもかかわらず、女主のことを小春ほどには理解できていない。狂言の舞台をうるさく感じるのは安芸自身であり、たまらないと思っているのもまた安芸なのだ。そして、早く眠りたいと思っていたのだろう。

「さようでございますか。それでは失礼いたします」

吃驚《びっくり》するほど素直に従った。安芸が出て行った後、二人はどちらからともなく顔を見合わせる。苦笑いに似たものが、同時に浮かんでいた。

「殿が演じられるのは、夫婦ものの狂言ばかり。そのことが、安芸にはわからないのです」

先刻の言葉を補足するように、茅野は呟いた。小春は無言で頷き返す。わかっています、なにをおっしゃりたいのか。演じている狂言のような夫婦になろうと、殿様は示しておられるのですね。

今、村芳が演じているのは『箕被《みかずき》』という演目だ。連歌に憂き身をやつす夫を嘆き、妻は泣くなく家を出て行こうとする。夫は何度も止めるのだが、どうしても暇《いとま》の印を求めるので、わずかに残っていた妻の箕——穀類を篩《ふる》う道具——を渡すと、妻はそれを頭に被《かず》いて家を出て行くのだった。その後ろ姿に風情を感じた夫は、

「三日月（箕被き）の出ずるも惜しき名残かな」

と発句を詠む。妻の父親に伝えてほしいと告げたが、妻はその場で脇句を詠んだ。

「秋（飽き）の形見に暮れて行く空」

優れた脇を付けられて、夫は驚いた。今までは趣味を解さず連歌を止めるのだとばかり思っていたからである。たしなみがありながら、それを表に出さず、窘めていた妻の心根を感じて、今後は言うとおりにしようと詫びる。妻も家に戻って、復縁の盃を交わすのだった——。

そして、二人は仲睦まじく、暮らしたのです。

小春は心の中で呟き、ふたたび苦笑を滲ませた。村芳が演じる狂言は、茅野に対する告白

だ。時間の許す限り舞台を務め、楽しみの少ない藩邸暮らしを慰めようとしている。はじめのうちは一方的に、村芳が想いを寄せているのだと思ったが。

そうではなかった。奥方様も殿様に、心を寄せておられるのだ。だから、不思議でならなかった。なぜ、褥をともになさらぬのか。なぜ、病弱であるふりをするのか。足繁く奥泊まりをなさる殿様に、なぜ、つれなくなさるのか。

疑問の嵐が吹き荒れる中、小春は一角と付き合い始めた。天にも昇る心地だったが、日が経つにつれて、喜びは怖れを含んだ疑問に変わる。一角は自分に惚れているのだろうか。本当に逢いたいと思っているのだろうか。奥御殿の話を知りたいがために、付き合っているのではないか。訊いてみたい、真実を。けれども怖い、訊きたいけれど……そう思ったとき、小春は長い間、理解できなかった茅野の気持ちを知ったのである。

奥方様は本家の姫君だったお方。殿様が優しくなさるのは、本家を怖れるがゆえのことではないかと、疑ってしまうのではないだろうか。あたしもそう。一角様が相手をしてくださるのは、奥御殿の話を知りたいからなのではないかと疑ってしまう。もし、そうだったら、どうしようかと。

「小春」

不意に茅野が口を開いた。

「は、はい、なんでございましょうか」

「そなた……想いを寄せておるお方がいるのですか」

唐突な言葉に思えた。あるいは近頃、頻々と休みを願い出ることに対して、女主なりの推測を働かせたのかもしれない。また村芳が演じる狂言を聞いているうちに、自分と同じようなことを考えたのかもしれなかった。

「……はい」

躊躇いながら答える。

「まあ、それは目出度いこと」

ずっと前を向いたままだった茅野が振り向いた。

「どのようなお方ですか、夫婦になるつもりなのですか」

「わかりません。逢えば逢うほど、心が離れていくように思えるのです。相手は、わたしが想うほどには、想うてくれておらぬのではないかと」

偽りのない言葉が、すらすらと口をついて出る。だれかに話したくてたまらなかった。この不安を打ち消してほしかった。大丈夫、気のせいですよ。想いがつのるほど、不安は増すもの。みんなそう思うのだから案ずることはありません。きっとうまくいきますよ。そんな慰めの言葉が返ってくると思ったのに……。

「そんなことは」

茅野の否定は最後まで続かない。

「小春の言うとおりかもしれませんね。逢えば逢うほどにわからなくなる。そう、なのかもしれません」

一瞬、眸が濡れているように見えた。小春に己を重ね合わせて、思わず涙があふれかけたのかもしれない。

「奥方様、あの」

問いかけの途中で、茅野はすっと前を向いた。これ以上の話は無用、背中に厳しい拒絶が浮かびあがっている。やはり、と、小春は思った。

本家が重荷になっているのではないかしら。でも、奥方様と殿様は、互いに同じ想いを抱いておられる。あたしにはそれがよくわかる。一角様も言うていた。

余は『真の花』を得たいのじゃ。

殿様が奥御殿を見やりながら、そう言うておられたと。それに、いつも演じられるこの舞台もその証だ。夫婦ものの演目を選び、奥方様に呼びかけられている。間違いなく相惚れだもの。どちらかが手を差し伸べれば、きっとうまくいく。あたしとは違う。あたしとは……。

「明後日」

再度、茅野が告げる。

「休みをあげましょう、小春。できるだけ父君の側にいてあげた方がよいと思います。実家にお帰りなさい」

有無を言わせぬ語調だったが、特に珍しいことではない。茅野は主、小春は仕える身。頭を垂れて、頷いた。

「いつもながらのお心遣い、ありがとう存じます」

一角の実家を訪ねてみようか。『四兵衛長屋』に行ってみようか。答えを知るのは怖い。しかし、いつまでもこのままではいられない。

楽しみだったはずの休みが、心に重くのしかかっていた。

第六章　御廊下問答

一

「鶯の声よ、そのせいじゃ」

「勘定頭のご嫡男が、寝こまれてしまうとは」

「これで七人目じゃ」

藩邸では、死告鳥の噂話がしきりに囁かれていた。勘定頭の善太夫はむろんのこと機嫌が悪くなる。前藩主の死に、なにか関わっているのではないか。御中老の小橋様も怪しい。御役を辞した者たちはみな同じ企みに関わっていたのではないか。別の噂にも火が点いてしまい、姦《かしま》しいことこのうえない。数之進が藩邸を抜け出せたのは、二日後の午過ぎのことだった。

「おれは鳥海様のお部屋を見てくる」

長屋に着くやいなや、一角がいつものように、左門の部屋に向かった。数之進もまたいつものように、重い足取りで姉たちの部屋の前に立つ。

「あ……」

姉上と、呼びかけるより早く戸が開いた。

「なにをしていたのですか、数之進。遅いではありませんか。何度も文を出したのに、読まなかったのですか」

鬼のような顔をした冨美が、腕を摑む。

「読みました、読みましたが」

言い訳が終わらぬうちに、強く引っ張られた。

「早うお入りなさい」

「あっ」

抱えていた風呂敷包みを、危うく落としかけたが、大事な『反物』が入っている。かろうじて座敷に置いた。

「姉上。確かに文は拝見いたしました。なれど、御役目を放り出すわけにはまいりませぬ。できるだけ急いだつもりなのですが、あ、これは『反物』でございます。まずは試し縫いをしていただきたく思い、とりあえず藩邸や下屋敷にありました品を、持ってまいりました次第でして」

「数之進」

冨美の耳に、数之進の言葉は届いていない。怖い顔で正座をし、睨みつけていた。いったい、どうしたのだろう。怒られるようなことをしただろうか。気は進まないが、聞かなければさらに怒りが増すのは確かだ。

「いかがなされたのでございますか」

座敷にあがって、座る。冨美はしばし黙りこみ、じっと睨み据えていた。が、その眸はどこか遠くを見ているようで心もとない。もう一度、呼びかけようとした刹那《せつな》、立ちあがって葛籠のひとつを開いた。

「これです」

中から取り出したのは、鞘袋に入れられた刀らしき品。刺すとは思えなかったが、思わず後ろにさがる。

「姉上、お腹立ちはごもっともでございますが、こうして『反物』を持ってまいりました。多少、時がかかりましたのは、お許しいただきたく……」

「ご覧なさい」

またもや、冨美は聞いていなかった。鞘袋から出した刀を、数之進に手渡して、また正座する。わけがわからない。

「この刀は」

冨美と刀を交互に見ながら呟いた。

「わからないのですか、それは鳥海様の刀です」

「は？」

数之進は首を傾げる。自慢ではないが、色恋にかけては、江戸一番と言えるほど不得手。

左門がなぜ刀を預けたのか、その意味がまるでわからない。焦れたように、冨美が言った。

「ですから、その、鳥海様が、置いていかれたのです。なんというか、愛妾のことをですね、ですから、もう、数之進。わからないのですか」

「はあ」

「あいや、しばらく」

いきなり一角が飛びこんで来た。表で立ち聞きしていたのだろうが、謝ったりはしない。

座敷にあがりこみ、まあまあと割って入った。

「その手の話は、拙者におまかせを。よいか、数之進。鳥海様はだな、冨美殿に『まこと』を示されたのじゃ。他に女子などおらぬ、惚れておるのは冨美殿だけよ、とまあ、それを告げるためにだ。武士の魂である刀を、冨美殿に預けられたのじゃ。言うなれば、その刀は、鳥海様の『まこと』よ」

まこと、他に女子などおらぬ、惚れておるのは……何度か繰り返して、数之進はようやく理解した。

「え」

と、ひと文字だけ発して、沈黙する。理解はしたが、すぐには受け入れられない。まさか、本当なのか。鳥海様は姉上のことを、本気で考えておられるのか。もし、そうだとしたら、大事《おおごと》だ。故郷の姉上様にはなんと言えばいいのか。いや、そもそも姉上はどう思うておられるのか。

以前にも思った事柄が、頭を駆けめぐる。

「あ、姉上、は、ど、どう」

狼狽えるあまり、うまく言葉にならない。一角が片手をあげて、まかせておけと大きく頷いた。

「今のを通訳いたしまするに、姉上は鳥海様のことを、どう思うておられるのか。惚れておられるのか、あるいはいやなのか。その答えいかんによって、刀の扱い方は違うてまいります。惚れておるのなら、返すときに想いを告げればよし。惚れておらぬのなら、黙って刀を鳥海様の部屋に返されるのが、宜しかろうと存じます。そうだな、数之進」

確認されて数之進は、何度も頷いた。冨美のことなのに、どきどきしている。左門の存在が今更ながら大きく感じられた。二千石の旗本で両目付、本当に冨美が嫁いだら、義理の兄ということになる。あたりまえのことなのだが、いざ現実となると、動揺せずにいられない。それは冨美も同じだったのだろう。

「ほ、惚れておるだのおらぬだのと、急に言われても困ります」

頬を紅潮させて訴えた。

「わたくしは、ただ刀を返したいだけなのです。たった二日間ですが、盗まれてはならぬと思い、気が気ではありませんでした。生きた心地がしませんでしたよ。それゆえ、数之進に文を出したのですが」

ちらりと怨めしげな目を向けられて、数之進は小さくなる。

「申しわけありません」

「謝るよりも、それをなんとかなさい」

数之進の手にある刀を、冨美は顎で示した。渡してほっとしているのが、表情にはっきりと出ている。安易に受け取ってしまったが、果たして、これでいいのだろうか。

「姉上」

「冨美殿、この刀は冨美殿がお返しください」

一角が素早く数之進の手から刀を奪い取る。冨美の手に預けて、立ちあがった。

「われらが立ち入る話ではありませぬ。鳥海様の『まこと』を、ないがしろにはできませぬゆえ。数之進、帰るぞ」

「お、おう」

慌てて、数之進も立ちあがる。

「お待ちなさい、二人とも。この刀を鳥海様に、お待ちなさい。刀がなければ、鳥海様が困るのではありませんか。数之進、これ、お待ちなさいというに」

冨美の声から逃げるように、二人は部屋を飛び出して、走った。魂を預けた左門、一角が言うとおり、自分たちが関わることではない。それでも数之進の胸には、不安が湧いていた。

「姉上は大丈夫だろうか。あの様子では、白無垢を仕立てることなど、できぬのではあるまいか」

懸命に一角の隣に並ぶ。決して足が速い方ではない。追いかけるだけでも死に物狂いだ。

「それとこれとは、話が別じゃ。ああ見えても冨美殿は、けっこうしっかりしておる。頼まれた仕事だけはやるであろうよ。もっとも、今頃、風呂敷を開いて、驚いているやもしれぬがな」

「うむ。変わった『反物』ゆえ、仕立てられるかどうか。それを確かめたかったのだが、致し方あるまい。また様子を見に来るしかあるまいな。ところで、一角。あの刀だが、鳥海様の持ち物だ。さぞかし値が張るのではないか」

「そうよな。数之進は知らぬだろうが、あれは『和泉守兼定《いずみのかみかねさだ》』の刀よ。二尺と寸が詰まっておるため、鞘から抜きやすいという利点がある。実戦向きというのが、いかにも鳥海様らしゅう思えなくもない。値をつけるのはむずかしいが、八百両ほどではあるまいか」

「な、なに⁉」

数之進の足が、いやでも止まる。胃が引き攣《つ》るような感覚を覚えていた。八百両の刀を、もし、冨美が失くしたら？　せっかく二百六十両に減った借金が、今度は千と六十両に増える。とうてい返せない、返す見こみが立たない。

「大丈夫か。立ったまま、また気を失うておるのではなかろうな」

一角の声で、少し正気に戻った。

「あ、ああ、気を失うていたやもしれぬ。八百両と聞いて、心ノ臓が止まりかけた。姉上が眠れぬのも道理よ。やはり、わたしが」

「ならぬ」

「なれど、もしもということがあるではないか。失くしたときには、どうすればよい。同じ刀を手に入れるのは至難の業《わざ》だ。たとえ同じ刀が手に入ったとしても、長年、使いこんだ刀とは、やはり、違いが出るではないか。それに、八百両となると、とても稼ぎ出せぬ。そういうことを考えるとだな」

「なんじゃ、信じたのか」

「え？」

「嘘八百の八百両よ。おまえらしゅうもない。少しは疑わぬか」

笑顔を向けられて、ようやく胃の疼きがおさまる。とはいえ、それ相応の刀であるのは間違いない。

「一角も人が悪い。真面目な顔で言うゆえ、本気にしたぞ。とにかく姉上が失くさぬよう、祈るばかりだが……鳥海様と村上様は、御城であろうか。本家の殿がお見えになる件については、すでに文を送っておいたが」

二人は〈紅葉亭〉の前を通って、中の様子をさりげなく覗いた。紅葉の柄の前掛をした女主と娘が、忙しげに立ち働いている。三紗は台所にいるらしく、姿は見えなかった。中には入らず、そのまま通り過ぎる。

「おそらくは、そうであろう。三日後が危ないのはあきらか。御師とやらが仕掛けて来るやもしれぬ。腕が鳴るわ」

「仕掛けて来るだろうか」

「来る。宴に乗じて家臣に紛れこみ、隙を見て、これじゃ」

刀を振り降ろす真似をして、歩を進める。どうやら〈北川〉に寄るつもりのようだ。数之進はほとんど小走りといった状態で、話を続けた。

「なれど、それは奥方様が望むまい。『一番桜』はまだ答えが出ておらぬ。なんとかして、父君を思い留まらせようとなさるのではあるまいか」

「ふぅむ、『一番桜』ときたか。奥方様の我儘な頼み事とばかり思うていたが、おまえは違う考えのようじゃ」

答えを教えてもらおうか。一角は疑問の目を向ける。

「あくまでも推測だが、奥方様の頼み事は、殿を助ける手だてなのではあるまいか。金と銀の鯉、冬の西瓜、そして、一番桜。殿を葬り去る話は、もっと早くから出ていたのやもしれぬ。奥方様がいつ頃から、心惹かれたのかはわからぬがな。惚れてしもうた以上、死ぬのを望むわけがない。そこで、難問を突きつけた」

「わからぬ、ますます、わからぬぞ。なぜ、そこに難問が出てくるのじゃ」

「奥方様は本家の父君に、こう申されたのではないだろうか」

村芳様が本当にうつけ者かどうか、試してみとうございます。もし、わたくしの頼み事を叶えられぬときには、父上のお好きなようになさいませ。わたくしは知りたいのです。村芳様のお心を。

「ははは、うつけ者とは、よう言うた。そう見えなくもないな。で、うつけ者の殿様は、必死に難問を解決しようとする」

「そうだ。願いを叶えるには、智恵が必要ではないか。まあ、必要なのは智恵だけではないがな。金も必要だが、難問を解いた殿は、ただのうつけではなくなる。奥方様はそれを父君に、伝えたかったのではないだろうか」

村芳が優れた資質の持ち主であることがわかれば、本家の父の気が変わるかもしれない。智恵を絞ったのは村芳だけではないのだ。奥方の茅野もまた命を助けるために智恵を振り絞っている。そこには、深い愛が感じられた。二人は互いを気遣い、互いに想っている。まことの夫婦になりたいと、願っているに違いない。

「なるほど。言われてみれば、そう思えなくもない。縁起でもないことだが、もっと早くに片がついていてもいい話だ。あれだけ頻々と奥泊まりをなされておるのだからな。襲おうと思えば、簡単にできたであろう。だれかの助けがなければ、殿の今はなかったやもしれぬ」

「そのとおりだ。こたびの『桜』には、いっそう奥方様の願いがこめられているように思えてならぬ。奥方様は咲かせてほしいのだ、恋の花を。『まことの花』をな」

「ほう、恋の花とな」

一角がにやにやして、意味ありげな目を向ける。なにが言いたいのか、よくわかっていた。

「らしからぬ言葉だと言いたいのであろうが、おい、一角。通り過ぎてしもうたではないか。〈北川〉に寄るつもりでは……」

いきなり犬に吠えかけられて、数之進は大声をあげた。

二

「うわっ」

後ろに飛びのき、転びかけたところを、一角が支えてくれる。襲いかかって来るのではないかと、声がした方を見たが、そこにいたのは五歳ぐらいの男児。

「へへへへ」

頭を掻きながら、笑っている。多少、得意げでもあり、申し訳なさそうでもあった。想像以上の驚き方に、男児の方も吃驚《びっくり》しているという感じだ。

「今のは坊主か」

一角が屈みこんで、訊ねる。

「うん」

「そうか。あまりにも似ていたので、おれの友は肝を冷やしてしもうたわ。悪戯《いたずら》をするなとは言わぬが、中には本気で怒る阿呆もおる。仕掛けるのは、知り合いだけにしておいた方がよかろうな。そら、犬と間違うばかりの鳴き真似に褒美じゃ」

銭を握らせると、屈託ない笑みを見せた。

「ありがとう」

立ち去って行く男児を、数之進は茫然と見送っている。犬の鳴き真似、そっくりな鳴き声、もしやすると、あれもそうではないのか。

「どうしたのじゃ。坊主に駄賃をやったのが、気に入らぬのか。なにをそのように睨みつけておる」

「いや、気に入らぬのではない。わたしはたまたま犬嫌いで、あの坊主の鳴き真似が、あまりにもそっくりだったから」

「閃いた」

と、顔を近づけて、一角はさらに告げる。

「のか？」

「うむ、ちとそれらしき推測が浮かんだ。なれど、今少し自信が持てぬ。確信できたときに話すゆえ、しばし待て」

「ちっ、もったいつけおって」

「お二人とも、さいぜんより店先で、なにをしておられるのです。うちに来たのではないのですか」

兄の伊兵衛が、暖簾を掻き分けて、顔を突き出した。往来を行き交う人々に、ちらちらと目を向けている。訳あり顔の侍が二人、見世の前に佇む姿は、いささか奇異に見えたに違いない。無遠慮なまなざしを投げていく者が少なくなかった。

「寄るつもりであったが、別に寄りたいわけではない。用がないのであれば、われらは藩邸に戻る」

一角の言葉に、伊兵衛は見世の奥を顎で指した。

「来ていますよ」

小春であろう。この見世が逢瀬《おうせ》の場になっているのを、数之進は知っている。気を利かせて、申し出た。

「一角。わたしは先に行って……」

「おぬしも来い」

強く引っ張られて、見世に入る。

「よいのか、一角」

「かまわぬ、というか、今日は一緒の方がいいように思うのじゃ。なんとなくな、このあたりがぴりぴりするゆえ」

　こめかみを指さして、奥座敷に向かった。数之進は遠慮がちに、一角の後ろに着いて行く。密会の場を盗み見るようで、どうにも落ち着かない。

「小春、おれじゃ、入るぞ」

　声をかけて、一角は座敷の戸を開ける。ふわり、と、香の薫りが廊下に流れ出た。菊に似ているが、それ以外の練香《ねりこう》も使われているらしく、甘やかな匂いも混ざっている。ますます数之進は狼狽えた。薫りというのは、ときにどうしようもないほどの、艶《なま》めかしさを感じさせる。

「やはり、わたしは」

「来い」

　ふたたび強引に、引きずりこまれた。冨美に始まって、今日はどうも無理やりというのが多い。数之進を見て、小春はわずかに頰を引き攣らせた。見開かれた目に、これ以上ないほどの不満が表れている。

「おれの盟友、生田数之進じゃ」

　紹介されてしまったため、座らざるをえない。

「生田です」

身を縮こまらせるような思いで、上座に座った一角の隣に、腰を降ろした。いつもどんなふうに逢っていたのかわからないが、今は非常に険悪な空気が漂っている。張り詰めたそれをとらえて、数之進は生きた心地がしない。

「今日は休みか」

一角がまず声を発した。

「はい」

小春が短く答える。

「奥御殿の様子はどうじゃ。奥方様にお変わりはないか。不審な者が訪ねては来なんだか。本家の様子は変わらぬか」

実に素っ気ない問いかけだった。自分が同席しているから遠慮しているのではあるまいか。数之進は物言いたげな目を友に向けるが、一顧だにしない。仕方なく、二人の会話を聞いていた。

「三日後に、本家の殿様がおいでになられるとか。奥方様が嫁がれて丸二年、それを祝う宴を催すとのことでございますが、この件につきましては、すでにご存じなのではないかと思います」

「うむ」

「他にはこれといって、ございません」

「そうか。では」

早々と腰をあげた一角を、小春が慌て気味に止めた。

「お待ちください。どうしても、お訊ねいたしたきことがございます」

「なんじゃ」

さも面倒くさげに座り直したが、数之進は横ではらはらしている。どうしたのだ、一角、おぬしらしくもない。ふだんどおりに振る舞うてくれ。小春さんが可哀相ではないか。口を挟むわけにもいかず、ただただ見守っている。

「一角様は、わたくしを、利用なされたのですか」

小春の口から衝撃の問いかけが出た。はっと、数之進は息を呑む。そうだったのか。一角は惚れていたわけではないのだ。御役目のために無理をして、いや、わからぬ。わたしの早合点やも……。

「そうじゃ」

一角は即座に断言した。なんの躊躇いもない言葉だった。今度は小春が小さく息を呑む。真意を読み取ろうと凝視《みつ》める目に、みるみる涙があふれてきた。数之進は辛くて顔をそむけたが、一角は無情にも追いうちをかける。

「おれはおまえを利用したのじゃ。惚れていたわけではない。奥御殿や奥方様の様子が知りたかったがゆえに……」

突如、鈍い音が響いた。小春が一角を殴ったのである。数之進は焦り、飛び出して行く小春を、追いかけようとする。

「待て、小春さん」

「追うな、数之進。下手に声をかけると、おまえも殴られるぞ」

「しかし……追いかけた方がよいのでは」

振り向いたとたん、言葉が喉で止まった。一角の唇に血が滲んでいる。懐から手拭いを出して、手渡した。

「大丈夫か」

「たいしたことはない。が、あやつ、拳で殴りおったわ。女にしておくのは惜しいほどの怪力よ。危うく歯が折れかけ、いつつつ」

顔をゆがめる一角に、数之進は頭をさげた。

「すまぬ」

「よせ、おまえの悪い癖じゃ。なんでもかんでも、己のせいだと思いこむ。前のときにも似たようなことを言うたな。吉田藩の騒動はおまえのせいか。殿と奥方様がうまくいかぬのはおまえのせいか。冨美殿が悩むのはおまえのせいか」

「いや、違う」

「そうであろうが、おまえのせいではない。こたびのこれもそうじゃ。すべてはおれのせいよ。小春の心を知りながら、おれは利用した。言うたのは本当のことじゃ。偽りではない。偽りを言えれば、どれほど楽だったか。おれは、どうしても、小春を妹のようにしか思えんだ」

しみじみと呟き、哀しげに目を伏せた。どうやって慰めればいいのだろう。いつも一角に慰められ、励まされているものを、なにを言えばいいのかわからない。

「わたしはてっきり、おぬしも小春さんに惚れておるのだとばかり、うぐっ」

一角の拳が、数之進の顎に食いこんだ。一番、口にしてはいけない言葉を言ってしまったのかもしれない。なぜ、こういうときに気の利いた台詞《せりふ》のひとつも言えないのか。申し訳なさでいっぱいになりながら、数之進はそっと目を向けた。

「これで、あいこじゃ」

と、一角は血の滲んだ唇をゆがめる。

「ふ」

笑わずにいられない。辛くて、哀しくてたまらないから、二人は笑った。一角が悪いわけではない。小春を利用したことに関しては、言い訳しようもないが、それをさせたのは他のだれでもない、お上だ。

そうだ。御役目のため、わたしのために……すまぬ。

本当に悪いのはだれだろう。諸藩を潰して、私服を肥やそうとする者こそが、真の悪ではないのか。数之進の心には、左門の政敵が浮かんでいた。

三

悪いのは……だれ？

同じ頃、数之進と同じ悩みを抱いている女子がいた。村芳の正室、茅野である。駕籠に乗って生まれ育った麻布の上屋敷に向かっていた。母の見舞いという名目だったが、実際は三日後の宴について、父と話をしたいと思っている。不穏な気配を、茅野も感じていたからだ。

わたくしが嫁ぐとき、父上は申された。

「吉田藩の藩主は、うつけ者じゃ。藩士や領民にとって、あれほど悪い君主はおらぬ。信じてはならぬ、心を許してはならぬぞ。よいな、茅野」

「はい」

はっきりと答えて、茅野は村芳の妻になったのだが。

でも、逢うたときに、お優しい眸をしている方だと思った。慣れぬ場に来て心細かろうと、濃《こま》やかに気配りをしてくださる。わたくしを案じて、奥御殿に頻々と足を向けてくださる。酷いことばかりしているのに、気にかけるふうもなく、にこやかな顔をしておられて。

逢えば逢うほどに、想いはつのる。塀のすぐ向こうが中奥なのに、村芳がそちらに帰ると、もう寂しくてたまらない。とたんに逢いたくなる、それと同時に辛くなる。手を差し伸べればそこに、村芳が待っているものを。

殿は……真にわたくしを想うてくだされているのでしょうか。それとも、本家の宇和島藩に遠慮して、気を使うておられるのでしょうか。わからない、わからぬのです、殿。毎日のように逢うているのに、だんだん心が遠くなるように思えて。

「奥方様」

年寄の安芸の声が、到着の合図。駕籠を降りると、藩士や奥女中たちが出迎えてくれた。宇和島藩の藩邸は、吉田藩邸の十倍ほどの広さがある。もっとも、麻布は江戸の中心からやや離れた場所、それゆえなのだと、茅野は思っているが、家臣たちの考えは違っていた。分家に対して、あからさまな侮蔑を示す者が多い。

「母上様がお待ちでございます」

案内を務める女中の視線も、どこか冷たく感じられた。分家に嫁いだ茅野は、すでに吉田藩の女子。そんなふうに思っているのかもしれない。

気づまりな家。

思わず吐息をついていた。嫁いだばかりの頃は、実家に戻るのが楽しみだった。なによりも父に逢うのが嬉しくてならなかった。だが、今は心も足も重い。早く吉田藩の屋敷に戻りたかった。

「茅野様がおいでになりました」

女中が母の部屋の前で跪いた。戸が開けられることは決してない。小さな頃からそうだったので、これがあたりまえなのだと思っていたが、そうではないことを今は知っている。

「母上、茅野でございます。おかげんはいかがでございますか」

声をかけると、か細い声が返ってきた。

「いつもどおりです。父上がお待ちじゃ。早う行きなされ」

判で押したような返事に、虚しさがこみあげてくる。抱かれた覚えもない、笑顔を見たこともない。母のぬくもりを知らぬまま、この年になってしまった。氷のようなお方だと、茅野は内心、思っている。

「はい」

帰りに寄る旨を告げようかどうしようか迷った。しかし、喜ばないことはわかっている。

よけいな言葉を発すれば、不興を買うのは必至。ただ静かに立ち去るのが、最高の親孝行なのだ。

「しばらく、こちらでお待ちいただきますよう」

次に案内されたのは、よそよそしい客間だった。これが、宇和島藩のもてなし方なのである。どこにも心が感じられない。居心地の悪さに、茅野はまた吐息が出た。

母上の病は、人に会うのを避けるための口実。仮病は本家のお家芸ですね。わたくしも、村芳様に何度となく偽りを申しました。

仮病だとわかっていたであろうに、村芳は気づかぬふりをしてくれた。素知らぬ顔で毎日、奥御殿を訪れる。たとえ逢えなくても、淡々と中奥に戻って行った。

そう、一度だけ強引にお見舞いをしてくだされたときがありました。あれは、わたくしが本当に熱を出して、寝こんでしまった日のこと。殿はきっと尋常ならざる気配を感じ取られたのでございましょう。安芸を押しのけるようにして、わたくしの部屋に入ってこられて。

「大丈夫か。案ずることはない、余が側におる」

と、村芳は茅野の枕元に座って、一晩中、看病してくれたのである。初めての経験だった。母はむろんのこと、父も付き添ってくれたことなどない。時々握りしめてくれた手の、なんとあたたかかったことか。

忘れられない、あのぬくもりが。村芳様もわたくしと同じ気持ちなのだと信じたい。けれど、ああ、どうなのでしょう。こんな嘘つきの女子に、想いを寄せてくだされているのでしょうか？

「いつ訪れても、見事なお庭でございますねえ」

安芸が別の意味で、ため息をついた。女主の悲哀を、仕える者は知らない。小春であれば憂悶《ゆうもん》を察して、別の言葉が出たかもしれないが。

「吉田藩のお庭は、まるで箱庭のようでございます。あまりにも狭くて、見映えがいたしませぬ。あのようなお庭で、ほんに一番桜が咲くのでございましょうか」

さらに安芸は愚痴まじりの言葉を吐いた。ここに来るのを心底、楽しみにしているのが見て取れる。悔しくて、茅野は断言した。

「桜は必ず咲きます」

そうですとも、殿はこう申されました。

「智恵者が我が藩に来たのじゃ、茅野。新参者の『花咲爺』よ。風采のあがらぬ男なのじゃが、いや、なかなかどうして、たいした男でのう。わしは楽しみにしておるのじゃ」

晴れやかな笑みが、脳裏に焼きついている。表の出来事を事細かに教えてくれるのが嬉しくてならない。岡室を造り始めたときも、茅野は胸がわくわくしていた。江戸で一番に桜が見られるなど、めったにない出来事だ。これで三度目の頼み事だったが、今までの中でもっともましな願いなのではないだろうか。自責の念とともに、それを感じている。

さぞ我儘な妻だと、お思いになられていることでしょう。信じていただけぬやもしれませぬが、時間稼ぎをしたかったのです。殿のお命を永らえたいがために、無理難題を申しました。

父の残虐な企みを、茅野は察していた。もとより『連環の計』を胸に秘めて嫁いでいる。まさか、命まで奪うとは考えていなかったのだが、甘い考えであることを、茅野は思い知らされたのである。

表沙汰にはなっていないが、村芳は何度も刺客に襲われたことがあるのだ。茅野が嫁いだ後、少なくとも二度、襲われたことがあるはず。にもかかわらず、村芳はひと言も口にしない。その巨《おお》きな心に、茅野は心底、打たれていた。

このままでは殿が殺されてしまう。どうすればいいのか。

茅野は必死に考えた。村芳の良さを父が知れば、考え直すのではないか。優れた藩主であることを示せば、認めざるをえないのではあるまいか。

浅はかな智恵とお笑いください。なれど、殿。この二年の間に、わたくしは貴方様の真の姿を知ることができました。うつけ者などではありませぬ。藩士たちにも慕われておるのが、お話しぶりからもようわかります。父もきっとわかってくれます。吉田藩に対する企みを、わたくしは必ずや止めて……。

「殿の御成《おなり》でございます」

その声で、茅野は平伏する。幾度となく離縁を口にする父を、今までなんとか押し留めてきた。なにを、どう話せばよいのだろう。自分の想いを正直に伝えるしかないのかもしれない。覚悟を決めて、堅苦しい挨拶を交わした。

「若狭守のご機嫌はいかがじゃ。『一番桜』を本気で咲かせようとしておる由。あの入れこみ方には呆れるばかりだが、うつけもあそこまでいけば、立派やもしれぬのう」

皮肉たっぷりの言葉に、我知らず、きつく手を握りしめていた。秀でた額を持つ端整な顔立ちの父を、どれほど誇りに思ってきたことか。そして、また父も一人娘の茅野を慈しんでくれた。男が三人続いた後、ようやく授かった姫に、あふれんばかりの愛を注いでくれた。茅野は覚えている、父の膝のぬくもりを、村芳の手に似たあのぬくもりを、はっきりと覚えている。

「ご息災でございます」

父の目を真正面から、睨むように見据える。つい先日も離縁せよという使いを寄越したばかり。思わず「なれど、まだ一番桜は答えが出ていないではありませんか」と安芸に応えたが、今日も同じことを言われるだろうと、無意識のうちに身構えていた。

「さようか。三日後の宴が楽しみじゃ」

と、やわらかな笑みを浮かべる。昔どおりの笑顔、優しい眸。この父の期待に応えたくて、懐剣を握りしめながら、茅野は村芳のもとに嫁いだ。しかし、今は……正反対の気持ちになっている。三日後になにをするつもりなのか。短い言葉と表情から、懸命に父の真意を読み取ろうとしていた。

「父上」

思いきって、告げる。

「先日、使いの者が屋敷に参りました。あのことでございますが」

「あれか。あれは、もうよい」

宗紀は穏やかに遮る。

「今しばらく、若狭守の様子を見ようではないか。先日の使者は、そちの気持ちを試すために遣わしたもの。ようわかったゆえ、案ずることはない。そのための宴じゃ、両家の絆を深めるための宴じゃ。本家と分家の手打ち式となろうぞ」

「まことでございますか」

思わず大きな声になった。すかさず、安芸に窘められる。

「茅野様」

「ははは、よい、よい。茅野の喜ぶ顔を見て、わしも安堵したわ。今宵はひさかたぶりに、父娘で、祝いの酒を酌み交わそうではないか」

「はい」

話すまでもない。父上はわたくしの想いを、おわかりになられている。よかった。本当によかった。これで、殿と、まことの夫婦になれる。

今頃、村芳はなにをしているだろうか。飛んで帰りたい気持ちを、茅野はどうにかこらえている。想うのは村芳のことばかり、村芳の笑顔ばかりだった。

四

その頃、村芳は——。

「なりませぬ」

「ならぬか」

家老の隼之助と、またもや御廊下問答の最中である。

「たとえ本家のために開く宴であろうとも、派手やかな催しは必要ありませぬ。いつものように殿が、狂言の舞台を務められるのが宜しかろうと存じます。華美なもてなしは不要、内々の宴でございますゆえ」

「不要か」

村芳は『鸚鵡公』の異名どおり、一部分を繰り返して、立ちつくしている。数之進はその様子を見ながら、長屋の部屋に戻った。

「ただいま戻りました」

「お、数之進」

「ここに座れ。ちょうど、お頭の噂話をしておったところじゃ」

勘定方の者たちが、安酒を酌み交わしていた。いつも仕切役になる福原安蔵は、珍しく同席していない。どこかに出かけているのだろうと思いつつ、数之進も座に加わる。

「お頭がいかがなされたのでございますか」

手渡された湯呑みを持って、問いかけた。秋の鶯、御師、不気味な気配、三日後の宴。それらのことが頭を駆けめぐり、落ち着かない気持ちになっている。花咲爺としては、早く桜の様子を見に行きたいのだが、善太夫の噂話を聞かないうちは席を立てない。じっと耳をすましていた。

「お頭というよりも、倅殿のことよ。鶯の鳴き声を聞いて以来、まともに立てぬようになられてしもうた由。見舞いに伺うたのだが、会えずじまいでな。医師の見立ても、なにやらはっきりせぬとか。これは、いよいよ危ないのではあるまいかと、みなで話しておったところよ」

「さよう。よほど後ろめたいことがあるのであろうさ。あの鶯は、さきの殿の生まれ変わりやもしれぬ。ゆえに、本家派は怖ろしゅうてならぬのじゃ」

「なれど、ご嫡男の勘太夫《かんだゆう》様はまだ二十六。さきの殿がお亡くなりになられたのは、かれこれ二十年も前のことでございます。みまかられましたときには、まだ六歳ほどではありませんか。企みに関わるのは、とうてい無理なのではないかと思いますが」

数之進の異論に、すぐさま反論があがる。

「甘いぞ、それは」

「そうじゃ。親の因果が子に報い、というではないか。お頭の行いが、勘太夫殿に表れたのじゃ」

「うむ、悪いことはできぬものよ」

悪いこととはなんなのか。なぜ、勘太夫の病を妙に納得しているのか。今なら真実を話してくれるかもしれない。

「さきの殿は……」

数之進が言いかけたとき、

「だれか、わしの手伝いを、なんじゃ、数之進。帰っておったのか」

福原安蔵が、顔を覗かせた。

「はい。ついさきほど戻りましてございます」

「そうか。すまぬが、帳簿の整理を手伝うてはくれぬか。お頭に頼まれてしもうてな。ひとりで四苦八苦しておる」

「拙者でよろしければ」

噂話の輪を離れて、数之進は廊下に出る。勘定方の部屋の前で行われていた御廊下問答は、いつの間にか終わりを告げたようだ。村芳と隼之助はいなくなっている。

「また殿が負けてしもうたのでしょうか」

笑顔で訊いた。

「そのようじゃ。華やかな宴にしたいと、力説しておられたが、御家老様にはかなわぬ。ろくに言い返すこともできなんだ。惨敗よ」

安蔵が先に部屋に入る。文机に広げられている帳簿類は、数之進にとってはこのうえなく魅惑的だ。知りたいことがあれば見てくださいと、誘っているように見える。

「凄い有様であろう。昔の帳簿まで引っ張り出して……」

不意に安蔵は言葉を止め、人さし指を唇にあてた。そろそろと奥の間に続く襖に近づいて行く。なんだろうと数之進も動きかけた刹那。

「それでは、浅野殿」

奥の部屋から、隼之助の声が響いた。二人は同時に身体を強張らせて、顔を見合わせる。奥の間で、家老と勘定頭が話をしているようだ。御算用者になる前であれば、安蔵を促して退出したかもしれない。が、今は盗み聞くのが役目のひとつ、襖の前に屈みこみ、耳をぴたりと付けた。

「例の隠居料についてでござるが、やはり、本家への賄として、納められていたのでござるか。いかがでござろう」

「さよう」

即座に応えたのは間違いない、勘定頭の浅野善太夫の声だ。とんでもない場面に出くわしてしまったのではないだろうか。隠居料の使い途については、秘中の秘。吉田藩の極秘事項だ。冷や汗が滲むのを感じながらも、じっと耳に意識を向ける。

「このまま分家奉公で終わるわけにはいきませぬ。本家へのご奉公を叶えるために、賄として納め申した。しかるべき席が設けられるは必定《ひつじょう》。本家の志水遠江守様直々《じきじき》のご裁決でござる」

「ふむ。なれど、すべて本家に納められておるわけではありますまい。浅野殿たちの懐にも、入っておるのではござらぬか」

隼之助の口から、かなり踏みこんだ問いかけが出る。即答できなかったのだろう。答えるべきか否定するべきか。善太夫の迷いを表すような沈黙が流れた。数之進は己の推測が正しかったことを知る。

御家老様は、この答えを引き出したかったのだ。本家への賄、家臣による不正。村芳様を裏切るような真似をしたのは、この場を設けたかったがゆえに相違ない。お頭はどう答えるか。しらを切るか、きっぱりと否定するか。

息を詰めて声が響くのを待つ。ずいぶんと長い時に感じられた。

「さよう、と答えたら、どうなさるおつもりなのか」

ようやく響いた善太夫の声には、探るような雰囲気があった。おそらく、馬面を突き出して、さも不審げに隼之助の顔を窺っているに違いない。数之進も隣にいる安蔵を見たが、同じような姿勢で、襖に耳を付けていた。さて、隼之助はどう応えるのか。

「それがしもお仲間に、加えてはもらえぬかと思いまして」

え？

数之進は自分の耳を疑った。今、御家老様はなんと言うたのか。浅ましくも賄を分けてくれなどと……。

「はて、なんと申されたのか」

善太夫が代弁するような言葉を発した。

「拙者の耳が遠くなったのやもしれぬ。御家老様が仲間に加わりたいなどと、言うわけがあるまいて。賄がほしいなどと、申されるわけがあるまいて」

嘲《あざけ》るような口調に、静かとさえ言える声が応じた。

「さようでござる」

どちらとも取れる答えだった。曖昧な返事、本気で仲間に加わるつもりなのか。村芳を裏切って、本家奉公を願い出るつもりなのか。まさか、そのようなこと、あるわけが、ない。絶対にない、はずだが。

「さようか」

と、善太夫もまた曖昧に応じる。馴れ合っている者同士にだけ伝わる独特の言いまわしだ。互いに眸を見つめながら、必要な答えを得たことだろう。仲間に加わりたいという隼之助の言葉が、数之進の頭でぐるぐるまわっていた。

ありえぬ。だれかが御家老様のふりをしておるのではあるまいか。そうだ、犬の鳴き声を真似た男児のように、だれかが真似ているのではないか。

ふと隣を見る。安蔵の姿が消えていた。

「あ」

まずい。福原さんは分家派の代表格だ。今の会話を聞いて、黙っているはずがない。藩士たちに話してしまうやもしれぬ。止めなければ、騒ぎが大きくなる前に、福原さんを止めるのだ。

慌てるとろくなことがない。立ちあがろうとして、数之進はよろめいた。襖に腕がふれてしまい、小さな音をたてる。

「そこにだれかおるのか」

隼之助の誰何《すいか》が響き、立ちあがる気配がした。いっそう慌てふためいて、勘定方の部屋を飛び出して行く。

信じられぬ。まさか、御家老様が殿を裏切るとは。

夢であればいいのにと、数之進は思った。

知らぬ間に涙があふれている。

五

噂はまたたく間に広がった。

勘定頭の企み、それに加わることを申し出た家老。不正があったとされる隠居料は、本家に賄として納められていた。分家はどうなるのか、本当に潰されてしまうのか。

「善太夫めが、殿にすべての罪を押しつけおって」

「許せぬ」

「悪いのは本家じゃ。蟒蛇《うわばみ》のように大口を開けて、吉田藩を呑みこむつもりなのであろうよ。人の好い殿は、恰好の餌食じゃ」

その夜、花の番人として、岡室の見張りに就いた数之進のまわりには、噂を耳にした下級藩士が集まっている。相当、騒がしくなっていた。

「声が大きいのではあるまいか。このように騒いでは、奥方様がお寝みになれぬ」

数之進は遠慮がちに告げた。長屋の部屋に戻った者もいるが、まだ二十人前後の若い藩士が残っている。大きな笑い声が響く度に、つい奥御殿を見やっていた。

「案ずるな。さいぜん聞いたのだが、奥方様は本家に行かれた由。騒いだところで、文句を言う者はおらぬ」

一角が隣に立って囁いた。耳にした瞬間、ある不安が湧いたが、藩士たちに聞かれると厄介なことになるかもしれない。胸におさめて、答えた。

「なるほど。それで、みな浮き足立っておるのか」

まわりは浮き足立っているが、数之進はひとり沈んでいる。隼之助の裏切りを受け入れることができない。と同時に、村芳が哀れでならなかった。もし、事実だとしたら、どれほど傷つくことか。信頼している家老が、本家派に寝返った。それが真実だったとしたら……。

「あまり深く考えるな」

すでに話を聞いていた友が、表情を読み、視線で移動を知らせる。なにげない仕草で、藩士たちの輪から離れた。数之進は何度も中庭に目を走らせるが、福原安蔵の姿はない。だれかを探しているのかというふうに、一角も視線を追って、庭を見まわしている。

「おれが言うたとおりじゃ。御家老様は裏切り者よ。御算用者に密告したのも、己の身を守るため、分家を潰すためじゃ。もしやすると、はじめから、まわし者だったのやもしれぬぞ」

「いや、それは」

ありえぬと断言できないのが辛いところだ。しかし、隼之助と福原安蔵の言動は、引っかかる部分が多い。

「合点がいかぬ。福原さんは案内役だったように思えてならぬのだ。御家老様に命じられて、わたしを勘定方の部屋に連れて行ったのではあるまいか。あらかじめ、段取りができていたように思えなくもない」

「ふむ、あくまでも御家老様を庇《かば》う所存か。だが、こうも考えられるぞ。その福原という者は、たまたま勘定方の部屋に行き、たまたま奥の部屋の話し声を聞いてしもうた。これは大事と思い、とりあえず長屋の部屋に行ってみた。だれに、なにを、どう話せばいいのか、考えてはいなかったであろうがな。とにかく、とりあえずよ。深い考えはなかったであろうさ。そこにいたのが、おまえじゃ。おお、これは御算用者がおるではないかと内心喜び、うまく言い繕って、部屋に連れて行ったというわけよ」

どうじゃ、とでもいうように、顎をあげて、胸を反らした。数之進はすぐに同意する。

「わたしも同じことを考えた。あのとき、勘定方の部屋の文机には、広げた帳簿が散乱していたのだ。呼びに来る直前まで、帳簿を広げていたふしがある」

「そうであろうが」

「なれど、わざとそういうふうに見せかけたのやもしれぬ。福原さんが来る少し前、勘定方の部屋の前で、殿と御家老様が例の『御廊下問答』をしていたのだ。つまり、御家老様は、福原さんがいる部屋を通って、奥の部屋に入ったことになる。隣室に人がいるのに、聞かれてはまずい話をするだろうか」

自問のようになった。一角は「ふぅむ」と、しかつめらしい顔になる。

「福原は厠にでも行っていたのではないか。ひとりで帳簿を整理するのがいやになり、庭をぶらぶらしながら、長屋の部屋に来たのやもしれぬ。人がいないからこそ、御家老様と勘定頭は部屋に入ったのであろう。帳簿が広げっぱなしだったが、気にかけている暇はない。という推測はどうじゃ」

「考えられることだ、とは思うが」

「今ひとつか。確かに、帳簿が広げっぱなしというのは不自然ではある。おまえが言うたように、わざとらしいと言えなくもない」

「不自然、わざとらしい……そう、そうなのだ、あまりにも不自然すぎる。もしやすると、わざとそうしたのではあるまいか。引っかけさせ、気にかけさせるようにしたのではあるまいか？」

今度は完全なる自問だった。推測の根拠はない。ただなんとなく思いついたことを口にしただけである。いきなり、一角は笑い出した。

「ふ、ふはは、はははははは、おまえは本当に面白いことを言うな。要するに、なにもかも御家老様の謀《はかりごと》よ。われらが混乱して右往左往しておるうちに、己のしている悪事を、闇から闇に葬り去るつもりなのじゃ。引っかかってはなるまいぞ」

「うむ。いずれにしても、福原さんは、御家老様となんらかの繋がりがあるのではないだろうか。隠居料の不正を行う場合、勘定方の者の手助けが、絶対に必要だ。分家派の仕業だとしたら、福原さんが関わったのではないかと、わたしは考えている。よけいなことを訊かれたくないので、今宵は部屋に引っこんでいるのやもしれぬ。世話好きで、人好きな性格なのだ。こういう場に出て来ないはずがない」

「あまりにも不自然というわけか」

友はにやにやしている。

「おぬしはそう言うが、御家老様は優れた智恵者だ。『連環の計』に対抗して、『反間《はんかん》の計』を仕掛けたのやもしれぬ。そう考えると辻褄《つじつま》が合うのだ。鶯の鳴き声も、そのための伏線ではあるまいか」

「鶯の鳴き声だと？　なぜ、ここにそれが出てくるのだ。それに『反間の計』とは、いったい、どういう意味……」

「おーい、花咲爺。おぬしの智恵を、ちと貸してくれぬか」

ひとりの藩士に呼ばれて、二人は語らいの場に戻る。岡室を囲むように、若党たちは半円形の座を組んでいた。

「今、言うていたのじゃ。金持ちになる秘訣はないものかとな。真面目にご奉公しても、金はわれらの手元に残らぬ。なんぞ、良い方法はないものか」

「秘訣と言えるかどうかはわかりませぬが」

前置きしたうえで、告げた。

「まず、早起きをすること。他人に優しくする、客を拒まない、夫婦仲良くする。そして、福の神に上等の供物と酒を差しあげること。金持ちになるには、これらの事柄を守るがよしと言われております」

「むずかしいな。わしは特に最後のくだりが駄目じゃ。福の神に差しあげる前に、供物も酒も腹に消えてしまう」

どっと笑い声が起きた。仲間の言葉に、他の者が続く。

「然り。それゆえ、いつまでたっても貧乏神が離れぬのじゃ。それ、おぬしの背にも貧乏神が憑いておるぞ」

「いやいや、貧乏すぎて、貧乏神も呆れ果ててしもうたのであろうよ。とうの昔に離れてしもうた」

再度、笑い声が響きわたる。いつもは騒ぎを聞きつけて、村芳が姿を見せる頃なのに、今日は現れない。具合でも悪いのだろうか。それとも疲れて眠ってしまったのか。ちらちらと視線を向ける数之進など、藩士たちは気にしない。

「いや、貧乏神は離れておらぬぞ。我が藩にしっかりと根をおろしておる。大きくなりすぎたがゆえに、その姿をとらえられぬのじゃ。遠くから見ればわかるやもしれぬがな。大貧乏神よ」

貧乏話で盛りあがっている。

「なんぞ、良い案はないものか。吉田藩の借財を一気に返す法はないものか。のう、花咲爺よ」

また話を振られた。

「貧乏藩と申されましたが、吉田藩は諸藩よりも、借財が少ないように思います。なれど、借財があるのは、まぎれもない事実。良いことではありません。これを減らすには、とにもかくにも質素倹約。きりつめられるところは、徹底的にきりつめるしかありませぬ。領地では凶作に備えて、大豆、芋、大根、蕪《かぶ》といった飢饉に強い野菜の種を播《ま》くのが宜しかろうと存じます。それと同時に、冷害に強い稗《ひえ》も播くのが肝要ではないかと。一町歩《ちょうぶ》に二反歩《たんぶ》ずつの割合で、稗を育てると、いざというときに役立ちます。また藩邸におきましては、盆や暮れに届けられる品を、売って金に変えるのが宜しかろうと存じます」

「盆暮れの付け届けもか」

「これは厳しい」

苦笑いになったざわめきを、一角が小声で遮る。

「静かにしろ」

じっと耳をすましていた。数之進の胸では、ついさっき浮かんだ不安がふたたび湧いている。奥方の茅野は不在、それを狙って賊が忍びこむのではないか。村芳を殺すために、刺客が放たれたのでは……。

「であえっ、賊じゃっ」

突如、中奥から絶叫が響いた。なごやかだった中奥の庭の空気が一変する。藩士たちは立ちあがり、屋敷へと走った。

六

「待て、刀を」

数之進は藩士たちに向かって叫ぶ。

「刀を持ってくるのだ。丸腰では戦えぬ」

言い終わる前に、長屋をめざしていた。一角は用心深く脇差を携えていたが、ほとんどの藩士は刀も脇差も持っていない。四方山話《よもやまばなし》をしながら、くつろいでいたのである。武器など用意していない。数之進は長屋に飛びこみ、寝ていた藩士をなかば踏んづけるようにして、片っ端から刀を摑んだ。

「曲者だ、殿が襲われたぞ」

得意の大声で、叩き起こすのも忘れない。寝ぼけ眼《まなこ》の藩士を置いて、次々に部屋を急襲した。だれの刀なのかわからないが、目についた刀をひっつかみ、中奥の庭に駆け戻る。ちょうど屋敷から、村芳と小太郎が庭に出て来たところだった。焚いていた篝火《かがりび》が、赤く染まった着物を照らし出している。

「殿！」

悲痛な叫び声をあげたのは、隼之助だ。庭に降りようとしていた数之進に、ぶつかるようにして飛び降りる。数之進は家老の真後ろを追いかける形になった。持ってきた刀を出会った藩士に渡しながら、屋敷を見やる。虚無僧《こむそう》姿の者や頭巾《ずきん》を被った男たちが、雪崩《なだれ》のようにあふれ出て来た。わーっという怒号とともに、藩士と賊が激突する。

「一角、どこだ、一角は」

数之進はおろおろして、周囲を見る。持って来た刀は全部、渡してしまい、武器をなにも持っていない。気配を感じて振り向いた瞬間、背後に迫った賊が、思いきり刀を振り降ろした。

「数之進っ」

一角が間一髪、その刃を受け止める。気合いとともに弾き返し、とどめを刺そうとしたが。

「殺してはならぬ」

数之進の制止で、素早く刀の向きを変えた。柄の方で腹を突き、失神させる。こちらが手加減したところで相手が同じようにするわけはない。続けざまに伸びて来る刃を、一角はことごとく弾き返した。

「殿は」

一角の無事を確認すると、今度は藩主の安否が浮かんだ。村芳たちは逃げることができず立ち往生している。隼之助と小太郎が盾になり、必死に攻撃を防いでいた。危険であるのはわかっていたが、まわりなど気にしている余裕はない。まっしぐらに突き進む数之進を、一角が懸命に守ってくれた。伸びて来る刃を脇差だけで巧みに弾き返している。堅固な守りを受けて、数之進は村芳に歩み寄った。

「殿、ご無事でございますか」

血に染まった寝間着を見て、身体も顔も強張った。なによりも血が苦手なのである。歩けるのかどうか心配したが、意外にも力強い声が返ってきた。

「大事ない。怪我をしたのは、小太郎じゃ」

後ろを見て、動こうとしない。自分の身が危ないというのに、家臣を気遣っていた。それに気づいたのだろう。

「掠《かす》り傷でございます。殿、早うお逃げください」

小太郎の声に、隼之助が続いた。

「さよう。ここはわれらにおまかせを」

中奥の庭のあちこちで、不気味な刃鳴りが起きている。寝ぼけ眼だった藩士も、ことここに至っては、目を覚まさざるをえない。遅ればせながら駆けつけて、果敢に戦っている。数の上では圧倒的に有利だが、果たして、防ぎきれるかどうか。

「殿、こちらに」

数之進は先に立ち、血路を拓く役になる。むろん、一角がぴたりと側に張りついていた。村芳を真ん中に挟んで、表に続く廊下に向かったが。

「死ねぃっ」

横から鋭い一撃が伸びる。一角が受け止めながら、すかさず弾き返した。相手が後ろにさがったのを見て、鋭く刀を突き出す。賊のものを奪い取ったのかもしれない。いつの間にか刀を右手、脇差を左手に握りしめていた。尻餅を突いた賊に躍りかかったが、数之進の言葉を思い出したのだろう。両足の臑《すね》を斬って、素早く離れた。続けざまに襲いかかって来る男たちを、一角はまったく寄せつけない。

「今のうちでございます」

怖ろしくてならなかったが、勇気を奮い起こして進んだ。人のいない方を選び、村芳を少しでも安全な場所に連れて行こうとする。藩邸の外に出るべきか否か、進みながら考えていた。もしかすると、賊が外で待ち構えているかもしれない。長屋に逃げこみ、そこでいったん様子を見るのが得策であろう。

「行け、数之進」

心を読んだように、一角が顎で指した。数之進は頷き返して、長屋に飛びこむ。何人か残っていた藩士が、口々に大声を発した。

「殿」

「お怪我はございませぬか」

「早うこちらへ」

村芳を長屋の部屋に連れて行くと、藩士たちが集まって来る。一角が守り役として、若党を呼んで来たのだ。火を点けられたら危ないが、それまではここにいた方が安全だ。ひとまず胸を撫でおろしたが、今度は岡室のことが頭をよぎる。

「桜が」

危ない。そう考えた瞬間、数之進は庭に飛び出していた。

「どこに行くのじゃ、数之進」

慌てて一角が追いかけて来る。

「岡室だ、賊の狙いは殿と桜やもしれぬ」

あの桜は、村芳と茅野を象徴するもののように思えた。二人の心、二人の想い、二人が背負っている家。二つがひとつになるためには、是非とも桜の力が必要だ。あの木を切らせてはならない、なんとしても咲かせなければならない。岡室を守らなければ……。

「きえぇっ」

虚無僧姿の男が、槍を突き立てようとする。一角が刀と脇差を十字に構えて防いだ。岡室はすぐそこなのだが、周囲では藩士と賊の戦いが繰り広げられている。ふだんは優雅な舞いが行われる能舞台の上も、いまや戦場と化していた。怒声と絶叫が響きわたり、血飛沫《ちしぶき》が四散する。

「……」

なぜだ。なぜ、このようなことが起こるのだ。本家と分家に分かれているとはいえ、同じ志水家ではないか。身内同士で、なぜ、このような……茫然と立ち竦む数之進を、一角が追いたてた。

「なにをしておる、走らぬか」

止まれば、そこに刃が伸びて来る。死にたくなければ走るしかない。一角に守られて、どうにか岡室に辿《たど》り着いたが、南面に設けられていた油障子は、跡形もなく消え去っていた。

そして、若木の桜も切りつけられて、無惨な姿を曝《さら》している。人で言えば胴を真っ二つにされたような姿だった。もう手のほどこしようがない。

「気が済んだか」

一角の言葉に、小さく頷いた。あとはこの修羅場からどうやって抜け出すかである。ふたたび友に守られながら、数之進は長屋の方に進んで行った。頭巾姿の賊は、かなり倒したらしく、数が少なくなっている。しかし、虚無僧姿の男たちは、巧みに槍を操って、藩士たちを追いつめていた。虚無僧は総勢、四人。どれが御師なのかはわからないが、やつらが首謀者なのは間違いあるまい。

「哈《は》っ」

突如、一角の身体が宙を舞う。藩士に襲いかかろうとした虚無僧の槍が、一瞬のうちに切断されていた。流れるような動きで、別の虚無僧に飛びかかる。これまた瞬《まばた》きする間に、槍の柄を断ち切っていた。ただの棒となった武器では、思うように戦えない。二人の虚無僧は、くるりと踵を返した。その様子を見ていたのだろう。

「引きあげるぞ！」

頭格と思われる虚無僧が、大声を張りあげた。それを合図にして、動ける者たちは逃走に転じる。倒れたままの仲間には、だれひとりとして目もくれない。奥御殿に続く渡り廊下をめざして突っ走る。

「待て、待たぬか」

追いかけようとした一角の腕を、数之進はきつく握りしめた。四人の虚無僧の姿は、すでに見えなくなっている。

「よせ。手下を捕まえたところで、おそらくなにも喋るまい。それよりも、怪我人の手当てが先だ」

賊は無情にも仲間を置き去りにした。それは、つまり、置いて行ってもかまわない者だからではないのか。最初は本家の藩士たちかと思ったが、違うのかもしれない。

「まさか、今日が襲撃の日だとは」

見事に裏を掻かれてしまった。戦いはまだ終わらない。あの虚無僧たちの不気味な姿が、数之進の脳裏に焼きついている。

第七章　桜の嫁入り

一

翌日。

藩邸の中奥で、数之進は村芳と対面していた。

「そちを呼んだのは他でもない。桜のことじゃ」

藩主はいつになく浮かない表情をしている。切られてしまった桜のこともあるだろうが、昨夜の賊についてもいささか不審があるのかもしれない。賊は奥御殿に易々《やすやす》と侵入している。たまたまなのか、奥方の不在を知っていたのか、奥方は偶然いなかったのか。それらのことを考えると、どうしても暗くなってしまうのだろう。

「は」

数之進も神妙な顔つきで頭を垂れた。村芳の心痛がわかるだけに辛い。次の言葉が出るまで、じっと待っている。

「駄目であろうかのう」

わかっているのだが、否定してほしそうな口ぶりだった。それがしにおまかせください、花咲爺の面目にかけましても、桜を咲かせてご覧にいれます。たとえ切られた桜であろうとも大丈夫でございます。と答えたかったが、あの桜に関しては、どうすることもできない。

「何年もかければ、あるいは芽が出るやもしれませぬ。なれど」

「さようか」

村芳は素早く遮った。聞いても仕方がないこと、また聞けばそれだけ疑問が増すのは必至。ならば聞かぬ方がよい。藩主の苦悩を察して、数之進は言上する。

「実は、殿。このようなことがあるやもしれぬと思い、それがし、ある者に岡室を頼んでおいたのでございます。藩邸で一番桜を咲かせるのは、無理やもしれぬと思いまして、別の場所で咲かせる手配りをしておきました。切られてしまった桜よりは、ずっと小さな鉢植えの桜でございますが」

「なんと」

座っていた村芳が、喜びのあまり立ちあがる。

「それはまことか。まことに、桜の木があるのか」

「は。場所に関しましては、お訊ねになりませぬよう、お願い申しあげます。どこから話が洩れるやもしれませぬ。また襲撃されかねませぬゆえ」

「わかった。なにも訊かぬ、咲いた桜を見るまではなにも言わぬ。そうか、他にも桜があるのか。さすがは花咲爺じゃ。そうか、そうか」

目を細めて、座り直した。素直で優しい心根が、じんわりと伝わってくる。そうだ、このお方をお助けしなければならぬ。吉田藩を潰させてはならぬ。湧きあがってくる闘志を胸に、数之進はふたたび頭を垂れた。

「では、殿。それがしは、これにて、失礼つかまつります」

「待て。今ひとつ、申し述べたき儀がある。例の『反物』のことじゃ。下屋敷の蔵を調べさせて、あるだけの『反物』を集めさせた。この件に関しては、隼之助にまかせてある。あとで確かめてみるがよい」

「は。お心遣い、ありがたく存じます。例の件に関しましては、『反物』さえ揃えば、手筈どおりに進むのではないかと思うております」

「余は楽しみにしておるのじゃ。できることならば、見物したいものよ。生田数之進、大儀であった。桜の件も宜しく頼むぞ」

「ははっ」

平伏して、数之進は辞した。頼んである桜が一番桜になるかどうかは神のみぞ知ること。すべては天にまかせるしかない。そう思いながら廊下に出ると、一角が待っていた。

「聞いたぞ、花咲爺よ。鉢植えの桜というのは、もしやすると、染井村の伊兵衛に頼んだものではあるまいか。伊兵衛は腕の良い植木職人と聞いておる。鳥海様にお願いしたあれが、そうだったのではないのか」

囁き声に、笑顔を向ける。

「そうだ。鳥海様を通じて、伊兵衛のところにも岡室を造らせたのだ。小ぶりの桜らしいが、大切に育てられているだろう。使わずに済めばよいと思うていたのだが、今はとにかく春一番に咲いてくれるのを祈るしかない」

「うむ、焦れったいことよ」

二人は廊下を歩きながら、勘定方の部屋がある方に向かっていた。今日はどの部屋でも役目どころではない。襲撃の余韻が残る屋敷内は、ざわざわとざわめいて落ち着きがなかった。

「ところで、一角。怪我をした者たちの具合はどうだ」

小さな声で訊いた。幸いにも怪我を負わずに済んだ者は、荒らされた中庭の後片づけに従事している。数之進も部屋にもう一度、顔を出してから、手伝うつもりだった。

「あまり良いとは言えぬな。命を失った者がおらぬのは、不幸中の幸いだが、怪我のひどい者がかなりおる。刀など使い慣れておらぬ藩士ばかりじゃ。こたびの騒ぎを教訓にして、これからは武術にも励まねばなるまいて」

「捕らえた賊は、なにか話したか。まあ、訊くだけ無駄やもしれぬが」

「然り。どうやら雇われた牢人のようじゃ。虚無僧に誘われて、金をもらった由。雇い主のことなど、なにも知らぬと言うておる。どの男も同じ台詞を返すゆえ、偽りではあるまいがな。本家の藩士が紛れておらぬとも限らぬ。慎重に調べるのが得策よ」

「全員、牢人ではあるまいか。言うまでもないことだが、首謀者はあの虚無僧たちよ。領地で一揆の煽動をしたのも、あの者たちであろう。だれひとりとして、手傷を負うておらなんだ。わたしには腕前などわからぬが、手練れ揃いなのではないか」

「そうよな。まあ、そこそこの使い手と言えなくもないが、一対一なら、おれの勝ちよ。負けぬ自信がある、と、腕が立つで思い出したが、寝太郎じゃ。岩井小太郎は、思いのほか凄腕であったわ。小姓頭を務めるだけのことはあると得心した次第。おれにはかなわぬが、あやつこそ、おまえが言うところの手練れよ」

「そうか。待てよ、もしや……小太郎殿は、毎夜、殿のお側に付いて、不寝番をしているのではなかろうか。ゆえに、昼間、寝てばかりいるのやもしれぬ」

「む」

一角は立ち止まり、しばし考えこむ。忙しげに行き交う藩士たちが、冷たい目を投げていった。数之進は友の背を押すようにして、庭に降りる。

「おまえの推測は、当たらずといえども遠からずやもしれぬ。なれど、小太郎は怪しいようにに思えなくもない」

考えながら、ようやく一角が口を開いた。

「なぜだ。なにが怪しいと思うのだ」

「襲撃のことじゃ、他にはあるまいが。よいか、小太郎は五日後、本家の殿がおいでになることを、おまえに伝えた。われらはおそらくその日に、なにか事が起きるだろうと思うていたわけよ。ところが、どうじゃ。襲撃は昨夜、行われたではないか。五日後というのは、油断させるための策に相違ない。おれはあやつが怪しいと思うておる」

「それは考えすぎであろう。小太郎殿は死に物狂いで、殿を守っておられたではないか。怪我をしたのが、なによりの証。襲撃を知っていたとは思えぬ」

「ほっほう、ずいぶんと肩入れするではないか。どこが気に入ったのやら、おぬし、まさか、惚れたのではあるまいな」

揶揄《やゆ》するような言葉に、数之進はむきになる。

「ふざけるな。そのようなことは、決してない。小太郎殿は、なんというか、その、おぬしに似ておるところがあるのだ。ゆえに、わたしは……」

「なんだと、おれと寝太郎が似ているだと？　どこが似ておるというのじゃ。似ても似つかぬではないか」

一角もむきになった。

「いや、外見は似ておらぬ、おらぬが、そうではなくて、心根がだな。似ておるように、わたしは感じて、ああ、もうよい。気に障ったのであれば謝る」

すまぬ、と、頭をさげて、話を変える。

「鳥海様は賊について、なにか言うておられなんだか。今一度、襲撃して来るのではないかと、申されてはおらなんだか」

昨夜、賊が立ち去った後、一角はすぐさま長屋に走ったのである。近いので、往復するのにもさほど時間はかからない。騒ぎにまぎれて、今まで話を聞くことができなかったが、左門はどう考えているのだろう。数之進は不安でならない。不吉な推測が頭から離れないのだ。

「鳥海様はただ黙って、おれの話を聞いておられた。わざわざ伝えるほどのことではないと思うたゆえ、話しに行かなかったのじゃ。ついでに言うておくとだな。冨美殿がしきりに、鳥海様の部屋の様子を見ておった。おまえがおらぬので、声まではかけてこなんだが、あの様子では、試し縫いをしておるのかどうか。あの『反物』では無理なのやもしれぬ。縫えぬのではあるまいか」

冨美の部分は敢えて気にしないことにする。なにがなんでも仕立ててもらわなければならないのだ。縫えるかどうかではなく、縫ってもらうしかない。左門の話だけ頭に留め、独り言のように呟いた。

「黙っておられたのはすなわち、危険ということではあるまいか。本家の立場に立ってみれば、今こそ襲撃の好機。藩士たちは怪我をして、まともに戦える者がいない。もし、ここにまた賊が来たらどうなるか」

「案ずるな。戦のことは、おれにまかせておけ。屋敷の門のすべてに、見張りを立ててある。不審者が現れたときには、笛を吹いて知らせるよう、言い含めておいた。下屋敷にも使いを出して、血の気の多い若党たちの助力を頼んである。万全とはいかぬが、笛が聞こえぬうちは大丈夫であろうさ」

「さすがは、一角。ぬかりがない」

口ではそう言いながらも、不安が消えなかった。不意を衝く急襲は、おそらくもうあるまい。あるとすれば……。

「そうであろう、早乙女一角は戦上手よ。おまえは大船に乗ったつもりで、構えておればよいのじゃ。たとえ、御家老様がどのような企てを、そうじゃ、御家老様よ。小太郎と組み、こたびの襲撃を企てたのではあるまいか。おれはどうも怪しゅう思えてならぬ」

「またそこに話が戻ったか。おぬしは御家老様の様子を見ておらなんだのか。殿が襲われそうになったとき、御家老様は、顔色を変えて飛び出してこられた。そして、小太郎殿と同じように、懸命に殿を守っておられたではないか。あれが芝居とは、とうてい思えぬ。それに」

数之進は声をひそめて、続ける。

「隠居料のことだが、不正があからさまに行われ始めたのは、去年の十一月頃からなのだ。その前も多少はあったのやもしれぬが、今ほどひどくはなかったはず。なぜ、急に派手な使いこみを始めたのか。そこには、なんらかの意図があるのではないか。おそらくは、分家を存続させるため、藩内の本家派を壊滅させるために、御家老は画策なされておるのではあるまいか」

「待てまて、おまえの話はようわからぬ。去年の十一月がどうした、隠居料の不正が始まった時期が、どうして急に出てくるのじゃ」

「村上様がわたしの郷里を訪ねて来られたのは、去年の十月だった。その前後から、幕府御算用者の話は、各藩に広まっていただろう。不審な藩に潜入して調べる両目付の手下、不審が事実であれば、藩は改易の憂き目に遭う。御家老様はそれらのことを知ったうえで、わざと不正を働いたのではあるまいか。そうすれば」

「われらが潜入せざるをえなくなる、か」

言葉を継いだ一角に、同意する。

「そうだ。そして、これまた、わざと勘定頭との会話を聞かせた。あれが、どうも引っかかっている。犬の鳴き真似をした男児のように、わたしはだれかが御家老様の声音を真似たのではないかと……」

「生田数之進、そこにおったか」

廊下から声がかかる。噂の勘定頭――浅野善太夫が、背伸びをするようにして、庭を見やっていた。

「ちと話があるのじゃ。時間は取らせぬ」

返事を待たずに、背を向ける。一角が小声で告げた。

「おれは廊下にいるゆえ、なにかあったら大声で呼べ。奥の部屋に刺客が隠れておるやもしれぬ。おまえを始末するつもりなのやもしれぬ。油断するな」

「わかった」

危険は藩邸のいたるところに潜んでいる。高まる恐怖心を抑えて、数之進は勘定方の部屋に入った。

二

「話とは、なんでございましょうか」

座る間もなく、切り出した。一角の警告が頭にあるので、どうしても奥の部屋に気が行ってしまう。目を向けまいと思うのに、つい視線を走らせていた。

「昨夜のことじゃ。というても、わしが訊きたいのは、賊の襲撃についてではない。藩士たちの間に、奇妙な噂が広まっている由。わしと御家老様が奥の部屋で話をしていたとか。聞いたのは、そちと福原だそうな。間違いないか」

いきなり核心にふれる。馬面の眉間に深い皺を寄せ、探るような目を向けていた。真実を告げるべきかどうか。一瞬、迷ったが、聞いたのは自分ひとりではない。言いのがれるのは無理と判断した。

「はい」

まっすぐに目を見て、答える。善太夫も目を逸らさない。わずかな変化も見のがすまいと真剣だった。

「さようか。それで、どのような話をしておったのじゃ。憶えておる限りでよい。教えてくれぬか」

その場にいたはずなのに、なにを言っているのか。疑問はあったが、今の問いかけで、この後の展開が読めた。

「お答えいたします」

数之進は怖ろしいほど正確に、二人の会話を再現した。本家への賄として納められていたとされる隠居料。それを訊ねた隼之助に、善太夫は「さよう」と明言した。しかし、すべてが賄として納められているわけではあるまい。善太夫たちの懐にも、入っているのではないか。

「さよう、と答えたら、どうなさるおつもりなのか」

善太夫はそう応じた。そして、隼之助も応じる。

「それがしもお仲間に、加えてはもらえぬかと思いまして」

耳を疑うような言葉、さらに続いたのは、曖昧な言葉。互いに表情を見て、答えを得たのだろうと、数之進は推測したのだが。

「知らぬ」

善太夫の口からは、予想どおりの答えが出た。次の台詞もわかっている。あの場にいたのは自分ではないと否定するつもりなのだ。なにも言葉を発しない数之進に焦れて、善太夫は苛立たしげに続ける。

「わしは知らぬのじゃ、御家老様と話などしておらぬ。昨夜は役目を終えてすぐに下屋敷に行っておる。疑うのであれば、中間《ちゅうげん》や小者に訊いてみるがよい。白金の下屋敷じゃ。よいか、数之進。昨夜、わしはこの屋敷にはおらなんだ。おらぬのに、御家老様と話せるはずがない」

妙な光を放つ目で、じっと睨《ね》めつける。数之進が幕府御算用者であると、知ったうえでの言葉なのか。そうであるように思えた。善太夫は相当な覚悟をして、この場に臨んでいる。

「それでは、昨夜、話していたのは、お頭の生霊だったのでございましょうか。それがしは、はっきり聞き申した。ご奉公してさほど間がないとはいえ、毎日、お頭の声を聞いております。間違えようがありませぬ」

御算用者であるか否か。訊かれたわけではないし、訊かれたとしても答えるつもりはない。

数之進もまた探るように、善太夫の顔を凝視めている。

「本当に知らぬのじゃ。わしは偽りなど言うておらぬ。昨夜は、そう、昨夜は」

ふと言葉を切り、沈黙が流れる。なにを言うつもりなのだろう。表情だけでは読み取れない。二人は無言で座している。

「昨夜は」

善太夫は意を決したように、ふたたび口を開いた。

「知っていたのじゃ。ゆえに、この屋敷にはおらなんだ。早う藩邸から出なければならぬと思うたゆえ」

「……………」

数之進は驚きのあまり絶句する。知っていたというのは、襲撃のことではないのか。それゆえ、善太夫は役目が終わってすぐ藩邸を出た。ここにいれば危険だと、わかっていたからである。数之進は混乱しつつも、懸命に頭を整理した。

真実を告げておられるのではないだろうか。襲撃のことを知っていたのはすなわち、本家との繋がりを告白したことになる。さらに、見て見ぬふりをしたという罪が重なる。重罪だ。家臣にあるまじき裏切り行為だ。

ひとつの悪を懺悔《ざんげ》して、もうひとつの悪を否定する。

小悪党がよく使う手だが、善太夫はまさにそれをしていた。この場合、どちらを取った方が、善太夫にとっては得なのか。数之進は考える。

一つ目は、襲撃の事実を知っていながら、藩主に知らせず自分だけ逃げたという裏切り行為。二つ目は、隠居料を本家への賄や、自分の懐に入れていたという不正行為。罪としてはあきらかに、一つ目の方が重い。

だが、お頭は本家派だ。本家が自分をどう見るか、常にそう考えるだろう。となると、二つ目の方が、お頭にとっては重要なのではないか。隠居料を自分の懐に入れていたなどという話が本家に伝わると、本家への奉公の話がなくなるやもしれぬ。お頭は本家を信じている。だからこそ、わたしが御算用者やもしれぬと思い、重大な事実を明かした。たとえ一つ目の裏切り行為が露見したとしても、本家が握り潰してくれるに違いないと思うたからだろうが。

では、と、数之進の胸にあらたな疑問が湧いた。

お頭の言葉が真実だとしたら、昨夜、御家老様と話していた者はだれなのか。生霊であるはずがない。だれかがお頭の……もしやすると、そう、なのやもしれぬ。

とうとうひとつの結論が出た。さまざまな事柄を基にして、導き出された答え。黙りこんだ数之進を、善太夫はじっと睨めつけている。

「いかがであろうかの」

窺うように言い、顔を近づけた。

「わしは昨夜、この屋敷にはおらなんだ。御家老様とも話してはおらぬ。これは、わしを陥れようとする企みよ。おそらくは」

御家老様であろうと、目で知らせた。善太夫の言葉は真実なのか偽りなのか。福原安蔵と自分が聞いた声は、まさしく善太夫の声だったのだがどうなのか。家老か善太夫のどちらかが嘘をついている。

「鶯の鳴き声でございますが」

急に話が変わるのは、数之進の癖。一角は慣れているが、善太夫は面食らったようだ。

「は？」

きょとんとして、見つめる。

「鶯は、前藩主、村壽様が愛でておられた鳥。その鳴き声を聞いて倒れる者は、なにか後ろめたいことがあるからなのではありませぬか。つい先頃、お頭のご嫡男も倒れられたとか。どう思われますでしょうか」

罪は二つではなく、もう一つあるだろうと、数之進は暗にほのめかしていた。もっとも重い三つ目の罪、主君殺しに手を染めたのではないのか。この件も、幕府御算用者は、内々に調べておるのだぞ。威嚇をこめたつもりだったが、馬面は特に変化しない。

「倅が倒れたのは、風邪をひいていたからじゃ。鶯の鳴き声など関係ない。倅は聞いておらぬと言うていた。そんなことよりも、さいぜんの話よ。わしは昨夜、御家老様とは話しておらぬ。お分かりいただけたかの」

すでに勝利を確信しているかのごとく、自信に満ちあふれた顔をしている。本家が後ろ盾についていれば、両目付など恐るるに足らず、そんな感じだった。よほど凄い後ろ盾の後ろ盾がいるのかもしれない。老中、松平信明の顔が、善太夫の背後にちらついていた。

これは脅しだ。

数之進は察している。老中の存在を感じ取らせて、手を引かせようとしているのだ。言うとおりにしなければどうなるか、わかっているのであろうな。命の保障はせぬ。この屋敷から出られるのは、死体になったときだけ……。

「お頭」

廊下で藩士の声が響いた。

「なんじゃ」

「宇和島藩の遠江守様がおいでになりました。遠江守様の御成でございます。昨夜の騒ぎをお聞きになり、殿のお見舞いにおいでになられた由。是非、ご挨拶したいと申されております」

「な……」

善太夫の顔色が変わる。聞いていない話だったのだろう。なぜ、知らされなかったのか。分家派の者たちと同じ扱いをされたことに、強い衝撃を受けているのが見て取れた。

やはり、来たか。怖れていたことが起きてしもうた。

数之進は冷静に、考えを巡らせている。正面玄関から堂々と訪れた見舞い客を追い返すことはできない。昨夜の急襲と本日の訪問は、二つでひとつの謀なのだ。

「罠でございます」

重々しく言い、善太夫に目を向けた。

「昨夜の襲撃は、我が藩の戦力を落とすために行われたもの。本日のこれこそが、遠江守様の企みでございます。お逃げになられた方が宜しいやもしれませぬ。遠江守様はおそらく、われらを」

意味ありげに、わざと言葉を切る。善太夫の顔色が、ますます悪くなり、ごくりと唾を呑んだ。

「………」

信じられぬ、そんな馬鹿なことが、このわしを遠江守様が始末なさるなどありえぬ。心の呟きが、顔に表れている。

「お、お迎えせねば」

慌てふためいて廊下に飛び出して行った。善太夫は恭順の道を選ぶしかない、他に選択肢はなかった。数之進も後を追うように走り出る。一角が素早く隣に並んで、問いかけた。

「われらも逃げるのか」

「そうしたくても、おそらくできぬ」

「また意味ありげなことを言いおって。おまえは、おれの腕を信じておらぬな。早乙女一角が付いておるのじゃ。逃げようと思えば簡単に逃げられる。さいぜんも言うたではないか、案ずるなと」

「おぬしのことは信じておる。なれど、こたびのこれは、いささかむずかしいやもしれぬ。一角、奥方様はお戻りになられておるのか」

「おお、午前《ひるまえ》に戻られたと聞いておる。まさか、本家の殿も、我が娘《こ》の前で、殿に手出しはするまい。数之進は深読みしすぎじゃ」

「そうであればよいのだが」

長屋の小門に着いたとき、数之進は己の予感が正しかったことを知る。見張り役の藩士たちが狼狽えきって、右往左往していた。

「外に」

「大勢の者たちが」

表を示した藩士たちを、一角が押しのける。数之進も門の小窓から外を見た。宇和島藩の藩士と思われる者たちが、ずらりと道に並んでいる。たかだか三千坪の屋敷だ。十万石の力を持ってすれば、たやすく包囲できる。

「戦仕度はしておらぬが、ものものしい雰囲気じゃ。屋敷から出ようとすれば、斬られるは必至。なるほど、数之進の言うたとおりよ。この包囲網を突破するのは、さすがのおれも骨が折れる」

「われらは殿のお側に」

数之進は覚悟を決めていた。今度こそ、命を落とすかもしれない。万にひとつの望みしかないが、諦めてはいなかった。

鳥海様。

左門が必ず来てくれる。問題は間に合うかどうかだが……上役を信じて、数之進は村芳のもとに向かった。

三

同じ頃、奥御殿では——。

「まさか、父上が」

麻布から藩邸に戻った茅野が、何度も同じ呟きを繰り返していた。昨夜、自分がいない間に、村芳が襲われたというのは本当なのか。あまりにも怖ろしい出来事だったため、まだ見舞いにも行っていない。夢であってほしい、間違いであってほしいと、ただひたすら祈っていた。

そういえば、昨夜の父上は、いつになくご機嫌がよかった。村芳様が死ぬと思うておられたからだろうか。それで、あのようなお顔をしておられたのだろうか。ああ、でも、村芳様になんと申しあげればよいのか。

もう駄目だろう、なにを言ったところで信じてはもらえまい。茅野は絶望感に襲われていた。宗紀は自分の訪問を利用したのである。茅野から知らせを受けた時点で、昨夜の襲撃を決めたのかもしれない。知らなかったと言っても、果たして、信じてもらえるだろうか。村芳の冷たい目を想像する度に、身体が凍りつきそうになる。

「奥方様。お見舞いに、おいでにならないのですか」

小春が遠慮がちに言葉を発した。今日はなぜか暗い表情をしているのだが、昨夜の話を聞けば、だれでもそうなるだろう。この二年間、姉妹のように過ごしてきた。年寄の安芸よりもずっと自分の気持ちをわかってくれる。

「どうしようかと思うておるのです」

正直に応えた。

「昨夜、わたくしがこの屋敷におらなんだことを、殿はどうお考えになられておるのか。襲撃を知っていたがゆえに、本家に逃げたのではないかと、思われておるやもしれぬ。お見舞いに伺いたい気持ちはあるのですが」

「奥方様はご存じなかったのですね」

確認するような問いかけだった。小春も疑っているのだろうか。茅野は哀しげに、目を伏せる。

「もちろんです。知っていれば、殿にお伝えいたしました。それが、たとえ父上を裏切ることになろうとも」

自分の返事に、自分自身で驚いた。そう、すでに心は決まっている。宇和島藩と決別してもいい。宗紀に誹《そし》られてもかまわない。村芳の側にいたかった。もし、昨夜、ここにいたのなら迷わず盾になっただろう。襲いかかって来る賊の前に出て、村芳をこの身で庇っただろう。それができなかったのが、悔しくてならない。

「奥方様のお気持ちは、存じておりました。確かめたかっただけなのです。申しわけありません」

小春は素直に詫びて、頭をさげた。

「よいのです。おそらくはそうであろうと思うて……」

小さく息を呑む。顔をあげた小春の眸には、うっすら涙が滲んでいた。ただならぬ様子に、
立ちあがって障子を閉める。

「どうしたのです。なにかあったのですか」

小春の前に座り、眸を覗きこんだ。刹那、大粒の涙が、ぽろぽろと頬を伝い落ちる。指で涙を拭いながら、小春は言った。

「違うていたのです。わたくしは、そのお方のことが、好きで好きでたまらなかったのですが、そのお方はわたくしのことを想うてくれてはいませんでした。昨日、それがわかりまして、わたくしは」

くっと声を詰まらせる。自分を見ているようだった。茅野も日々、問いかけている。村芳も同じ気持ちだろうか。好いてくれているのだろうか。もし、違っていたらどうしよう。とても生きていられない。

「そう、だったのですか」

小春の手を取り、慰めるように強く握りしめる。

「そなたの気持ちがわからぬ男など、早う忘れることです。小春はわたくしの目から見ても、素晴らしい女子。そなたの良さを認めてくれる殿御が、すぐに現れることでしょう。ええ、すぐに現れますとも。思いつめてはいけませんよ」

自分に言い聞かせるような言葉だった。簡単に忘れられるわけがない。わかっているのに、空々しいことを言っている。慰めが空《から》まわりして、虚しく流れた。小春もそう感じただろうが、健気《けなげ》に笑みを滲ませる。

「ありがとうございます。わたくしは、思いつめてなどおりません。とても腹が立ったので、相手をこれで」

小さな手を握りしめ、拳を形造る。

「殴ってやったのです。気持ちが少しだけ、本当に少しだけですが、晴れました」

「まあ」

茅野は吃驚して目をみひらいた。可愛らしい顔をしているのに、男勝りのことを小春は平然とやってのける。別世界の者のように思えたが、顔を見合わせているうちに、どちらからともなく笑い声が洩れた。

「ふ」

苦笑いが泣き笑いとなり、やがて、本当の笑い声になった。痛快な話ではないか。男を殴る女子など、そうめったにお目にかかれるものではない。いささか狂的とも思える笑い声が続いた後。

「ありがとうございます。わたくしは当分の間、奥方様のお側におりますので、追い出さないでくださいませ」

小春が清々《すがすが》しい表情になって、ふたたび頭をさげた。

「まあ、そのようなことはしません。小春とは、ずっと一緒です。そなたが奉公を辞めたいと言うそのときまで」

「奥方様」

小春の眸にまた涙があふれかけたとき、

「失礼いたします」

年寄の安芸が、入って来た。心なし顔が青ざめている。茅野はいやな胸騒ぎを覚えつつ、訊いた。

「なにか?」

極端に短い問いかけになったのは、答えを知りたくないからだ。胸がどきどきしてくる、頬が紅潮してくる。安芸は重々しく告げた。

「麻布のお屋敷に、お戻りになられるようにというお使いが参りました。迎えのお駕籠が来ております」

「え?」

不安はいまや確実なものとなって、茅野の胸を締めあげる。午前に戻ったばかりだというのに、なぜ、また麻布に行かなければならないのか。そういえば、と、今度は宗紀の言葉が浮かんだ。

もう一日、泊まってゆけ。急いで戻らずともよいではないか。おまえと今少し、話をしたいのじゃ。村芳殿について、色々と教えてはくれぬか。

珍しく引き止めたうえ、村芳の話を出したので、茅野の心は揺れた。分家とうまくやっていきたいという意思表示のように思えたからなのだが。

「どういうことです。父上の使いなのですか」

きつい口調になる。

「はい」

安芸は多くを語ろうとしない。もとより、さっさと離縁して、麻布に戻れという意見の持ち主だ。問いつめても答えないのはわかっている。さりとて、言われるまま駕籠に乗るつもりはない。茅野の心を察したのだろう。

「わたくしが様子を見て参ります」

小春が立ちあがった。

「お待ちなされ、行ってはなりませぬ」

制止しようとした安芸の前を、するりと駆け抜ける。飛び出して行った小春を、茅野は不安げに見つめた。耳をすましてみたが、これといった物音は聞こえてこない。それが逆に不気味でもあった。

「奥方様、お父上は奥方様の身を案じておられるのです。早うお駕籠に参りましょう。早うせぬと」

「どうなるのですか」

鋭い切り返しに、安芸は黙りこむ。またなにかが起きるのだ。どうすればいい、なんとかしなければ。

「わかりました」

茅野はいったん譲歩するような姿勢を見せた。

「父上のご命令に従いましょう。なれど、安芸。わたくしは、何点か持ち帰りたい着物があるのです。嫁ぐときに父上が持たせてくれた品ゆえ、そなたであればわかりましょう。揃えてはくれませぬか」

着物など、どうでもよかったが、安芸は女主の企みを見抜けない。

「畏まりました。急ぎ揃えますので」

飛ぶような勢いで、奥の部屋に向かった。様子を見に行っていた小春が、ちょうど戻って来る。安芸と擦れ違ったが、双方とも気にかける余裕はない。

「大変でございます」

それでも小春は後ろを見、安芸が離れて行くのを確認してから報告した。

「宇和島藩の藩士が、この屋敷を取り囲むようにしております。中には槍を携えている者もおりました。尋常ではありません」

「なんと」

そう言ったきり、言葉が出ない。宗紀の酷薄さを感じて、軽く身震いする。これが父の本性なのだろうか。村芳は仮にも婿ではないか。二年という年月を過ごした夫婦を、こんな形で引き裂くとは……信じられない。

「奥方様」

小春の声には、焦りがあった。のんびりと考えている暇はない。安芸が戻ってくると、簡単には動けなくなる。ここでつまらない諍《いさか》いをするのは無意味だ。頭ではわかっているのに、なかなか行動できなかった。

「小春、わたくしは」

殿は許してくださるだろうか。ご自分を殺そうとする男の娘を、妻と思うてくださるだろうか。怖い。拒絶されたら、どうすればいいのか。本家に帰れと言われたら……。

「殿のお心を疑うのですか」

小春の言葉が容赦なく、茅野の胸をえぐる。

「勇気を出してください、奥方様。わたくしの恋はうまくいきませんでした。けれど、奥方様と殿は、互いに強く想い合うておられます。殿は……」

「参ります」

応えた声には、もうなんの迷いもない。

「助けてくれますね、小春。そなたが頼りです」

「はい」

小春に背中を押されて、茅野は廊下に出る。なにを、どうすれば、村芳を助けられるのか。懸命に考えるが、名案は浮かばない。凜とした小春の声が響いた。

「奥方様。殿は、こう申されていたそうです」

余は『真の花』を得たいのじゃ。

「お分かりになりますか。花は奥方様のことでございます」

「まことの花」

小声で呟くと、あたたかいものがあふれてきた。もったいないことを、わたくしにその『花』の価値があるだろうか。殿が申されるような『花』になりたい。そして、まことの夫婦になりたい。

茅野は中奥に向かって走る。村芳のことを考えているうちに、夕暮れが訪れていたらしい。いつの間にか藩邸は、薄暮に包まれていた。

四

さあて、ここからが決戦じゃ。

一角はひとりで藩邸内を歩き、門から外を覗いている。どの門の守りが一番手薄なのか、見てまわっていた。数之進を守り、ここから逃げ出すことしか考えていない。

鳥海様も村上様もおらぬな。この騒ぎを知らぬのではあるまいか。助けを期待するのは無理やもしれぬ。

「む、あれは」

夜目の利く一角は、宇和島藩の藩士たちの向こうに、下屋敷の若党たちがいるのを見つけた。二人ほど知った顔が混ざっている。ただならぬ光景に目を見張り、しばし茫然と立ちつくしていた。

「これはいかがいたしたのか」

顔見知りのひとりが、宇和島藩の藩士に訊ねる。

「見張りじゃ。昨夜、屋敷に賊が押し入り、若狭守様を襲った由。我が殿はご案じなされて、お見舞いに伺ったのじゃ。昨夜のようなことがあってはならぬと、われらに警護をお命じなされた次第。貴公らはお戻りなさるがよい。藩邸には、猫の子一匹入れてはならぬと言われておるゆえ」

あらかじめ答えを用意しておいたのだろう。実にうまい嘘だった。若党と称して、また賊が侵入しないとも限らない。そのための見張りなのだと、宇和島藩の見張りは何度も強調する。

ちっ、大法螺吹《おおぼらふ》きめが。見張りは見張りでも、賊を見張っておるのではない。われらを逃がさぬための見張りじゃ。それぐらいの嘘が見抜けぬとは、吉田藩の若党もなさけない。なんぞ、言わぬか。おとなしく引きさがるつもりか。

焦れて、足踏みしたが、大声で喚《わめ》けば騒ぎになるのは間違いない。表向きは見舞いを受け、村芳はせめてものお礼をと、狂言の舞台を準備している。ここで一角がぶち壊せば、今度こそ死人が出るのは確実。下手なことはできなかった。

「おい、おれじゃ。聞こえぬか」

門の内側で聞こえないように、小さな声を発する。聞こえないように言っているのだから、気づくはずもなかったが、若党たちは流石《さすが》に怪訝そうな顔をして、藩邸を見やっていた。

「すまぬが、中にいる者を呼んでもらえぬか。早乙女一角という側小姓じゃ」

もう一度、さきの若党が話しかける。見張り役の者は、無言で首を振った。二度、三度と頼んだが取り合ってもらえない。どうする、というような顔をして、若党たちは再度、集まった。

「くそっ」

思わず門を叩きかけたが、その手をだれかが摑む。とっさにそれを振り払い、刀の柄を握りしめて身構えた。

「落ち着け、わしじゃ」

平静な声は、岩井小太郎。さらに小声で窘める。

「今、騒ぎを起こすは愚臣の行い。わしは花咲爺を信じておるのじゃ。足を引っ張るような真似はすまいぞ」

数之進を信じているという言葉が効いた。頭にのぼりかけた血が、すみやかに鎮《しず》まっていく。一角は姿勢をただして、問いかけた。

「岩井殿におかれましては、殿のお相手をお務めなさるとばかり思うており申したが、このようなところで、なにをしておられるのか。お仕度は宜しいのでござるか」

「狂言の舞台は、わしよりもっと息の合うお方が、殿のお相手を務められることとなった。どのような舞いになるのか楽しみなことよ」

門には目も向けず、小太郎は中奥の方に進んで行った。若党たちのことは気になるが、いつまでも留まっているわけにはいかない。仕方なく一角も、小太郎に続いた。庭のあちこちで焚かれている篝火が、見慣れた風景を幽玄なものに変化させている。なんともいえない雰囲気が造り出されていた。狂言の準備が調っていく中、相手役は務めないと言いながら、小太郎は舞台の裏手の楽屋に近づいて行く。

「一角様」

なぜか、そこには小春が立っていた。

「どうしたのじゃ。なぜ、このようなところにおるのじゃ。早う逃げ……」

そこで言葉を切る。小太郎は自分たちが、『節穴の逢瀬』を重ねていたのを知っていたのではないか。不安げに佇む小春を見て、一角をここまで連れて来たように思えた。

油断のならぬやつじゃ。数之進は殿の味方であるように言うていたが、おれには信じられぬ。他人の逢瀬を盗み見るなど言語道断、許せぬわ。

「こちらへ」

一角は小太郎を睨みつけてから、小春を少し離れた場所に連れて行った。楽屋の裏は篝火の明かりも届かず、闇が満ちている。中奥から奥御殿に続く渡り廊下の近くなのだが、小春は心細げな目を廊下に向けていた。

「さいぜんの続きじゃ。ここでなにをしておる」

視線をこちらに戻すべく、声に少し力をこめる。

「奥方様のお手伝いをしているのです」

「お手伝い？」

奥方付きの女中である小春、さらに小太郎の言葉が甦り、ぴんときた。近頃は数之進並みに、閃きが訪れやすくなっている。

「そうか。では、おれがひとつ秘策を授けて進ぜよう。殿と奥方様が、まことの夫婦になられるためには」

小春の耳もとに、そっと囁いた。

「え？」

聞いた娘は不審げに眉を寄せる。

「でも、それは……」

あがりかけた反論を、一角は素早く遮った。小春の小さな唇に右手をあて、言い聞かせるように告げる。

「真正面からぶつかっても、本家には勝てぬぞ。遠江守様は手強いお方。お二人のことを認めさせるには、今、言うたようにするしかあるまいて」

「そこにいるのは、小春ですか」

不意に渡り廊下の方で、女の声が響いた。手燭《てしょく》を前に掲げて、こちらを見つめている。

さっさと逃げればよいものを、馬鹿正直に小春は応えた。

「安芸様」

「やはり、小春でしたか。奥方様はどこにおられるのじゃ。もう半刻ほどお待ちしておるのに、戻っておいでにならぬ。もしや、若狭守様のもとに行かれたのではあるまいな」

責めるような口調と、不安げな小春の言動が、またもや一角に答えをもたらした。我ながら今日は冴えている。

「あいや、しばらく」

安芸のもとに駆け寄り、その場に跪いた。

「そなたは？」

今度は手燭を一角に向け、顔を確認しようとする。見られると後で色々と面倒かもしれない。さらに深く頭をさげて、言った。

「それがしは遠江守様付きの側小姓でござる。殿の密命を受け、十日ほど前より、この屋敷に潜入しており申した。奥方様はすでに、安全な場所にお連れいたしましたので、ご案じなさいませぬよう。このうえは、一刻も早くお逃げになられた方が宜しいのではないかと存じます」

すらすらと嘘が流れ出る。我ながら上出来だと思った。嘘をつくのが苦手な数之進には絶対、できない芸当であろう。うまく騙されてくれるかどうか不安だったが、一触即発の危険な空気を、安芸も察していたに違いない。

「そうであったか、お逃げになられたか。そちの申すとおりじゃ。奥方様がおらぬとなれば、もうここに用はない」

すぐさま裾を翻して、奥御殿に向かった。あまりにも簡単すぎたため、一角は逆に茫然としてしまう。闇の中に消えて行く安芸の後ろ姿を、少しの間、見送っていた。

「どうなされたのですか」

「いや、なんでもない。奥方様もご苦労が多いと思うただけじゃ」

立ちあがろうとしたとき、側に近づいていた小春の頰に、一角の頰がかすかに触れる。はっとして、二人は互いを見た。

「………」

なにを言ったらいいのか。闇の中ゆえ、はっきり表情がわかるわけではない。が、熱い息づかいが感じられた。立ちのぼる甘やかな匂い、誘うように濡れた眸。小春を女として意識した初めての瞬間……だったのかもしれない。しかし、すぐにその感情は消え失せる。

「すまぬ」

ひと言、詫びて、一角は小春から離れた。これは同情であって、愛情ではない。背中に視線を感じていたが、振り向かずに足を速める。

奇妙な静けさが、藩邸内を覆いつくしていた。

五

やけに静かだ。

数之進もそれをとらえている。戦いが始まる前の不気味な静寂、藩邸を包囲していた宇和島藩の藩士たちが、少しずつ屋敷内に入りこんでいた。あかあかと燃える篝火が、携えた槍を照らし出している。

戦うまでもない。すでに勝負はついているものを。

こちらは手傷を負った藩士ばかり、今さら刃を交えてどうするのか。完膚無きまでに叩き伏せようとする遠江守の意志が伝わってくる。いい気分ではない。

「始まるぞ」

音もなく、一角が隣に並んだ。狂言の舞台を指したのか、本家と分家の激突を指したのか、あるいはその両方かもしれない。取り急ぎ設けられた見物席で、遠江守――宗紀はゆったりと構えている。余裕たっぷりの表情をしていた。

「奥方様に秘策を授けておいた。見てのお楽しみじゃ」

一角の言葉に疑問を覚えたが、問いかけを発する暇はない。舞台が始まって、主人公である夫役の村芳が現れた。『川上《かわかみ》』という演目で、相手役は妻だ。十年以上前に盲目になった夫が、山奥の川上という所に行き、願い事を叶えてくれる地蔵菩薩《じぞうぼさつ》をお詣りする。夫はご霊夢を授かり、一心に「南無地蔵菩薩」と唱え続けているうちに、目が開いた。ところが、長年、連れ添ってきた妻と別れよという条件付きの開眼。迎えに来た妻は、その話を聞いて驚いた。

「あれは」

舞台に現れた妻役の者を見て、息を呑んだのは、数之進だけではない。見物席も宇和島藩の藩士たちも、ざわめいている。あるいは、もっとも驚いたのは、村芳だったのではないだろうか。面を付けていないので、見間違えるはずもない。

「奥方様じゃ」

皓《しろ》い歯を見せた一角の、してやったりという表情に答えが出ている。秘策というのは、おそらくこのことなのだ。息の合った舞台を演じる夫婦、そこには確かな絆がある。交わし合う眸に、まぎれもない愛がある。果たして、宗紀はどう思うだろうか。

われらと同じことを、遠江守様も感じてくだされればよいのだが、なかなかそうはなるまい。引き離そうという思いが、いっそう強まるのではあるまいか。それにしても、『川上』とは、殿もずいぶんと意味ありげな演目をお選びになられたものよ。

舞台では、妻が夫に詰め寄っている。仲の悪い夫婦を仲良くさせてこその神仏であるものを、なぜ、別れさせるのか。円満に連れ添っている夫婦を離別させる地蔵菩薩が、どこにあるのかと怒っていた。

地蔵菩薩はまるで遠江守様だ。そして、妻は難問を突きつける。自分と目、どちらを取るのかと。台詞には出ていないが、要するにそういうことだ。殿は奥方様に問いかけている。自分と宇和島藩、どちらを取るのかと。

やむなく夫も添い続ける覚悟を決めた。そのとたん、目が痛くなり、次第に見えなくなってくる。激痛が走った刹那、夫の目はたちまち元に戻ってしまった。嘆く夫の手を取って、二人は帰って行く。

という最後になるはずだが、舞台はまだ中盤のあたりだった。数之進はどうしても家老の隼之助が気になってならない。鶯の鳴き声、鳴き声を聞いて倒れた藩士、不正が行われている隠居料、手助けしたのはおそらく福原安蔵、隼之助と善太夫のどちらかが嘘をついている。それらのことを考えると、どうしても隼之助の覚悟が見えてしまうのだ。

御家老様はお命を賭けている。たとえ善太夫様が、話などしていないと突っぱねても、己の意見を覆すまい。相討ちをするお覚悟なのだ。嘘をついているのは、御家老様の方なのやもしれぬが、わたしと福原さんも善太夫様の声を聞いている。善太夫様が言い逃れるのはむずかしい。

本家が仕掛けた『連環の計』、そして、分家が繰り出した『反間の計』。本家はおそらく村芳と隼之助の繋がりを断ち切ろうとした。分家は敵に仲間割れを起こさせる計略で迎え撃ち、成功したように見えるが……。

「おい」

一角に腕を突つかれて、目をあげた。顎で示した方角を見ると、そこには昨夜の虚無僧たちが立っている。闇に融けるようにひっそりと、四つの影が佇んでいた。舞台はまさに最高潮、最後の場面に差しかかろうとしている。

「なにをするつもりなのか」

数之進の呟きに、一角は即答する。

「襲うのじゃ」

「まさか、このような場所で」

「関係ない。むしろ、やりやすい場所やもしれぬ。舞台にいる殿を始末するのは、さほどむずかしいことではないからな。どうする、数之進。鳥海様が姿を見せる様子はない。逃げるなら今のうちじゃ」

「逃げぬ」

きっぱりと断言した。負けるものかと、虚無僧を睨みつけたのが仇となる。その視線を感じたわけではあるまいが、ひとりが一歩、前に出た。舞台にはまだ村芳がいる。今、襲いかかられたら防ぎようがない。数之進は注意を払いながら、舞台に近づいて行った。一角も離れずに着いている。異様な気配を察したのだろう。家老の隼之助も立ちあがり、そろそろと舞台に進んでいた。

鳥海様はここに向かっておられるはずだ。おいでになるまで、時間が稼げるだろうか。遠江守様を押し留められるだろうか。なんとしても、止めねばならぬ。止めねば、そうだ、止めるのだ。しかし、できるか、止められるか、わたしに？

決意が揺らぎ、足が震えた。凄腕の虚無僧たち、いくら一角が武芸十八般でも、四人が相手では分が悪い。舞台にあがる機会を狙いながらも、震えが止まらなかった。それでも少しずつ数之進たちは進んでいる、虚無僧のひとりも動いている。舞台にあがる白州梯子に近づいた瞬間、

「控えい」

数之進は舞台に駆けあがっていた。一角も影のように、隣に張りついている。懐から手札を出して、虚無僧に向けた。

「それがしは、両目付、鳥海左門景近《かげちか》様の配下、生田数之進である。吉田藩にいささか不審の儀あり、幕府御算用者として、調べを続けていた。一同、控えい。それがしは、幕府御算用者なるぞ」

唖然としている藩士たちに、「控えい」と繰り返した。幕府御算用者であることは、とうの昔に知られていると思っていたのだが、みな金縛り状態だ。凡人の代表格である数之進が、両目付配下と知り、あらためて驚いたのかもしれない。

「聞こえぬのか、控えい。幕府御算用者であらせられるぞ」

家老の隼之助の言葉で、遅ればせながら平伏し始めた。中には渋々といった感じの者もいる。吉田藩はなんとか従ったが、宇和島藩の者たちは、だれひとりとして平伏しない。不敵な笑みを浮かべて、宗紀は見物席に座していた。

「手筈どおりじゃ」

そのひと声で、他の虚無僧や宇和島藩の藩士たちも前に出る。本気なのか。我が娘の前で、本当に村芳を殺すつもりなのだろうか。数之進と一角は、後ろの二人を庇い、敵から目を離さない。頭格と思われる虚無僧のひとりが、白州梯子に足をかけた。

「てぃっ」

一角が威嚇の一撃を繰り出す。後ろにさがると思いきや、男はそれを受け止めた。脇差を使ったのは、それで済む相手とたかをくくったのかもしれない。だが、一角は若さも力もあり余っている。気合いもろとも相手を押し飛ばした。またたきする間の出来事だったが、隙を縫って、他の三人が舞台に飛びあがる。

「殿」

隼之助と小太郎が、同時に叫び、舞台にあがった。数之進の左側に隼之助と小太郎、右に一角。吉田藩の藩士も黙っているわけがない。口々に「殿」と叫んで、舞台に押し寄せようとしたが、宗紀はそれを許さない。

「動くでない」

宇和島藩の者たちが、槍を構えて、取り囲んだ。もとより人数では負けている。槍先を突きつけられて、身動きできなくなった。

「さあて、ここからが見所よ。茅野、おまえは退《の》いておれ。若狭守殿の見事な舞い、拝見つかまつろうではないか」

宗紀は笑っていた。仕組まれた二重の罠、戦力を失った吉田藩は成す術もない。じりじりと数之進たちは追い詰められた。虚無僧たちは全員、舞台にあがって、扇形の陣形を取っている。橋懸《はしが》かりと呼ばれる廊下の方にも、すでに敵が立っていた。逃げ場はない。ここで討たれる運命か。

もはや、これまで。

数之進と一角が顔を見合わせたときである。

「お待ちくださいませ」

茅野が前に飛び出して来た。狂言を観るような様子だった宗紀が、慌て気味に腰を浮かせる。

「なにをしておるのじゃ。そなたは早う舞台を降りぬか」

「いいえ、降りませぬ。父上、もし、村芳様をお斬りなさるというのであれば、わたくしも後を追いまする」

「な、なにを言うておるのじゃ。だれか、茅野を舞台から降ろせ。ええい、早うせぬか、御師。早う茅野を」

「わたくしのお腹には、村芳様のお子がおります。赤児がいるのでございます。それでもお斬りになりますか。お子の父を葬り去るのですか。そして、父上の血を引く孫をも殺すのでございますか」

「な……」

流石に宗紀は絶句する。一人娘に対する想いだけは、偽りではなかったのだ。御師と呼ばれた男が振り返り、宗紀を見つめながら、深編笠を取る。

「さてさて、おかしなことよ。この有様はなんであろうか、遠江守。貴公の存念、聞かせてはもらえぬか」

鳥海左門であった。従えていた三人は、すべて両目付の配下。むろん、村上杢兵衛も加わっている。御師だとばかり思っていた者たちが、そうではないとわかって、宗紀の顔色が変わった。入れ替わったのはすなわち、四人を捕らえたことになる。平静ではいられまい。

六

「鳥海様」

やはり、おいでくだされた。

数之進がその場に跪くと、宗紀はむろんのこと、居並ぶ者たち全員が、いっせいに平伏した。ここからが正念場、まずは左門が口火を切る。

「数之進。調べはどうなっておるのか。そちは確か隠居料についての不正が、吉田藩で行われていると言うていたが」

「は。それにつきましては」

応えを遮るように、隼之助がにじり出る。数之進は止めようとしたが、間に合わない。

「両目付様。こたびのことにつきましては、すべて、それがしの……」

「控えい、隼之助。両目付様の御前であるぞ。よけいなことを言うでない。われらはご詮議を受けておるのじゃ」

村芳が鋭く制した。数之進の心情を察したのだろう。また村芳自身も優れた家臣を失いたくなかったのはあきらかだ。二人の間に存在する強い絆を、見た思いがする。

「ははっ、ご無礼つかまつりました」

不本意だったかもしれないが、隼之助は退いた。いよいよ決戦だ。刃ではなく智恵の勝負、話をうまく運べるか否かで、吉田藩の運命が変わる。

「数之進」

ふたたび左門に促された。

「は。吉田藩に関しましては、二つ、不審の儀がございます。一つ目は、前藩主、村壽様の死について、いささか腑《ふ》に落ちぬ点がございます。二つ目は、さきほど申されました隠居料についてでございます」

先刻、善太夫に脅された仕返しというわけではないが、数之進も脅しの技法を用いて、善太夫たちに圧力をかけた。鶯の鳴き声で、次々に病の身となった者たち。彼の者たちを問いただせば、知られたくない過去があきらかになるやもしれぬ。それでも、よいか、善太夫よ。覚悟はできておるか。

企みが隠された言葉を、左門が巧みに受ける。

「ほう、これは聞き捨てならぬ話のようじゃ。前藩主の死について、不審の儀ありとな」

数之進には話を振らず、直接、村芳に話を投げた。

「と、余の手下は申しておるが、若狭守。真偽のほどやいかに」

「ははっ、その件につきましては、後ほど、お答えいたしたく存じます」

打てば響くように、数之進の望む答えが返ってくる。宗紀は村芳のどこを見ていたのだろうか。うつけ者どころか、得難いほどの名君である。平伏したまま、村芳は続けた。

「手前勝手ではございますが、まずは隠居料についてのご詮議をお願いいたしたく存じます。これについての答えは、勘定頭、浅野善太夫に、お訊ねいただきますよう、お願い申しあげます」

よし、と数之進は心の中で頷いた。後に前藩主の件を残しておけば、善太夫は吉田藩に不利な話ができなくなる。数之進が発した威嚇の意味を、心憎いほど正確にとらえていた。左門もわかっているだろうが、顔に表したりはしない。

「ふむ、勘定頭か」

探すような仕草に、善太夫が面をあげ、膝でにじり出る。

「それがしでございます」

「隠居料のことじゃ。手下の調べでは、昨年から今年にかけて、いささか不審の儀ありとのこと。手下は、そちとある者の会話を聞いたと申しておる。果たして、真偽のほどやいかに」

「……………」

沈黙しか返せない。善太夫は悩んでいる。見舞いと称して訪れた本日の謀を、宗紀は善太夫に知らせなかった。なぜ、どうしてなのか。わしを信じてはおられぬのか。不安とともに湧きあがる多くの疑問。

なにもかも揉み潰せると言うていたが本当だろうか。本家に自分の席を用意してあると言うていたが本当か。真実であるならば、なぜ、ここで両目付を殺さぬのか。こうなってくると、若狭守様に付いた方が得なのではないか。若狭守様はお優しいお方、まさか切腹を申しつけはすまい。どうしたものか。

ひとつの疑惑が大きな不信を招いているのはあきらか。数之進には、善太夫の考えが、手に取るように理解できた。愚かな男と言うしかない。

「浅野善太夫」

再度、左門に促されて、ようやく重い口を開いた。

「おそれながら申しあげます。隠居料に関しましては、不正などございませぬ。実は……昔の古い帳簿の一部が、どういうわけか紛れこんでいたのでございます。両目付様のご配下は、おそらく、それをご覧になられたのではないかと」

かなり苦しい嘘だったが、こちらも無理に暴くつもりはない。不審はなかったことにしたいのだ。ここで両者の考えが一致をみる。

「ほう、昔の帳簿の一部とな」

左門も話を合わせた。

「勘定頭はそう申しておるが、数之進。日付についてはどうじゃ。いつの年の帳簿か見た覚えがあるか」

「ございませぬ。日付はなかったように思いますが、定かではありませぬ。浅野殿にご確認いただきますよう」

また話を善太夫に戻した。日付があったとなれば、それは数之進の失態となる。しかし、日付のことをはっきりさせておかなければ、今度は左門が上役の責めを負わねばならなくなる。善太夫の答えいかんによっては、数之進は切腹を命じられる可能性があった。緊張のあまり冷や汗が滲んでくる。

「日付は……ございませぬ」

やや遅れたものの、望む返事が得られた。数之進は止めていた息を、そっと吐き出す。一角が「よかったではないか」とでも言うように、軽く肘で突ついた。相棒もちゃんと状況を把握している。

「さようか。過ちはだれにでもあるゆえ、致し方あるまい。思わぬ騒ぎに進展してしもうたが、隠居料の不正については、事実無根であることがわかった。この件はこれにて一件落着となる。続いては、前藩主、村壽殿の不審についてじゃ。若狭守」

左門は村芳に問いかけた。どんな答えが返るのか、数之進も興味がある。鶯の鳴き声を聞いて倒れた者たちを調べれば、あるいは宇和島藩そのものが、改易《かいえき》の憂き目に遭うかもしれない。だが、村芳は、無念の死を遂げた父の怨みを晴らすことができるのだ。不利な答えを返すか、それとも……。

「おそれながら申しあげます」

村芳は善太夫のように、迷ったり、悩んだりはしなかった。

「その件につきましては、幕府に届け出たとおりでございます。父の村壽は病死、なんの不審もございませぬ」

落ち着いた声で言い切る。張り詰めていた空気が、ふっと緩んだように思えた。もし、村壽の死に宗紀が関わっていたとしたら、村芳に借りができたことになる。このうえ二人を別れさせようとは思うまい。双方ともに安堵した瞬間かもしれなかった。

「さきの藩主は病死。数之進、得心したか」

「は」

「では、最後に遠江守」

左門は宗紀にも追及の手を伸ばした。

「本日のものものしい警護は、なんのためなのか。この屋敷をぐるりと包囲しておるのは、まぎれもなく宇和島藩の藩士。お上は徒党を組むことを、厳しく禁じられておる。返答のいかんによっては、厳罰もありうるゆえ、よく考えて返答するがよい」

「おそれいりましてございます。昨夜、若狭守が襲われたと聞きまして、それがし、馳せ参じました次第。包囲しております藩士たちは、若狭守を守るための兵でございます。徒党を組んだわけではございませぬ。すべては若狭守を案ずるがゆえの行動、お許しいただきますよう、厚くお願い申しあげます」

「守るための兵、さようか」

しらじらしいと思っただろうが、さきの件同様、本家と分家を潰すつもりはない。数之進の隣では、一角が懸命に笑いをこらえている。確かに笑いたくなるような答えだった。しかし、左門は眉ひとつ動かさず、詮議を締めくくる。

「吉田藩については、これにて一件落着とする。両家は、今、ここにおる若い二人のように、しっかりと手を携えていくがよい。一同、大儀であった」

固く手を握り合っていた村芳と茅野が、慌ててその手を離した。小さな笑いが起こり、やがて、大きな笑いの渦となる。両家を繋ぐ手と手が、ふたたび遠慮がちに握りしめられた。なごやかな宴が始まろうとしている。

吉田藩には、今日、見事な『真の花』が咲いた。

七

ひと月後。

栄吉の娘の祝言が、執り行われる運びとなった。花嫁は途中まで駕籠に乗っていたが、日本橋に近づいたところで、駕籠から降りる。夕暮れが迫る中、大通りを練り歩いて、婚家に向かっていた。介添え役として、冨美と三紗が付き添っている。沿道を埋めつくした見物人は、目を丸くしていた。

「おお、三国一の花嫁御寮じゃ」

「美しいのう」

「花嫁の後ろを見ろ。あれは……桜ではないのか」

「確かに桜じゃ。蕾らしきものがついておるぞ。咲くのか」

白無垢をまとった花嫁に、戸板に載せた鉢植えが従っていた。染井村の伊兵衛から、村芳が買い求めた桜で、二季咲桜なのである。しかし、そのことがわかる者は、さほど多くあるまい。見物人たちは素直に驚き、ざわめいている。

「あれはな。伊予吉田藩の藩主、志水若狭守様が、祝いにと贈られたものじゃ。若狭守様は太っ腹よのう。花嫁の白無垢も、吉田藩の紙で仕立てた着物よ。よいか、紙じゃ。絹ではないのだぞ」

野次馬に混ざって、一角が声高に吹聴《ふいちょう》する。数之進も負けじと大声を張りあげた。

「打掛には、薄く綿を入れて縫いあげたとか。重さを持たせるため、裾に砕いた蛤を入れた由。工夫を凝らした逸品よ。だれにも真似できぬ」

綿を入れたり、蛤を裾に用いた案は、言うまでもない、数之進の智恵によるものだ。が、よけいなことを口にすれば、すぐさま怒りの抗議があがるので、口にはしない。

「紙じゃと」

「本当に紙なのか」

興味を持った者たちが、二人のまわりに群がる。

「刀にかけて誓うてもよい。あの白無垢は正真正銘の紙じゃ。見事な出来映えであろう。仕立てたのは、生田冨美殿じゃ。本材木町の『四兵衛長屋』に住んでおるのだがな。紙を反物に見立てて、白無垢を仕立てあげるほどの腕前じゃ。仕立て物は冨美殿に頼めば間違いない。それ、あそこを歩いておるお方よ」

一角が指さした花嫁行列を、いっせいに見やった。冨美の話ばかりしては、後で三紗の頭に角が生える。数之進は常に気配り怠りない。

「さきを歩いておるのが、冨美殿。後ろを淑やかに歩いておるのが、妹君の三紗殿だ。さて、名を聞いて、なにか思い浮かばぬか」

「待てまて、そうじゃ。大食いの三紗様であろうが」

「思い出したぞ。蕎麦の勝負で勝ちをおさめたお方じゃ」

「饅頭でも勝った」

「鮨もじゃ」

「確か鰻飯でも勝ったのではなかったか」

次々にあがったはいいが、いささか恥ずかしくなってくる。自慢するほどのことではない。数之進は急いで話を変えた。

「紙には、まさに天の神が宿っておる。紙は神に通じるゆえ、縁起の良いことこのうえない。あれは伊予吉田藩の紙で作った白無垢だ。よいか、吉田藩ぞ。伊予吉田藩だ。桜を贈られたのは、若狭守様だ」

うるさいほど繰り返した後、二人は花嫁行列を追いかけた。沿道のいたるところで、吉田藩の者たちが、今の会話を繰り広げている。紙製の白無垢だけでも、相当、珍しいことに加えて、村芳が気前よく贈った季節外れの桜が、話題作りにまさしく花を添えていた。明日には瓦版に載ることだろう。宣伝効果は充分すぎるほどあった。

「お、殿じゃ」

一角が彼方に、視線を向ける。目が利くのは夜だけではない。村芳は茅野と一緒にお忍びで、料理屋の二階に来ているのだ。まだ相当、距離があるのに、よく見えるものだと感心せずにいられない。

「一角は千里眼なのではないか」

「そうよな、千里は無理だが、百里ぐらいならなんとかなるやもしれぬ。なれど、鳥海様も目が良いぞ。例の騒ぎの折、おれの一撃を巧みに受け止めた。たいしたものじゃ、と、しかし、鳥海様はあれだな。変装がお好きなのやもしれぬ。前も行水船の船頭に化けて、われらを助けに来たことがあったではないか。変わった恰好をするのが、好きなのであろうな」

「いや、そうではあるまい。あれは御役目のためであって、好きでなされているのではないと思うが」

「おれは好きなのだと思うが、まあ、よいわ。話が変わるが、おまえも聞いたであろう。吉田藩では、御中老と勘定頭が、自ら隠居を申し出たとか。本家の息がかかった者は、すべて御役目辞退となったようじゃ。めでたし、めでたしよ」

「うむ。驚いたのだが、新しい勘定頭には、福原さんが就いたようだ。やはり、密かに殿を助けたのであろう。隠居料の件で手助けしたのは間違いあるまい。若いが、面倒見のよい人だ。うまく取り仕切っていくに違いない。吉田藩は、一角が言うたように、良いことずくめだ。殿と奥方様には、来年、新しい命が誕生する。万々歳であろうな」

「さあて、産まれるかどうか」

にやにやする一角に、吃驚して問いかけた。

「産まれぬのか。そうだとすれば、なぜ、それがわかるのだ」

「数之進らしゅうもない。あのとき、言うたではないか。小春に秘策を授けたとな。すでに赤児が宿っているとなれば、強欲な遠江守も諦めるのではないかと思うたのよ。大名というのは、血の繋がりに重きを置くではないか。阿呆らしいことこのうえないが、おおかたの大名はそうであろう。ゆえに、ああいう結果になったというわけじゃ」

「そうか、秘策というのは、赤児のことであったか。わたしはてっきり奥方様が、狂言の相手役を務めたことなのだと思うていたぞ。そうなると、こたびの手柄は、またしても、一角によるものだ。おぬしでなければ決して考えつかぬ秘策よ」

「まあ、おまえには無理であろうが……数之進、手柄の話はよせ。われらは二人で一組ぞ。おまえの足りぬ部分をおれが補い、おれの足りぬ部分をおまえが補う。こたびも花咲爺として、おまえは見事にその役目を果たした。吉田藩には『真の花』が咲いたではないか。われら二人が力を合わせた結果よ。そうであろう、違うか」

「確かにそのとおりだ。片方だけの手柄ではない」

知らぬところで、いつも一角に助けられている。だからこそ称賛するのだが、それを固辞する一角の謙虚さを、数之進は好ましく思っていた。あたたかいものが心にあふれてくる。辛い役目も相棒がいればこそ。近頃では、楽しく感じられるようになっているのだから不思議なものである。

「一角」

野次馬の中に、数之進は顔見知りの女を見つけた。小春が二人に気づいて、深々と頭をさげる。手代といった感じの男と、肩を寄せるようにして立っていた。

「あの男と祝言をあげることにしたそうじゃ」

通り過ぎながら、一角が呟いた。

「〈和泉屋〉に暖簾分けをしてもらい、見世を持つことにした由。殿と奥方様を見ているうちに、羨ましくなったのであろう。小春は奥勤めよりも、良い男と所帯を持つ方が合っている。またしても、めでたいことじゃ」

少し寂しげに見えたが、気のせいかもしれない。一瞬、途切れた会話を、一角が繋いだ。

「冨美殿の方はどうなのじゃ。鳥海様に刀を返したのか」

視線で花嫁の後ろを歩く冨美を指した。

「いや、まだのようだが、よくわからぬ。訊けばまた返してくれと頼まれてしまうゆえ、言わぬようにしておるのだ」

「そういえば、鳥海様は脇差しか持っておらぬな。あの二人の『花』は、まだ先やもしれぬ。それにしても、腹の立つことよ」

「なんのことだ」

「馬面の善太夫じゃ。最後の最後まで、嘘をつきおって。おまえと福原と申す同役の者が、御家老様たちの会話を聞いたのは、まぎれもない事実。どうせ隠居するのであれば、なにもかも白状していけばよいものを、なにも言わなんだ。往生際の悪いやつよ」

「さあて、嘘をついたのかどうか」

一角の口真似をして、数之進は意味ありげな目を向ける。

「なんじゃ、違うのか」

「うむ。わたしはあの後、下屋敷の中間《ちゅうげん》や小者たちに訊いてみたのだ。善太夫様がいたのかどうか、となな。あの夜、善太夫様は間違いなく下屋敷にいたそうな。ということはだ」

「嘘ではないのか。ということは、つまり、御家老様が嘘をついたと？」

問いかけてから、首をひねる。

「なれど、おまえは言うた。御家老様と善太夫が話していたとな。おまえが嘘をつくわけはない。となると、嘘をついているのは御家老様ということになる。御家老様が嘘をついているとすれば、いったい、御家老様はだれと話していたのじゃ？」

疑問の嵐となっていた。村芳がいる料理屋に、近づいているのを見ながら、数之進は鍵となる言葉を発する。

「鶯の鳴き声、それを聞いて倒れたのは本家派の者。御廊下問答、御家老様は一部分を繰り返す若狭守様に『鸚鵡公』の異名を奉られた。あの日も二人は、勘定方の部屋の前で、御廊下問答を行っていた。そして、あの会話となる。鸚鵡公だ、一角。御家老様はわれらに、はじめから答えを教えていたのだ」

村芳にあることを頼んでおいたのだが、それは後のお楽しみ、胸に秘めておいた。一角は訝しげに眉を寄せる。

「なんじゃ、それは。わけがわか、えっ、待てよ」

思わず足を止めたとき、頭上で鳴き声が響いた。

ホーホケキョ。

「村芳様」

はっとして、一角は料理屋の二階を見あげる。村芳の隣に、左門と杢兵衛が並んでいた。数之進たちに手を振ると、二人はすぐさま後ろへ退く。替わりに姿を見せたのは、奥方の茅野。『鸚鵡公』の異名を持つ村芳は、妻に優しげな笑みを向けてから、もう一度、鶯の鳴き声を披露した。

ホーホケキョ、ケキョ、ホーホケキョ。

「今度は鶯じゃ」

「やれ、めでたいことよ。秋の桜に鶯とはのう」

「桜の嫁入りじゃ。花嫁御寮は果報者よ」

見物人たちの声を搔き消すように、祝いの鳴き声が響き渡る。暗さなど微塵もない透きとおった鳴き声。

花嫁は至福の笑みを浮かべながら、ゆっくりと歩いて行った。

幸せに向かって。

〈参考文献〉

「知っておきたい　日本の名言・格言事典」吉川弘文館
「花伝書（風姿花伝）」世阿弥・編　講談社文庫
「江戸の園芸・平成のガーデニング」小笠原亮　小学館
「（あらすじで読む）名作狂言50」小林責・監修　森田拾史郎・写真　（ほたるの本）世界文化社
「（日本の手わざ）1越前和紙」源流社
「（江戸時代）人づくり風土記38愛媛」農文協
「（日本ビジュアル生活史）江戸の料理と食生活」原田信男・編　小学館
「和菓子風土記」鈴木晋一　平凡社
「三国志名言集」井波律子　岩波書店

光文社文庫

文庫書下ろし／長編時代小説
まことの花《はな》　御算用日記《ごさんようにっき》
著者　六《りく》道《どう》　慧《けい》

2006年4月20日　初版1刷発行

発行者　篠原睦子
印刷　豊国印刷
製本　関川製本

発行所　株式会社　光文社
〒112-8011　東京都文京区音羽1-16-6
電話　(03)5395-8149　編集部
8114　販売部
8125　業務部

ISBN4-334-74053-7　Printed in Japan

お願い　光文社文庫をお読みになって、いかがでございましたか。「読後の感想」を編集部あてに、ぜひお送りください。

このほか光文社文庫では、どんな本をお読みになりましたか。これから、どういう本をご希望ですか。

どの本も、誤植がないようつとめていますが、もしお気づきの点がございましたら、お教えください。ご職業、ご年齢などもお書きそえいただければ幸いです。当社の規定により本来の目的以外に使用せず、大切に扱わせていただきます。

光文社文庫編集部

的に体力があるほうなのだろう。

（けっこう力強いしな）

縋りつかれた肩の辺りにも、今だにひりつくような痛みがある。総司の肌に爪を立てないように短く切り揃えているので引っかかれることはないのだが、食いこむ指の力は相当なものらしく、指の痕がなかなか取れないのだ。

「元気だねえ、今日も」

相も変わらずにやけた表情で隣に立つ中谷が、いつもながらに思うところがあるのかないのかわからない口調で呟くのに、内心では深く頷いてしまう。

だが見た目には気だるげなため息を零すばかりの総司は、昨晩に比べて奇妙な色気が増加している自分のことには気づいていない。

長身の後輩をしげしげと眺めた中谷は、感心したように小さな声で呟いた。

「実は一夏くんよか、おまえのほうがわかりやすいのかもなぁ……」

「は？」

「こっちのことさ」

総司の不思議そうな声にはその一言だけを返し、不可解な微笑を浮かべ、店長はカウンターの馴染み客との会話に戻ってしまう。

残された総司はむっつりと口を歪め、濁りのない氷をがしがしと力任せに砕いた。

やはりこの先輩は苦手だ、と思いつつふと顔をあげれば、中谷の女性版がうつくしく彩られた爪をひらりと振ってみせた。

「はあい、こんばんわ」

カシミアのコートに包まれたその華奢な肩に、わずかな水滴がついている。

「雨、降ってます?」

総司の視線に気づいた藤江は、優美な唇に笑みを浮かべた。

「久しぶりのホワイトクリスマスよ。いいカンジ」

ドライで辛辣な性格をしているくせに、意外にロマンチストな藤江はそして、軽やかな声であれを、と呟いた。

「——あれね」

きれいな目配せに苦笑しつつ、コアントローを取りあげる総司に、一夏の声が届く。

「あれ?　……って、なんですか?」

こんばんわ、と藤江に笑みかけた一夏の疑問に、中谷が答える。

「十二月限定の、うちのオリジナル。っていうか、総司のね」

「ソルティドッグとホワイトレディの変形だけどな」

藤江のリクエストからできたこのメニューは、常連しか知らない。

「へえ……名前は?」

目を輝かせた一夏の表情に、総司は眉根を寄せ、中谷と藤江は目線を交わして含み笑う。

「……？」

一夏ひとりとり残され、不思議そうに細い首を傾げてみせる。

それを尻目に、総司の器用な指は逆円錐のグラスを取りあげ、レモンの切り口を押しあてて回す。

塩の代わりにきめの細かなグラニュー糖でグラスの縁を飾り、ドライジンとコアントロー、レモンジュースをシェイクして静かに注いだ。

「──お待たせしました。中谷店長命名の」

真っ白でうつくしいカクテルを長い指でカウンターに置き、不本意そうな苦い吐息混じりに総司はその甘ったるい名前を告げた。

「……『ホワイト・ラヴ』です」

言葉に噛みあわない表情に、三人はたまらずに吹きだした。

総司はむっつりとしたまま、かすかに赤くなった頬を誤魔化すように、タバコに火をつける。

それがまたおかしいと、一夏までが遠慮なく笑うもので、ますます総司の機嫌は下降してしまう。

そして、今日くらいは家に帰してやろうと考えていたやさしい温情を、あっさりきっぱり捨てることに決めた。

(……泣かすぞ、一夏)

今日も一日元気なようだったから、多少の無理は利くことなどもはや承知だ。

危険なものを孕んだ目つきで一夏の小さな顔を見つめ、フィルターをくわえた口元には無意識に笑みを浮かばせる。

気づかない一夏は、このあと自分を襲う淫らに蕩けたような時間のことも、もちろん知る由もない。

総司の不穏な思惑など知らぬげに、降りつむ雪は景観を白く覆い尽くしていく。

恋の熱は、その静謐《せいひつ》な白ささえも溶かすほどに熱く、甘く揺らぎながら夜を漂うのだ。

メリークリスマス。

END

若き永井くんの悩み

その日永井は、昔からの友人が、ちょっと変な感じにテンションを上下させていることは感じていた。

久方ぶりに顔をだした合コンの席上でも、楽しげに話していたかと思えば、他人の視線が自分にないと感じるや、眉間を曇らせてみたりする。

そして誰かに話しかけられれば、取り繕うかのように明るい声で笑っても見せるのだ。それもつきあいの長い永井だからこそ気づく程度の変化ではあるのだが、彼が心からこの場を楽しんでいないことは明白だった。

(らしくねえなあ)

どちらかといえば直情な気質の彼は、自分の感情を誤魔化すのは得手ではない。機嫌が悪いときには素直に浮かない顔をして見せるし、また本当に気が乗らなければこういったつきあいの場を断るタイプなのだ。

今回は永井が強引に連れだしてしまった部分もあるが、場の空気を乱すのが嫌いな一夏は、それならそれで最後まで笑っていられる程度には大人なのだ。

その友人、柏瀬一夏の様子が、このところどうもおかしいのはもとより知っていた。

一夏は、先日彼の父親がぎっくり腰で倒れたあとから、家の手伝いにせっかくの夏休みを潰

怪《あや》しい日本語《にほんご》研究室《けんきゆうしつ》

新潮文庫　あ－48－1

平成十五年五月一日発行

著者　イアン・アーシー

発行者　佐藤隆信

発行所　株式会社　新潮社

郵便番号　一六二―八七一一
東京都新宿区矢来町七一
電話　編集部(〇三)三二六六―五四四〇
　　　読者係(〇三)三二六六―五一一一

価格はカバーに表示してあります。

乱丁・落丁本は、ご面倒ですが小社読者係宛ご送付ください。送料小社負担にてお取替えいたします。

印刷・株式会社光邦　製本・憲専堂製本株式会社

ISBN4-10-106221-8 C0195